ESCANDALIZADOS

IVY OWENS
ESCANDALIZADOS

Tradução
STEFFANY DIAS

paralela

Copyright © 2022 by Ivy Owens

A Editora Paralela é uma divisão da Editora Schwarcz S.A.

Grafia atualizada segundo o Acordo Ortográfico da Língua Portuguesa de 1990, que entrou em vigor no Brasil em 2009.

TÍTULO ORIGINAL Scandalized
CAPA E ILUSTRAÇÃO Mary Cagnin
PREPARAÇÃO Maria Inês Bernardo
REVISÃO Marise Leal e Renata Lopes Del Nero

Dados Internacionais de Catalogação na Publicação (CIP)
(Câmara Brasileira do Livro, SP, Brasil)

Owens, Ivy
    Escandalizados / Ivy Owens ; tradução Steffany Dias. — 1ª ed. — São Paulo : Paralela, 2023.

    Título original : Scandalized.
    ISBN 978-85-8439-314-5

    1. Ficção norte-americana I. Título.

23-151014   CDD-813

Índice para catálogo sistemático:
1. Ficção : Literatura norte-americana   813

Cibele Maria Dias – Bibliotecária – CRB-8/9427

Todos os direitos desta edição reservados à
EDITORA SCHWARCZ S.A.
Rua Bandeira Paulista, 702, cj. 32
04532-002 — São Paulo — SP
Telefone: (11) 3707-3500
editoraparalela.com.br
atendimentoaoleitor@editoraparalela.com.br
facebook.com/editoraparalela
instagram.com/editoraparalela
twitter.com/editoraparalela

*Para CH e KC.
Quando eu era pequena,
sonhava em ter amigos
como vocês um dia.*

Nota da autora e aviso

No enredo desta história tem abuso sexual. Para ser mais específica, a protagonista é uma jornalista investigativa que descobre vários crimes relacionados ao assunto. Nenhum abuso é retratado nas páginas, no entanto são brevemente descritos o depoimento de uma personagem e um vídeo usado como prova.

As centrais de atendimento Disque 100 (Disque Direitos Humanos) e Disque 180 (Central de Atendimento à Mulher) são gratuitas e anônimas. Para um conteúdo relacionado a abuso sexual, visite mapadoacolhimento.org.

Um

Sou ótima com nomes e péssima com rostos.

Mas sei que este eu já vi antes.

Ele está sozinho no final de uma fileira de assentos, no celular, de cabeça baixa. Eu moro em Los Angeles há tempo suficiente para entender que é uma postura de "respeite o meu espaço" em vez de "estou entretido na minha leitura". Mas também sou jornalista há tempo suficiente para saber que ele está fazendo um grande esforço para não se destacar.

Não está funcionando. Até seu corte de cabelo — impecável e meticulosamente penteado — parece caro. E eu sei que o conheço de algum lugar. Tem o queixo tão afiado que poderia cortar aço, as maçãs do rosto esculpidas como pedra e os lábios num formato perfeito e delicioso. Sua imagem é como uma fisgada no meu cérebro, uma cócega tentadora.

Ouço a voz da minha mãe, me incentivando a ser educada, levantar e dizer oi. Mas estou no aeroporto, exausta depois de passar os últimos treze dias caçando estranhos em Londres atrás de informações que eles não queriam dar, sem ver qualquer rosto familiar exceto um colega do Reino Unido, fumante inveterado e tão resistente ao álcool quanto um rinoceronte, cuja forma de dirigir me fez rezar para um deus no qual eu nem acredito. Passei oito horas em um avião e mais quatro sentada nesse portão, esperando a tempestade passar, aguardando o voo de conexão para LA que foi alterado e remarcado várias vezes.

Na verdade, acho que esse não é um rosto que eu tenha visto nestas duas últimas semanas. Tenho uma sensação mais profunda do que a típica adrenalina de quando investigo uma história; essa adrenalina corre nos meus ossos. O vislumbre que tive do seu rosto — quando ele levantou a cabeça e deu uma olhada nos monitores, depois soltou um breve grunhido de frustração — foi como uma música que eu não ouvia há muito tempo. Alguma coisa nele causou um aperto nostálgico no meu coração.

Paradoxalmente, ele está um pouco largado mas com as costas eretas, refinado, vestindo uma calça azul-marinho bem ajustada, sapatos marrons lustrados e uma camisa branca ainda lisa mesmo depois do nosso longo voo de Londres para Seattle. Ele é lindo.

Eu puxo a minha echarpe para cima, sobre os meus lábios, enterrando meu rosto nela, mas está com um cheiro de usada do avião e eu a abaixo novamente. Sinto vontade de gritar de exaustão e impaciência. Quero me teletransportar para o meu quarto, ignorar todos os rituais de higiene e apenas me jogar na cama sem tomar banho, vestindo estas roupas. Não me importa o quanto estou nojenta: depois de catorze horas à procura de um segurança de boate esquivo e mais oito num voo sem dormir, estou reduzida ao meu eu mais selvagem.

Olho em volta e vejo algumas pessoas dormindo estiradas em quatro cadeiras, enquanto outras precisam encontrar algum espaço no chão. Meu corpo está gritando para que eu me deite em algum lugar, qualquer lugar. Mas não cedo a esse ímpeto, pois sei que, mesmo se embarcarmos e partirmos nos próximos cinco minutos, quando eu pegar um táxi e finalmente chegar em casa será bem depois da meia-noite e precisarei começar a trabalhar assim que puder. Tenho uma chance única com essa reportagem, e apenas dois dias para terminar de escrevê-la.

Perto do portão de embarque, os funcionários da companhia aérea evitam com cuidado aparecer atrás do balcão. Só de chegarem perto, forma-se uma fila de pessoas irritadas. Por isso eles trabalham nos fundos, olhando um para o outro com aflição toda vez que o telefone da torre de controle toca com alguma atualização sobre a tempestade torrencial lá fora. Por fim, uma funcionária corajosamente dá um passo em direção ao interfone e, por seus ombros caídos e a maneira como olha para o monitor, como se precisasse ler alguma coisa, já sei o que vem em seguida.

"Lamento informar que o voo 2477 da United foi cancelado. Todos os passageiros foram realocados para um voo que partirá amanhã. Novas passagens serão emitidas e enviadas aos endereços de e-mail vinculados às reservas. Entre em contato com nossa linha de atendimento ao cliente ou dirija-se ao balcão na área de retirada de bagagem para mais informações. Não poderemos fazer a remarcação aqui. Lamentamos pelo inconveniente."

Por instinto, levanto o olhar para saber como ele reage à notícia.

Ele já está levando o celular ao ouvido, balançando a cabeça. Nossos olhares se cruzam brevemente enquanto ele examina o local, mas sua atenção trava, os olhos logo voltam em direção aos meus, com o mesmo reconhecimento inconsciente. Dura apenas um instante, mas nesse momento sinto um calor descontrolado se espalhando em mim, e então ele pisca e olha para outro lugar, franzindo a testa.

E agora eu me pergunto de onde ele me conhece também.

* * *

Em um mundo perfeito, eu já estaria em casa. Teria reservado um voo direto de Londres para o Aeroporto Internacional de Los Angeles, em vez dessa rota via Seattle. Em um mundo perfeito, eu estaria bem descansada, no meu computador, baixando a enxurrada de informações do meu cérebro, do meu celular e do meu laptop para escrever um artigo coeso. Não estaria parada atrás desse homem maravilhoso num saguão de hotel em Seattle me sentindo uma ogra do pântano.

Há três pessoas à minha frente na fila, outras quatro atrás de mim. Todos viemos do mesmo voo cancelado, todos precisamos de quartos, e tenho a sensação inquietante de que deveria ter procurado outros lugares na cidade. Isso parece uma competição de corrida que eu não sabia estar disputando, uma corrida que eu definitivamente vou perder.

O homem cujo nome ainda não me lembro está com o pescoço curvado e parece muito empenhado em enviar mensagens de texto, mas por causa de um breve alvoroço na entrada do hotel — o barulho de uma buzina, uma mulher gritando por alguém — ele se vira sobressaltado e consigo ver seu rosto mais de perto.

De repente me vem à cabeça, sei onde vi aquele rosto antes.

Já vi uma versão mais jovem dele olhando para trás por cima do ombro, enquanto andava de skate em uma rua de Los Angeles tomada pelo calor no auge do verão. E com os amigos no sofá da sala, sem notar que eu passava por eles. E desviando de mim no corredor de sua casa, tarde da noite, quando eu ia usar o banheiro e ele finalmente estava indo para a cama.

— Alec? — digo em voz alta.

Ele se vira alarmado, com os olhos atentos.

— Como disse?

— Você não é Alec Kim?

Uma risada escapa de sua garganta, e o sorriso revela dentes perfeitamente alinhados. O rosto dele não para de revelar ângulos novos e fascinantes. Covinhas. Um pomo de adão que se move em uma provocação viril quando ele ri. A pele de seda. Vi pessoas bonitas nas últimas duas semanas, mas ele está em outro nível. É um crime se ele não for um modelo.

— Sim. Desculpa. — Ele fica sério, pensando. — Nós nos conhecemos? — Não o vejo há catorze anos, e suas palavras estão envoltas em um sotaque novo e levemente complexo.

— Eu sou Georgia Ross — respondo prontamente, e ele se vira para mim, enfiando a mão no bolso. Sentir o efeito de sua atenção total é como ter uma sucção potente dentro do meu peito, puxando o ar diretamente dos meus pulmões. — Sua irmã, Sunny, e eu éramos amigas na escola. Sua família se mudou para Londres no final do oitavo ano.

Alec era seis anos mais velho que a gente. Minha paixão por ele era quase dolorosa de tão intensa. Durante anos ele tinha sido apenas o irmão da minha melhor amiga. Vez ou outra por perto, sempre educado, na maioria das vezes sem chamar a minha atenção. Até que numa noite, apenas algumas semanas depois do meu aniversário de treze anos, desci as escadas para tomar um copo d'água e o encontrei procurando na geladeira um lanche da madrugada: ele estava com dezenove anos, sem camisa e com a cara amassada. Eu fiquei semanas sem conseguir pensar em mais nada além daquele peito nu.

Eu me lembro dos corpos musculosos, ele e os amigos, brigando no sofá pelo controle do video game. Também me lembro dele sem camisa, tomando impulso para se equilibrar no skate. Alec estudava na UCLA quando a família teve que se mudar para Londres por causa do trabalho do sr. Kim. Sunny e eu enviamos umas três cartas cada uma antes de abandonar completamente nossos planos de manter contato. Ela foi minha amiga mais próxima do segundo ao oitavo ano, mas, depois que se mudou, nunca mais a vi.

Ele me encara tentando associar o rosto que vê com o da garotinha que conhecia. Boa sorte para ele. A última vez que me viu eu usava aparelho, minhas sobrancelhas cresciam descontroladas e meus braços eram finos como gravetos. Ainda sou pequena, mas não mais aquela criança magricela. Mesmo que eu frequentasse a casa dele quase todos os dias depois da escola, apostaria uma pequena fortuna que não se lembraria de mim.

Ainda assim, ele se esforça para reconhecer a pequena Gigi Ross na Georgia adulta. Eu nunca fui muito insegura com a minha aparência, mas sob a inspeção dele me dou conta de como preciso desesperadamente de um banho. Até mesmo meus olhos, que são sem dúvida minha melhor característica — castanho-esverdeados, afastados e proeminentes, com cílios volumosos —, provavelmente estão vermelhos e estreitos. Não quero nem pensar no meu cabelo. Já estava tão oleoso quinze horas atrás que usei o finalzinho do meu xampu a seco caro e prendi tudo num coque. Ficar na frente de um homem como ele, com a minha aparência desse jeito, é a morte.

— Georgia. Certo. — Ele não parece ter um momento de revelação. Sem problema. Essas coisas são sempre unilaterais. Para um jovem de dezenove anos, eu devia ser tão desinteressante que era praticamente invisível. Mas então o rosto dele se ilumina. — Espere aí. *Gigi?*

Eu abro um sorriso. — Sim, Gigi.

— Uau — ele diz. — Faz um tempão. Não me chamam de Alec há... — Ele pensa. — Catorze anos?

— Como te chamam agora?

Ele me observa com certa hesitação e surpresa e então, com os olhos brilhando, diz:

— Alexander. Mas pode me chamar de Alec.

Eu estendo a minha mão, e ele envolve os longos dedos ao redor dos meus, apertando com firmeza.

— Que bom ver você!

Ele continua segurando a minha mão. Meu corpo, que estava sonolento, interpreta isso como um flerte e logo se aquece. Quando finalmente solta, eu fecho a minha mão, enfiando-a no bolso do meu jeans.

— Como vai a Sunny?

O rosto de Alec se abre em um sorriso avassalador e perfeito.

— Ela está ótima. Mora em Londres. É modelo. Talvez você...

O funcionário do hotel se inclina para chamar nossa atenção.

— Posso atender o próximo da fila.

Alec acena brevemente com a cabeça, indicando que eu posso ir primeiro, mas ainda estou em êxtase com aquele aperto de mão. Minha carteira está na mochila, meu pescoço parece prestes a queimar, e eu só preciso mesmo de alguém para me jogar em uma banheira e me esfregar com uma esponja gigante.

— Pode ir. — Eu aceno para ele, fingindo precisar encontrar alguma coisa. O que acho que é verdade. Preciso achar a minha compostura, que talvez esteja em algum lugar na bolsa com a minha carteira. Mas, depois de apenas alguns segundos, uma mulher sai de trás do balcão e se aproxima dos cinco restantes na fila.

— Lamento dizer que os quartos estão todos reservados

para esta noite — avisa ela, se retraindo. — Não poderemos receber aqueles que não tiverem reserva. Eu sei que há muitos grupos na cidade, mas nosso concierge pode oferecer algumas alternativas.

Antes que eu possa sequer reagir, os outros hóspedes correm até o balcão do concierge e formam uma fila na ordem inversa desta, todos suplicando por atenção. Que ótimo.

Eu envio um e-mail pelo portal de viagens do trabalho, informando que o hotel que escolhi está lotado. Mas são quase dez da noite, e não tenho ideia de quanto tempo levará para alguém vê-lo. Também tento ligar, e ouço uma mensagem de voz. Meus olhos queimam com lágrimas de frustração e exaustão, e eu aperto as minhas pálpebras, pensando. Será que existe a possibilidade de eu simplesmente cochilar em um sofá no saguão e ninguém perceber? Ou até voltar para o aeroporto e me encolher em uma fileira de assentos? Meu voo foi remarcado para as oito da manhã; não preciso de algo muito elaborado.

Volto à realidade com um sobressalto quando sinto uma mão no meu cotovelo, me guiando com delicadeza para longe dessa fila para lugar nenhum.

— Você tem para onde ir? — Alec pergunta.

— Não. Estou tentando encontrar.

Ele olha para mim.

— Você quer que eu ligue para alguém?

Eu faço que não com a cabeça.

— Eu só... estou exausta e preciso de um banho, mais do que preciso respirar.

Ele inclina a cabeça e me analisa com um foco desconcertante por segundos silenciosos.

— Pode fazer isso no meu quarto se quiser.

Com certeza ele não está falando sério.

— Eu... não, é sério. Está tudo bem.

— Eu entendo se você não se sentir confortável — diz rapidamente. — Mas você é uma amiga da família e parece à beira de desabar em qualquer lugar. Se quiser tomar um banho lá em cima, está tudo bem por mim.

Mais dois segundos de contato visual, e então enfraqueço.

Fui reduzida ao meu estado mais primário. Até minhas mãos parecem imundas.

Eu aceito, totalmente derrotada, e aponto para ele me mostrar o caminho.

— Obrigada.

No elevador, ficamos o mais distante que conseguimos um do outro, num profundo silêncio. Até que me dou conta do que estou fazendo: não importa o quanto eu precise tomar um banho, é uma péssima ideia. Tenho um metro e sessenta e dois de altura indo para o quarto de um cara que tem no mínimo vinte centímetros a mais, e acabei de passar duas semanas rastreando homens dos piores tipos possíveis por toda Londres. Sei que não devia fazer isso.

Me pergunto se Alec pensa a mesma coisa, ou, se não a mesma — com certeza não se preocupa que eu vá dominá-lo fisicamente —, se reflete sobre quem eu possa ter me tornado nesses anos desde que nos conhecemos. O silêncio é tão absoluto que parece que alguma força cósmica tirou o som do mundo. Cravo os olhos nos meus tênis gastos e empoeirados no piso lustrado e brilhante do elevador.

Não percebo que ele está me observando até que fala comigo.

— Pode mandar uma mensagem para uma amiga se estiver se sentindo desconfortável — ele diz. — Ou... ai, meu

Deus! Desculpe, isso é óbvio. Posso ficar lá embaixo até você terminar.

Fazer com que ele fique fora do próprio quarto até que eu termine parece... desnecessário. Ele não é exatamente um estranho e deve estar tão exausto quanto eu. Convivi com a família dele por seis anos — passava ao menos metade das minhas noites da semana na mesa de jantar com ele, saboreando a comida coreana que sua mãe fazia. Ele tinha a fala mansa, era brincalhão, atencioso. Meu Deus, a Georgia do oitavo ano o teria beijado até cair dura se tivesse chance.

Ainda assim, mandar uma mensagem não é má ideia. Se eu estivesse descansada, alimentada e limpa, poderia ter pensado nisso antes mesmo de entrar no elevador.

Minha voz escapa de mim.

— Qual o número do seu quarto?

Ele enfia a mão no bolso e puxa um cartão, baixando os olhos para observá-lo.

— Dois mil seiscentos e onze.

Envio uma mensagem para minha melhor amiga, Eden.

Topei com um conhecido. Tô usando o quarto dele pra tomar banho porque a situação do hotel está um desastre. Marriott do Aeroporto de Seattle. Quarto 2611. Ele é um cara legal, mas vou mandar outra mensagem em uma hora pra você saber que estou bem.

Ela responde na hora com um emoji surpreso seguido de um simples Tá bom.

— Obrigada — digo, guardando o celular no bolso. Só o fato de ele ter sugerido mandar mensagem para alguém já faz eu me sentir melhor. Ele é equilibrado, tem uma presença agradável. Tento imaginá-lo se tornando uma ameaça e... Quer dizer, tudo é possível. É impressionante como o mundo esconde a maldade. — Como você conseguiu um quarto?

Ele sorri enquanto segura a porta do elevador para que eu saia primeiro.

— Tive a sorte de alguém ligar pra mim antes das outras pessoas.

Depois de passar o cartão na porta em que se lê SUÍTE PRESIDENCIAL, Alec gesticula para que eu entre na frente, e fico tão arrebatada pelo que vejo que já estou no meio do longo corredor de entrada antes de me lembrar das minhas boas maneiras. É claro que ele ainda está na porta, tirando os sapatos. Estou desatenta e exausta, e poucas coisas me fazem sentir mais desajeitada do que a maneira como ele olha para os meus pés enquanto tropeço para fora dos meus Vans.

Com cuidado, ele passa por mim com sua lustrosa bagagem de mão a caminho do quarto.

Ou quartos, para falar a verdade. Eu sabia que os hotéis tinham suítes especiais — me hospedei em algumas uma ou duas vezes em viagens exorbitantes com minhas amigas, ou quando entrevistei pessoas importantes —, mas esta é diferente. Não é apenas um apartamento; é um apartamento de luxo. Um apartamento *villa*. Uma parede inteira é formada por janelas do piso ao teto com vista para o horizonte de Seattle. Há uma sala de estar, uma cozinha completa, uma sala de jantar separada e uma porta que leva a um corredor onde parece haver vários outros cômodos.

— Uau.

Ele me observa com um sorrisinho.

— Você parece exausta, Georgia.

— Eu estou — admito, olhando nos seus olhos. — Estou muito grata por poder tomar banho. Depois vou descer e tentar resolver o resto.

— Tem certeza de que não quer que eu ligue pra alguém enquanto você estiver lá?

Balanço a cabeça.

— Nós temos um departamento de viagens.

— Nós?

— Meu trabalho.

— Ah! — Ele parece querer perguntar, mas sua atenção desliza para os meus ombros caídos. Alec levanta o queixo. — Pode ir. Estarei aqui fora.

Mesmo sendo tão refinado, ele aparenta premeditar cada gesto deliberadamente; depois das coisas tenebrosas que vi em Londres nas últimas duas semanas — depois das histórias que ouvi várias e várias vezes —, sou grata por essa garantia.

E pela fechadura na porta do banheiro.

Me recosto na porta depois de fechá-la, expirando. Mesmo exausta, não posso negar que Alec Kim ainda tem uma presença forte. Másculo, sereno e sério. Um pouco arrogante de uma forma que acho intensamente sexy, mas, uau, que contraste entre nós dois. No meu estado atual, sinto que estou cometendo um crime só de pensar nele desse jeito.

Faz muito tempo que não tenho esse tipo de pensamento. Meses, para ser exata, e Alec é o oposto do outro homem, o mais recente na minha memória. Em onze meses, Spencer perdeu todos os pontos de Melhor Namorado que ganhou ao longo do nosso relacionamento de seis anos. Os homens, o sexo e a dança complexa de se deixar vulnerável para alguém perderam todo o esplendor de antes.

Ainda sobre vulnerabilidade: nos vinte minutos desde o nosso reencontro, Alec Kim olhou para mim tão diretamente, como se pudesse me enxergar por completo em um piscar de olhos.

Spence tinha parado de me olhar de forma direta, mas só percebi depois. Em algum momento, ele começou a oferecer apenas os mais breves lampejos de contato visual, mesmo quando me dava seu típico sorriso estonteante. Seu sorriso se abria todo, mas os olhos ficavam sobre meu ombro ou para o lado, como se estivesse encantado com algo que viu pela janela ou prestasse atenção no gato encolhido no canto. Só isso já deveria ter me alertado; quando nos conhecemos, ele me encarava. Não importava se eu estava nua ou vestida. Uma vez, ele disse que nunca deixaria de se surpreender que eu fosse sua. Todo o nosso grupo de amigos, próximos desde a faculdade, nos invejava. Enquanto eles eram caóticos e confusos, Spence e eu éramos o sólido pilar do nosso círculo social. Éramos divertidos, carinhosos, realistas.

Mas, ao longo de seis anos juntos — dois deles dividindo um apartamento —, de alguma forma, um interruptor foi acionado. Um dia éramos Spence-e-G, uma única palavra; no dia seguinte, havia algo errado. Ele me dava um beijo apressado na porta, antes de sair correndo para o trabalho. Demonstrava gratidão à noite por qualquer coisa que eu preparasse para o jantar — uma gratidão exagerada que aumentava até se tornar algo desesperado e desgastante. Isso deveria ter me alertado também.

Mas, naquela época, estava me esforçando tanto para crescer na minha carreira que mal prestava atenção. Pensava que era isso que deveríamos fazer aos vinte e poucos anos. Achei que colheria os frutos depois: dinheiro guardado, férias, fins de semana. Eu trabalhava dezoito horas por dia. Fiz todo tipo de trabalho freelancer. Quando fui contratada por Billy no setor de notícias estrangeiras do *LA Times*, senti como se tivesse recebido um ovo de ouro. Com tudo isso acontecendo, não tinha tempo — nem me dava ao trabalho — de perceber como Spence havia mudado.

Eu também mudei, acho. Sempre fui ambiciosa, mas aqueles primeiros meses no *Times* suprimiram as partes fracas e diminutas de mim que não sabiam como ir atrás do que eu queria. Me tornei mentalmente resistente batalhando por cada artigo, cada centímetro da página. As horas extenuantes, as refeições puladas e a correria pela cidade me endureceram também fisicamente. Às vezes entendo por que Spence fez o que fez. Às vezes entendo por que nossos amigos ficaram do lado dele. Às vezes, quero perdoá-los apenas para parar de carregar esse sentimento sozinha.

Quando me afasto da porta e passo na frente do espelho, fico horrorizada ao vislumbrar meu reflexo abatido. Meus olhos estão profundamente cansados. Minha pele, pálida e oleosa. Meus lábios estão rachados, e meu cabelo mantém o coque mesmo quando solto a presilha.

Meu Deus, estou fedendo.

Quando tiro as minhas roupas, imagino jogá-las na lata de lixo, enfiando meus jeans e as meias e até minha calcinha no pequeno recipiente de metal. Poderia deixar minha mala em Seattle e nunca mais ter que ver essas coisas novamente. Alec provavelmente nem se perguntaria por que fiz isso — tudo o que eu vestia está amassado no chão e parece que não duraria mais um dia, de qualquer maneira.

Estou nua quando ligo o chuveiro e olho em volta esperando a água esquentar. A bancada do banheiro é uma enorme placa de granito, a pia é uma cuba de vidro elevada e reluzente. Os artigos de higiene pessoal são de tamanho normal e estão alojados em um estojo de couro macio. É estranho desfrutar de tanto luxo estando nesse estado.

Quando entro no chuveiro, não consigo evitar o gemido que escapa. Eu nunca tomei um banho tão bom, mas, principalmente nas últimas duas semanas, todos foram apressados e desleixados. Só um rápido enxágue antes de enfiar uma maçã na boca e sair para a rua. Em alguns dias, apenas espirrava água fria no rosto e passava uma nova camada de desodorante.

Mas isso é uma maravilha. Pressão da água divina. Gel de banho espumoso, xampu caro e um condicionador tão cheiroso que não quero enxaguar. Sei que Alec está lá fora esperando, provavelmente querendo ir para a cama, então eu tiro, mas só depois de me depilar com a pequena lâmina e usar o esfoliante corporal para sentir minha pele formigar. A toalha é aveludada e enorme. Escovo os dentes com uma das escovas do kit de higiene, depois me viro para pegar minha mala.

Que eu deixei no corredor.

Claro que deixei. Porque é claro que o voo foi cancelado e não há mais quartos disponíveis. É claro que Alec está aqui, e atende por *Alexander*, um nome muito mais elegante, e ele é um deus e eu sou um monstro, e é claro que ele tem uma suíte enorme e me deixou tomar banho aqui, então é claro que minha mala está lá fora no corredor.

Tem dois roupões pendurados na porta, e puxo um do cabide, me deslizando para dentro dele. É macio, espesso e cheira a lavanda. Nunca me senti tão limpa e revigorada em toda a minha vida. Pela primeira vez em vários dias, tenho esperança de chegar em casa e encontrar força e energia para escrever a história que me assombra o tempo inteiro.

Saio do banheiro e vejo Alec na sala de estar — de frente para a janela, as mãos enfiadas nos bolsos, enquanto olha para o horizonte. Ele se vira ao som das rodas da minha mala no chão de mármore, e nossos olhos se encontram. Uma carga elétrica atravessa o meu peito, e ele observa meu rosto limpo e meu cabelo molhado que, agora livre daquele coque grudento, se espalha até o meio das minhas costas e aparenta ser mais escuro por causa da umidade. Então seu olhar percorre meu pescoço e se estende...

Fecho o roupão onde havia uma fenda. Meu Deus.

Empurro a minha mala e grito, mortificada, "Desculpe!", e fecho a porta do banheiro outra vez. Não sei quanto do meu peito ele viu, mas definitivamente viu alguma coisa.

Abro a mala. Seco o cabelo com a toalha e penteio, passo o hidratante, e agora vem a parte mais difícil. Nada está limpo, mas a questão é: o que está menos sujo? Levar apenas bagagem de mão para uma viagem de duas semanas significa usar as mesmas roupas várias vezes, e mesmo tendo lavado algumas peças em uma pia do hotel em Londres, tudo neste momento está amassado e usado — horrível, para falar a verdade.

Eu pego um sutiã e um vestido de jérsei vermelho, de manga. Felizmente, quase não amassa. Confortável. Bonitinho. Dou uma fungada e decido que não cheira mal. Talvez bonito demais para uma corrida de táxi até outro hotel, mas, ao contrário das calças, não exige que eu ponha uma calcinha suja.

É, eu sou um desastre.

Guardo tudo de volta na mala e saio para o corredor.

— Alec — digo, com gratidão, e ele se vira. Sua expressão se estreita e ele me olha com surpresa. — Obrigada. Sério, me sinto uma nova pessoa depois desse banho.

Ele assente.

— De nada. Eu vou com você lá para baixo.

— Não precisa fazer isso.

— Eu não me importo. Não estou cansado mesmo. Acho que vou beber alguma coisa.

Involuntariamente, minha atenção vai direto para o bar abastecido no canto da sala.

— Ah! Tudo bem.

— Eu passo muito tempo sozinho em quartos de hotel — ele explica, abrindo um sorriso novo e devastador. É um sorriso diferente. Paquerador e estranhamente familiar. É a mesma sensação de ter meu braço alisado de leve.

Eu me viro e caminho em direção à porta, e de repente percebo o quanto estamos próximos. Quer dizer, não de forma literal — não acho que ele tenha se movido de onde estava, perto da janela, mas um estranho silêncio se instalou na sala, e a força de sua presença fez a vasta suíte encolher como uma caixa de sapatos. Mesmo de costas, sinto que seus olhos escanearam meu corpo e que ele percebeu que não estou usando calcinha. Talvez, na verdade, esteja olhando para o telefone atrás de mim, e a última coisa em que pensaria é o que está debaixo do meu vestido, mas de alguma forma não é o que parece. Sinto a pressão de sua atenção como um ferro quente contra cada parte visível do meu corpo. A parte de trás das minhas pernas, minha lombar, os meus ombros. A minha mão, enquanto me apoio na parede para me equilibrar e calço os meus Vans — que absolutamente não combinam com este vestido, mas não me importo nem um pouco. Alec Kim deve sair com mulheres que só usam saltos de dez centímetros ou mais. Que saem da cama completamente arrumadas e nunca ficam sem roupa íntima limpa.

Mas agora estou cansada demais para me preocupar com minha aparência de costas. Se o Alec Kim de trinta e três anos quiser observar a Georgia adulta vestindo a peça de roupa mais limpa que possui no momento, eu não vou impedi-lo.

Dois

Ele me segue pelo corredor, até o elevador, e a campainha estridente anunciando sua chegada assusta a nós dois. Percebo um indício de seu sorriso atento quando ele estende a mão, apertando o botão do saguão com um dedo comprido e indo para o outro lado do elevador, de novo me dando espaço. Pego meu celular e mando uma mensagem para Eden dizendo que estou bem antes de olhar para ele. Uma dor familiar me atinge bem no centro do peito, tomando todo o meu corpo. É incrível como ele se lembra tão rápido de uma paixão.

— Você vai a LA com frequência?

Ele faz um breve aceno com a cabeça.

— Tem alguns anos desde a minha última visita.

— É uma viagem de trabalho?

Alec me observa de um jeito desconcertante de novo, mas, desta vez, algo em sua expressão parece estranhamente... achar graça?

— Sim.

— O que você vai fazer lá?

Ele se vira para as portas quando elas se abrem, e estende o braço para evitar que se fechem quando eu passo.

— Reuniões infinitas.

É uma resposta esquisita e genérica para alguém que

parece ser o projeto de estimação de Deus no estúdio de design humano. Mas, se ele estivesse na indústria do entretenimento, teria sido a primeira coisa a sair de sua boca. Conheci mais empresários do que sou capaz de contar nas últimas duas semanas, e minha curiosidade sobre o trabalho dele oficialmente desapareceu agora. Faço um pedido silencioso para que Alec Kim não seja como os executivos com quem conversei e de quem ouvi falar em Londres. Ele é lindo e educado, mas aprendi que isso não significa nada. A maldade adora se esconder em embalagens bonitas.

— Que cara é essa? — ele pergunta. A saída e o bar do hotel estão na mesma direção quando deixamos o elevador, então caminhamos juntos pelo corredor, dois passos meus para cada um dele. Estou ansiosa para sair e conseguir um quarto, mas também não quero perder essa sensação aconchegante e vibrante que tenho de estar tão perto dele.

— Que cara?

Ele levanta a mão, seus olhos brilhando de diversão, e aponta para minha cabeça.

— Você tem alguma coisa contra reuniões?

— Tenho certeza de que existem empresários incríveis por aí. Mas não conheci muitos nas últimas semanas.

Paramos perto da saída do hotel. Ele vai para a esquerda. Eu seguirei em frente.

— Espero ter sido a exceção — diz baixinho.

— Você foi incrível. — Um... dois... três segundos de contato visual antes de eu desviar o olhar. Minha paixão está de volta, tórrida e persistente.

— O que você estava fazendo em Londres? — ele pergunta assim que abro a boca para dizer tchau.

— Estava buscando informações para uma história.

— Ficção?

Balanço a cabeça.

— Sou jornalista.

Sua expressão muda de um jeito quase imperceptível, mas eu noto.

— Ah! De qual jornal?

— *LA Times*.

Ele faz um movimento rápido e impressionado com a sobrancelha.

— Sobre o que é a história?

Dou um sorriso, mordendo o lábio. É fácil dizer, só de olhar, que ele conhece pessoas importantes, e, por ser um empresário bem relacionado em Londres, significa que há boas chances de que tenha ouvido falar da Jupiter. Talvez ele até tenha sido um frequentador. Eu trato o assunto com cautela:

— É sobre um grupo de pessoas que fazem coisas muito ruins.

Alec me lança um olhar de esguelha, e o que diz em seguida não é o que eu esperava.

— Parece uma tarefa cansativa. Tem certeza de que está a fim de procurar hotel agora?

— Juro que sim. — Eu ajusto a alça da minha mochila no ombro. — Mas obrigada de novo por me deixar usar seu chuveiro. Me sinto uma nova pessoa. — Aceno em direção à saída. — Vou pegar um táxi.

— Fique no quarto, Georgia — ele diz de repente. — Quero dizer, o quarto no andar de cima.

— Na sua suíte? — Solto uma risada. — De jeito nenhum. Não posso.

Ele expira devagar.

— Vamos lá.

Esse *vamos lá* dito em voz baixa muda completamente a

sua postura. Ele é o mesmo homem de um segundo antes, mas está mais afável, mais real, de alguma forma.

— Você ainda não reservou um quarto. Não me parece que tem muitos disponíveis por aqui.

— Eu mandei um e-mail quando estava no saguão — digo, acrescentando sem convicção: — Tenho certeza de que reservaram um quarto pra mim.

Ele levanta o queixo como quem diz *Bem, dê uma olhada, então*. Quando faço isso, vejo uma chamada perdida e uma mensagem de voz de Linda, do Atendimento de Viagem.

Alec me observa enquanto coloco o celular no ouvido, e sua expressão muda de acordo com a minha. Olhos se arregalam de esperança, sobrancelhas baixam de frustração.

Guardo o celular de volta na mochila.

— Tem uma conferência científica importante na cidade. Os hotéis do aeroporto e do centro estão cheios.

— Está tudo lotado?

— Tudo por perto, sim. Reservaram um hotel de beira de estrada em Bellingham.

— Isso é a quase duas horas do aeroporto. — Ele puxa a manga da blusa, olhando para o relógio visivelmente caro. — E são quase onze.

Solto um grunhido para o alto.

— Eu sei.

— Você está no voo das oito? — Eu confirmo, e ele volta a franzir a testa. — Sério, Georgia.

Eu desmorono. O que ele está oferecendo é conveniente, mas muito constrangedor.

— Parece uma grande imposição. Não me sinto confortável em aceitar.

Ele olha para o lado, com o queixo tenso, e parece querer argumentar contra os meus limites, mas se contém.

— Tudo bem. Mas vamos tomar um drinque no bar enquanto você procura algo mais perto. Como posso deixar você sair caçando hotel a essa hora da noite?

— É justamente para isso que servem os táxis! — protesto, mas o sigo mesmo assim.

Ele me leva para um canto escuro e distante e aponta para uma mesa baixa com sofás ao redor.

— Pode ser, mas você é pequena e está escuro lá fora.

Ele me observa sentar e ajustar o vestido em volta das minhas pernas. *E não está usando calcinha*, parece querer acrescentar.

Ou talvez seja coisa da minha cabeça.

Há uma pequena vela a óleo no meio da mesa, e eu o observo da maneira mais sutil que posso enquanto ele lê o menu de bebidas. Suas mãos são um soneto de amor à masculinidade. Seu pescoço é obsceno. E, mesmo que esta pessoa na minha frente seja um homem adulto, os contornos de seu rosto são tão familiares que é quase como se eu o tivesse visto ontem, e não catorze anos atrás. Passei tanto tempo da minha infância na casa dele que entendia metade do que a mãe dizia aos filhos em coreano. Eu me pergunto como Sunny está agora, se ela acabou gostando de viver em Londres como prometi que aconteceria. Me pergunto se minha melhor amiga tímida encontrou alguém em quem confiasse para conversar sobre seu primeiro beijo, sua primeira desilusão amorosa, suas preocupações e vitórias.

Alec limpa a garganta enquanto verifica o celular, e volto a concentrar a minha atenção nele, ali, na minha frente. Ele é uma delícia que eu quero provar. Quero tomar longos goles dele, mantê-lo na minha boca, engoli-lo lentamente. Posso ver seus pais nele: as covinhas e maçãs do rosto de sua mãe; a altura e o pescoço comprido de seu pai. E então eu lembro que deveria estar procurando hospedagem, não estudando a protuberância daquele pomo de adão ou a saliência generosa daquela boca. Pego meu celular, mas, assim que abro o aplicativo de viagem, ele se estende sobre a mesa e abaixa minha mão com delicadeza.

— Ei — ele diz. — Você viu a suíte. É enorme. Deixa pra lá. São só algumas horas de sono em quartos separados.

Levanto a mão, esfregando meu rosto.

— Não é estranho?

— É você quem está dando importância demais a isso.

Ele pisca por cima do meu ombro, examinando o ambiente atrás de mim. Há um punhado de pessoas no bar, algumas nas mesas, mas ninguém ao nosso lado neste pequeno canto escuro. Alec se acomoda no sofá.

— Tudo bem — eu digo. — Mas eu insisto em dividir o custo com você.

Ele me oferece uma visão deliciosa de ambas as covinhas.

— E é claro que eu vou recusar. Além disso, você é jornalista. Não é assim que uma grande história começa?

— Que tipo de história você acha que eu escrevo? — pergunto, sorrindo. — Do tipo presa-numa-cidade-estranha-com-apenas-um-quarto-na-estalagem? Eu não escrevo pra uma revista masculina.

Ele me encara com uma expressão de surpresa, e lentamente ouço minhas próprias palavras.

— Ai, meu Deus. — Pressiono as mãos no rosto. — Não acredito que eu disse isso.

Do outro lado da mesa, ele cai na risada.

— Assim, você não me disse o que estava escrevendo, mas eu não quis insinuar *isso*.

— Eu sei que você não quis — digo, com uma risada estarrecida. — Agora não posso mesmo dormir lá em cima.

Ele passa a mão no rosto, se recompondo.

— Não, vamos lá. Vamos começar de novo.

— Vamos.

Nos encaramos, os olhos brilhando. Então voltamos a rir, e, meu Deus, o que está acontecendo? Meu cérebro está frito demais para nos tirar dessa.

Felizmente, a garçonete vem anotar os nossos pedidos — Zinfandel para mim, uísque puro para ele. Quando ela sai, Alec se inclina para trás e estica os braços sobre o encosto do sofá.

— Ela chegou na hora certa.

— Precisávamos desse recomeço — concordo.

— Fala mais do seu trabalho — diz ele. — Se lembro bem, você e Sunny costumavam fingir ser detetives, não era?

Solto uma risada.

— Meu Deus, como você se lembra disso?

— Vocês duas estavam sempre andando pelo bairro com blocos de notas, caçando pistas de mistérios. — Ele me olha achando graça. — Acho que não deveria me surpreender que você acabou trabalhando para o *LA Times*. Mesmo assim, é um grande feito.

— Obrigada. — Meu peito aquece de orgulho.

— Como você foi parar lá?

— Eu comecei há cerca de um ano — explico. — Mas, por enquanto, estou amando. Fiz jornalismo na Universidade do Sul da Califórnia, depois me esforcei muito pra publicar qualquer artigo em qualquer lugar que pudesse. Fiz reportagens criminais para o *OC Weekly* por um tempo. Escrevi para todos os sites que me aceitaram. Então, quando escrevi a história de um homem em Simi Valley que a cada mês pintava um retrato de sua esposa enquanto ela desfalecia de Parkinson, e a história foi selecionada pela *New Yorker*, recebi uma oferta de emprego do *Times*.

— A *New Yorker*? — Ele me encara como se estivesse me vendo pela primeira vez. — Quantos anos você tem?

— A mesma idade da Sunny. — Alec dá uma piscadela divertida.

— É um currículo impressionante para uma jovem de vinte e sete anos.

— De vez em quando — admito com um leve sorriso — levo o trabalho a sério demais.

Uma covinha faz uma breve aparição.

— Estou vendo.

— Com o que você trabalha? — pergunto, mudando de assunto. Comecei me sentindo orgulhosa, depois pareceu que estava me gabando.

A garçonete volta com nossas bebidas, e ele agradece, levantando o copo para brindar.

— Eu trabalho com televisão.

Ah, claro. Mas também: que tédio! Observo sua roupa e me lembro daquela mala elegante.

— Deixa eu adivinhar: desenvolvimento de negócios em um novo serviço de streaming?

Ele ri e leva o copo aos lábios.

— Não, não.

— Advogado de contratos?

— Meu Deus, não!

Eu o analiso, estreitando os olhos.

— Executivo da BBC conversando com emissoras americanas sobre um programa?

Alec pausa com seu copo na metade do caminho para a mesa.

— Isso é surpreendentemente perto, na verdade.

— Sério? Que incrível! Minha colega de quarto, Eden, é viciada na BBC.

Ele abre um sorriso enquanto abaixa o copo.

— É mesmo?

— Sei como é constrangedor hoje em dia não assistir TV, mas estou tão concentrada no trabalho que perdi a maior parte das obsessões coletivas nos últimos dois anos — admito. Me diz no que você trabalhou para que eu possa consertar isso. Eden diz que a TV é onde a criatividade vive e respira hoje em dia, e que estou por fora.

Ele varre o ar com a mão.

— Televisão não é pra todo mundo.

— Se você trabalha para a BBC — digo —, ela vai ficar maluca.

Alec ri.

— Qual programa? Vou mandar mensagem pra ela. Tenho certeza de que ela já viu.

Ele lança um sorriso irônico.

— Se chama *The West Midlands*.

Digito uma mensagem breve.

Sabe o amigo que encontrei? Ele disse que trabalha em West Midlands da BBC. Você gosta dessa, né?

Eden responde imediatamente com uma sequência de letras maiúsculas ininteligíveis. Viro meu celular para mostrar para ele.

— Viu? Ela conhece. Que legal! — Ponho o celular de volta na bolsa e tomo meu vinho. — Deve ser um trabalho divertido.

— É, sim. — Ele faz uma pausa. — O artigo que você está escrevendo é sobre o quê? Duas semanas me parecem muito tempo para investigar em Londres.

— O plano inicial era ficar uma semana, mas houve uma reviravolta intensa, acho. Eu pedi para ficar mais tempo.

Na verdade, implorei para ficar.

— Intensa como?

Faço o cálculo mental. Eu poderia contar a história, avaliar se ele poderia ser útil. Afinal de contas, ele é um empresário, obviamente bem relacionado. É um tiro no escuro, mas não seria louco se essa escala inconveniente em Seattle pudesse me ajudar com mais informações sobre a história de alguma forma? Essa perspectiva me deixa mais alerta.

— Antes, preciso saber: você já ouviu alguma coisa sobre um lugar chamado Jupiter?

Eu o observo mais de perto, procurando sinais de uma máscara se encaixando. Mas ele apenas franze a testa, pensativo, e, depois de um instante, com um pequeno aceno de cabeça:

— Uma boate, certo? — ele diz com cautela, e eu confirmo. — Estava nos noticiários recentemente.

— Certo. — Tomo outro gole do meu vinho. — Você provavelmente ouviu falar do segurança que foi espancado em um beco atrás da boate, na mesma noite em que fez uma denúncia ao seu superior sobre casos de assédio no local de trabalho. Ele tuitou tudo isso e deu detalhes de como a polícia não fez nada.

Alec assente.

— É, acho que vi algo sobre isso.

— Então, isso é tudo que os veículos de comunicação de Londres relataram sobre o caso. Todos deixaram pra lá. Ninguém pareceu notar que, cerca de uma semana depois, o mesmo segurança postou capturas de tela que alguém mandou pra ele de alguns dos donos da boate compartilhando vídeos explícitos em um fórum on-line. — Faço uma pausa, avaliando a reação dele. — Vídeos desses proprietários supostamente fazendo sexo com mulheres nas salas VIP da boate. No dia seguinte, essas imagens sumiram. Ele excluiu a conta no Twitter.

O rosto dele não esboça nenhuma reação. Então Alec não está ciente de tudo isso e... na verdade, me sinto aliviada. A história não está sendo muito comentada em Londres, e se ele tivesse ouvido alguma coisa sobre a Jupiter, provavelmente seria um mau sinal.

— Então, eu fui até lá pra cobrir uma reunião internacional sem graça sobre legislação farmacêutica, mas me ofereci por causa dessa história da Jupiter. Depois que vi aqueles tuítes, a coisa toda não saiu da minha cabeça por semanas. Pensei que tinha uma chance de esse segurança saber de coisas obscuras acontecendo na boate e ter sido espancado por denunciá-las ao chefe. Parecia que ele estava tentando alertar a grande mídia.

— Certo — diz ele com cautela. — Mas... você não pensa mais isso?

Apoio minha taça na mesa e me esforço para não demonstrar raiva na voz, lembrando-me da maneira como o segurança, Jamil, se recusou de todo jeito a falar conosco quando conseguimos localizá-lo.

— Ah, ainda acredito nisso. Na verdade, tenho certeza de que alguém o está ameaçando agora. Por isso meu chefe me deixou ficar mais tempo. E, quanto mais eu descubro sobre o que acontece naquelas salas VIP, quanto mais terrível fica, mais eu não consigo parar de investigar.

Alec olha para mim por um longo e silencioso momento. Tenho a expectativa de que ele pergunte o que quero dizer, que me peça para explicar o que é "terrível" nesse contexto, mas ou suas maneiras o proíbem de instigar, ou ele vê a exaustão se espalhar por mim, porque diz apenas:

— Bem, então que bom que você está trabalhando duro nisso.

Preciso mudar de assunto.

— Nós não terminamos de falar sobre a Sunny.

A expressão dele se transforma. Aparentemente, a transição de escândalo sexual para indagações sobre a irmã foi um pouco abrupta. Preciso restabelecer minhas habilidades sociais.

— Como...? — ele começa, e então fica sério. — Ah! É. Ela está bem. Você deveria tê-la procurado quando estava em Londres.

Puxo minha taça de vinho para mais perto.

— Ela se lembraria de mim?

— É claro. Vocês duas eram inseparáveis.

— Éramos mesmo. — Mudo de expressão enquanto me lembro. — É verdade.

Ele se inclina para pegar o copo enquanto se acomoda no sofá.

— Lembro quando vocês duas cortaram as roupas dela para o show de talentos, e Umma ficou uma fera.

Rio e faço uma careta com essa recordação.

— Ela não ficou... nada feliz. Mas poderia ter ligado para os meus pais e não fez isso. A gente teve que arrancar ervas daninhas no jardim dela todos os dias depois da escola por um mês.

— Foi uma punição leve — diz ele, sorrindo ironicamente. — Peguei o carro sem permissão *uma vez* e tive que reconstruir o deck dos fundos com minhas economias. A gente se mudou uma semana depois que eu terminei.

Faço uma careta e consigo dizer apenas "caramba".

— A mudança pro Reino Unido foi difícil para Sunny — diz ele.

— Imagino. — Isso toca em uma ferida que eu não sabia que ainda tinha. — Foi difícil para mim também. Na verdade, fazer um novo grupo de amigos no ensino médio é difícil.

Ele ri.

— Quem poderia imaginar?

Sorrio para ele, tomando outro gole.

— Todo mundo?

Isso o faz rir novamente. Adoro esse som. A voz dele é profunda e suave, aposto que nunca gritou na vida — a risada tem essa mesma sonoridade pacífica.

— Mas ela está bem agora?

Alec engole em seco, assentindo.

— Ela trabalha como modelo. É uma carreira difícil, e, acredite, a moda em Londres é brutal, mas ela está indo bem. Talvez você a tenha visto em alguns anúncios de revista.

— Gostaria de saber para procurá-los. — Balanço a cabeça. — Ela usa o próprio nome? Vou pesquisar.

— O nome de batismo, sim. Kim Min-sun.

— E os seus pais?

— Eles estão aposentados, nos arredores de Londres. Estão bem. — O sorriso de Alec aparece em muitas formas, e essa é agradável e cortês. É o mesmo de quando eu passava algo para ele na mesa de jantar, quando o mandavam dizer boa-noite enquanto eu estava saindo. — Vou dizer que você perguntou por eles.

— Obrigada. Diga à sua mãe que sou ótima em remover ervas daninhas graças a ela. — Caímos no silêncio por mais alguns instantes, e ambos encaramos as nossas bebidas. — O que você fez depois que se mudou? — pergunto.

Ele toma outro gole antes de responder.

— Me mudei para Seul quando me formei, depois voltei para Londres... — Ele faz uma pausa, pensativo. — Bem, há pouco mais de três anos.

Percebo que é isso que ouço em seu sotaque. É encantador.

— Uau! Você morou na Coreia?
— Morei. — Ele sorri, e para por aí. É o fim da conversa fiada: perguntar sobre a família, falar sobre as novidades mais importantes, esgotar nosso conhecimento básico sobre a vida um do outro. Insinuações sexuais foram lançadas de uma forma constrangedora. Tento pensar em algo mais interessante para perguntar, mas tudo o que me vem à mente parece muito inadequado.

Você é casado?
Essas mãos são tão fortes quanto parecem?
Como você é pelado?

Por fim, consigo juntar as palavras. Infelizmente, ele faz a mesma coisa e acabamos falando ao mesmo tempo:
— Quanto tempo você vai ficar em Los Angeles?/ — Como estão *seus* pais?
— Desculpe — dizemos em uníssono.
— Pode perguntar — também em uníssono.
Coloco uma das mãos na boca e aponto a outra para ele.
— Vai você — murmuro entre os dedos.
— Vou ficar aqui por algumas semanas — responde ele, rindo. — Na verdade, alguns colegas meus foram para Los Angeles há dois dias. Eu me atrasei, mas vou encontrá-los lá. — Ele dá um gole na bebida. — Sua vez agora. Como estão os seus pais?
— Eles estão bem — respondi. — Estão na Europa até a próxima semana.
Ele estreita os olhos, assentindo.
— Eles viajavam muito? Seu pai não era diplomata? É isso?
— Quase. Ele trabalha para o Departamento de Estado. A mamãe viaja com ele o máximo que pode. — Não acrescento que esta é a primeira viagem dela desde que Spence

e eu terminamos, e que ela basicamente deixou sua vida em espera para me ajudar a sair da pior. Engulo o estranho nó na minha garganta com um gole de vinho. — Você conheceu eles?

— Já os encontrei uma ou duas vezes buscando Sunny na sua casa. Se lembro direito, seu pai é muito alto e sua mãe é...

— Muito *não alta*? — sugiro, rindo. — Meu pai tem um metro e noventa e três. Minha mãe é bem mais baixa. — Sempre tive a esperança de puxar a altura dele, mas... — Aponto para mim. — Sou a pessoa que sempre se certifica de que o médico anote um metro e sessenta e um *e meio* no prontuário.

Ele sorri para mim e lambe os lábios, para a minha dispersão. De fato, eu me distraio tanto com esse gesto que levo um segundo para processar a próxima pergunta. E então meu coração despenca de um penhasco.

— Não — respondo, por fim. — Eu não sou casada...

A maneira como eu respondo — hesitante, com uma careta — claramente deixa a impressão de que há uma história a contar. Merda. Por que eu fiz isso? A última coisa que quero fazer é falar sobre Spence esta noite, não com Alec sentado na minha frente, lindo desse jeito.

Ele acena com a cabeça, ergue as sobrancelhas lentamente, e acho que tenho que explicar minha resposta estranha.

— Terminei um relacionamento longo há uns seis meses. Foi difícil, e ele levou a maioria dos nossos amigos com ele.

— Ah! — Ele dá mais um gole de uísque. — Eu sinto muito.

— Está tudo bem. — Fico inquieta e puxo o cabelo para cima, e ele observa meus dedos se movimentando rápido para prendê-lo em um coque. Meu cabelo está escorrido e seco agora, e sinto alguns fios escapando e roçando meu pescoço. Ele rastreia esse movimento também. — Deveria ter acabado muito antes.

Alec me observa com um olhar firme.

— O que aconteceu?

Nos encaramos por alguns instantes sem falar nada, antes de eu abrir um sorriso.

— Estamos mesmo fazendo isso? — pergunto. —Vamos falar de assuntos profundos?

— Por que não? — Ele sorri, de forma astuta e divertida.

— Já falamos de trabalho e família. Será que algum dia nos veremos de novo? — Ele está falando sobre compartilhar nossas histórias, mas sinto outra intenção. Algo um pouco mais picante.

— Ele fez merda — conto sem rodeios.

A expressão de Alec muda.

— Com você?

Gosto do jeito como ele diz isso. Descrente, como se não pudesse conceber a ideia.

— Não é o que você está pensando — digo.

Só falei sobre isso com três pessoas: meus pais e minha melhor amiga, Eden. Não apenas porque nossos amigos em comum decidiram que eu estava exagerando e deveria dar outra chance a Spence, mas também porque é muito humilhante perceber que sou uma jornalista que o namorado conseguiu enganar todos os dias por quase um ano. É esquisito falar dessa história com um quase desconhecido. Mas eu falo. Porque estou aqui com Alec — que eu estranhamente sinto conhecer, embora não conheça, e tenho a impressão de ter visto há pouco tempo, embora não seja o caso — e estou cansada, mas não quero dormir agora que estamos falando sobre algo real.

— Ele perdeu o emprego porque foi pego roubando clientes da empresa, trabalhando como freelancer por um preço bem mais barato. Mas nunca me contou. Ele saía todas as manhãs, vestido para o trabalho, e voltava para casa todas as noites fingindo cansaço. Ele inventava histórias sobre brigas entre colegas de trabalho, reclamações e promoções nas quais eu acreditei completamente. Com o tempo, ele acabou com as próprias economias, e então começou a pegar o meu dinheiro.

Alec fica imóvel.

— E seus amigos ficaram do lado *dele*?

— Ele é muito carismático — explico. O sorriso cativante de Spence aparece nos meus pensamentos, sua risada contagiante ecoa em meus ouvidos, e sinto aquela vontade familiar de fugir da minha própria pele. — O típico bom-moço, sabe? Tenho certeza de que os encheu de meias-verdades brilhantes, se fez de vítima. Eu o cortei da minha vida, eles não. Mas eles não estavam morando com ele. Ele não estava mentindo na cara deles todas as manhãs e todas as noites. Acho que foi mais fácil sentir empatia.

— Como você descobriu?

— Percebi que tinha algo errado quando meus extratos bancários começaram a parecer menores. Então o segui até o trabalho. Ele ia para o parque e ficava dormindo. Em casa, enquanto eu dormia, ele ficava acordado a noite toda jogando, tentando ganhar dinheiro.

Alec ri incrédulo.

— As pessoas ganham dinheiro assim?

— Spencer não ganhava nenhum.

Ele ri de novo, mas desta vez se solidariza.

— Sinto muito, Georgia.

— É. — Termino de tomar meu vinho e assinto quando ele sinaliza outra rodada. — Foi uma merda.

Observo seu pescoço enquanto toma o último gole de

uísque. É um pescoço longo, o queixo é tão afiado que quero afundar meus dentes no ponto pulsante logo abaixo dele.

— E você?

— Não sou casado. — Ele coça a bochecha. — Nem estou saindo com ninguém no momento.

— Isso parece... — Não sei como terminar a frase. O que eu quero dizer é que parece uma tremenda tragédia para todas as mulheres. Ou para os homens. Ou para a humanidade. Para haver equilíbrio no mundo, pessoas como Alec Kim devem transar com frequência. — Hum.

— O que foi?

— Que chato — eu digo enquanto o vinho e a fadiga se instalam de repente como um narcótico no meu sangue. — Você é um cara gato. Deveria estar namorando.

— E você é uma mulher linda. Não devia ser enganada.

Ainda bem que está escuro, porque tenho certeza de que estou vermelha como um tomate.

— Obrigada.

— De qualquer forma, pra mim é difícil namorar. — Ele faz uma pausa, como se tivesse dado um passo impulsivo por um corredor que não tem certeza se deveria explorar. — Estou sob muita... — ele se detém novamente antes de continuar — pressão no trabalho.

— Parece muito intrigante, Alec.

— Não é. Ou talvez seja. — Ele afasta o assunto com um gesto. — Mas não estou a fim de falar de trabalho. É só o que vou fazer nas próximas duas semanas.

— Muito bem. — Levanto a nova taça de vinho que acabei de receber. — Nada de trabalho, então.

Ele assente com firmeza.

— Nada de trabalho.

— Nada de ex também.

Alec ri.

— Concordo, chega de falar de ex. — Ele me encara. — Vamos falar de quê?

— Hobbies?

— *Hobbies*. Claro.

— Você ainda anda de skate? — eu brinco.

Ele me encara surpreso.

— Sério?

Rindo, eu digo:

— Lembra que você andava de skate o dia todo na sua rua? — Eu com certeza me lembro. Eu me sentava no sofá perto da janela da frente, aparentemente fazendo minha lição de casa com Sunny, quando na verdade estava assistindo Alec e seu trio de amigos fazerem *ollies*, *kickflips* e *pop shoves* o tempo todo.

— É, eu lembro bem. — Ele ri outra vez e balança a cabeça. Sinto que há alguma coisa que não estou entendendo. — Você é uma figura.

E então Alec me examina do seu jeito delicado e meticuloso.

— Que foi? — pergunto após dez longos segundos de um silêncio muito autoconsciente.

— Acho que é porque estou cansado — diz ele, piscando para sair do transe. — E tomei uma bebida, e agora outra, com o estômago vazio.

Aguardo ele concluir.

— *O que* acontece porque você está cansado? — pergunto finalmente.

— Eu me lembro de você como uma garota meiga e magricela. Não essa...

Ele aponta para o meu corpo, e não deixo de perceber como seus olhos se detêm nos meus seios.

— Mulher.

— Eu já disse que dormiria lá em cima; você não precisa me seduzir.

Espero ele rir ou voltar atrás, explicar de maneira educada que não, não, só quis dizer que é surreal ver alguém depois de tanto tempo. Mas ele não faz isso. Ele me encara pacientemente.

Eu pisco e olho para o meu copo, trazendo-o aos meus lábios.

— Mas falando sério, Alec. Se eu for para o seu quarto, nem preciso usar a cama. — Meus olhos se arregalam. — Porque vou dormir no sofá, eu quero dizer. — Dou uma risada. — Meu Deus.

Alec se esforça para não sorrir.

— Isso significa o que eu acho que significa?

— Esqueça o que eu disse.

— Não consigo. — Ele abre um sorriso. — Já registrei.

Eu me curvo, enterrando meu rosto nos braços.

— Eu adorei. — Alec ri. — Sério, é divertido.

Eu me endireito, engulo meu vinho.

— Em minha defesa, eu não durmo há... — faço os cálculos — mais de trinta horas. Você não tem ideia das coisas que estão passando por aqui. — Pressiono o dedo indicador na minha têmpora. — Acho que tenho mesmo que ir para a cama.

Ele olha por cima do meu ombro e, em seguida, puxa a manga para trás para verificar a hora.

— Pode falar.

— Você está me pedindo pra te deixar escandalizado.

Ele ri, um som retumbante e de boca aberta.

— Eu garanto que você não consegue me deixar chocado.

É mesmo? Eu sorrio para ele.

— Você está me desafiando?

— Com toda certeza.

Balanço meu vinho e o encaro por cima da borda do copo. Há um brilho misterioso e divertido em seus olhos, que me deixa tentada mas também cautelosa. E se eu estiver pensando que estamos flertando mas na verdade ele só acha que vou contar sobre algum hobby bizarro?

— Georgia, olá — ele sussurra e aponta para si. — Estou esperando pra ficar escandalizado.

Então eu deixo escapar:

— Assim tão perto de você, eu só consigo pensar que não estou usando calcinha.

Ele balança a cabeça lentamente, lança um olhar interessado, mas — para minha surpresa — não mostra nenhum sinal de estar escandalizado.

— Também estou pensando muito nisso.

— Você sabia?

— Claro que eu sabia. — Ele toma outro gole. — Você levou só uma bagagem de mão para uma viagem internacional de uma semana que se estendeu por outra semana e estava planejando chegar em casa hoje à noite. — Ele se inclina para trás e acrescenta baixinho: — Além disso, Gigi, eu examinei cada centímetro seu nesse vestido.

Minha pele está envolta em calor. Sua resposta franca e serena me faz desmoronar. Alec não está nem um pouco nervoso. Tenho que morder meu lábio para não deixar uma risada constrangida escapar.

— Tarado — eu sussurro, sorrindo e amando em segredo que ele tenha me chamado pelo apelido. Isso me faz entrar num túnel do tempo e voltar para quase uma década e meia atrás, observando-o, sem camisa, jogar uma bola de futebol para seu amigo correndo no meio da rua. Mas agora — aqui — isso sai dele de forma diferente, como uma promessa maliciosa.

Ele ri e se inclina para apoiar o copo na mesa.

— *Tarado?* Diz aquela que não consegue tirar os olhos das minhas mãos.

Abro a boca para protestar, mas seus olhos brilham com divertimento.

— É verdade — confesso. — Mas elas são indecentes, Alec.

— Indecentes? — Ele sorri com a palavra. Quantas mulheres deve levar para a cama assim, só sendo gentil, divertido e direto?

Ele levanta a mão, com a palma para cima, e então a vira lentamente, balançando aqueles dedos longos e graciosos.

— Como isso é indecente?

— Ver você tocar piano seria como assistir pornô.

Isso o faz abrir um sorrisinho.

— É isso que você gostaria de me ver fazer?

— Sinceramente, eu veria essas mãos folheando uma enciclopédia se fosse minha única opção.

— Não é sua única opção. — Essas palavras nos atingem. — Mas claro. — Ele levanta um dedo, fingindo acenar para a garçonete. — Eles devem ter um livro atrás do bar, em algum lugar.

Me inclino batendo em seu ombro, e ele rapidamente pega minha mão. Alec se curva, apoia os cotovelos nas coxas e vira minha mão sobre as suas, arrastando a ponta do dedo pelo meu pulso. Meu batimento cardíaco deve estar centrado ali, arrastado como um ímã sob minha pele aonde quer que seu toque vá. Ele agarra os meus dedos com delicadeza, apertando um de cada vez antes de pressionar os dois polegares no centro da minha palma, massageando em círculos firmes. Com apenas esse toque, ele está suavizando quase seis meses de tensão de todo o meu corpo.

Acho que não percebi o quanto precisava de contato físico até ele fazer isso, e de repente estou desesperada por mais. Tenho que usar todo o meu autocontrole para não dar a volta no sofá em forma de U e subir no colo de Alec. Eu o sinto olhar para cima e observar minha reação enquanto esfrega minha mão, mas não consigo parar de encarar o que ele está fazendo. Seus dedos são fortes, seu toque é firme. Suas mãos são enormes ao redor das minhas, mas ele não está me tratando como se eu fosse delicada. Ele está fazendo uma massagem incrível.

— Por acaso você trabalha no escritório de massagens da BBC? — murmuro.

— Não. — Ele ri. — Me dá a outra.

Sem hesitar ofereço minha mão esquerda, e ele a segura, repetindo os movimentos quase idênticos. Imagino aqueles dedos amassando os músculos tensos dos meus ombros, descendo a minha coluna, agarrando meus quadris. É impossível não extrapolar essa sensação e imaginá-la nos meus seios, no meu pescoço, entre as minhas pernas.

— Está bom assim? — ele pergunta baixinho.

— Você não tem ideia.

— Tenho alguma ideia — diz ele. — Pela sua expressão.

Eu olho para cima, de encontro aos seus olhos.

— O que estamos fazendo, Alec?

Alguns segundos se passam antes que responda:

— O que você quiser.

Ele vira o rosto para baixo, observando o que faz com a minha mão. Quero chupar os seus dedos.

— Você faz isso toda vez que viaja a negócios?

Ele ri. Suas covinhas são genuinamente obscenas.

— Com certeza não. Nunca fico sozinho assim quando viajo.

Tento decifrar essa resposta enquanto sua mão sobe pelo meu antebraço, apertando, massageando.

— O que isso significa?

— Significa que eu geralmente viajo com várias pessoas que são muito intrometidas.

— Entendi. — Estou em transe. — Você já mencionou isso, desculpe. Sua equipe veio antes.

Ele está me observando mais uma vez, esperando, suponho, que eu diga a ele o que quero.

Então eu digo.

— Acho que é melhor nós subirmos agora.

Três

Quando abro a mochila para pegar minha carteira, ele já está deixando várias notas de vinte sobre a mesa.
— Pode deixar — diz.
— Obrigada. — Cada movimento que faço é estritamente calculado enquanto me levanto e passo a mão nas pernas por cima do vestido, porque sei que ele está me observando por trás. Ele pega a alça da minha mala e, em seguida, puxa a mochila do meu ombro, coloca uma em cima da outra e as empurra entre nós enquanto saímos do bar, agora vazio, e voltamos para o saguão. Até chegarmos aos elevadores, ele estranhamente se mantém distante de mim. Como se fôssemos dois estranhos, coincidentemente se movendo na mesma direção. Eu não questiono. Na verdade, não consigo pensar de modo consciente sobre nada além de respirar e andar. Minha visão está embaçada de vinho, desejo e fadiga.

A expressão de Alec também está distante conforme segura a porta e entra atrás de mim no elevador vazio. E, assim que as portas se fecharem, espero que ele se aproxime — afinal, vamos subir vinte e seis andares e temos uma grande nuvem de tensão sexual pairando entre nós. Espero ele me encostar num canto, me provocar com aqueles olhares longos e silenciosos, mas ele se inclina contra a parede oposta, cruza um pé sobre o outro e pega o celular para digitar alguma coisa. Ele aperta "enviar" e põe o aparelho no bolso, mas então inclina o rosto para o teto, respirando fundo.

Fico confusa, e isso me deixa quieta. Talvez eu não tenha sido clara sobre o meu objetivo de querer ir até o quarto dele. Talvez ele pense que eu estava recusando o flerte? Meu Deus, espero que não. O poder da sua presença é sufocante — o comprimento surreal das pernas, as mãos fortes se estendendo para trás e agarrando o corrimão ao longo do elevador, seu peitoral definido sob a camisa branca. Ele exala sexo e confiança e, paradoxalmente, parece ter total ciência disso e ao mesmo tempo não perceber. A ideia de ir para a cama sozinha depois de toda essa tensão sexual seria como ter que interromper um espirro no meio.

Acho que ele se dá conta do silêncio pesado e limpa a garganta.

— Câmeras — diz baixinho, apontando para o teto. — Não quero ser filmado fazendo certas coisas no elevador.

— Ah! — O alívio aumenta a mistura intoxicante fervendo sob minha pele, e eu inclino meu rosto para cima, lentamente sugando uma lufada de ar.

— Seu pescoço está muito vermelho — ele murmura.

Eu me volto para ele, e, quando nossos olhos se encontram, o calor percorre meu peito com tanta intensidade que sinto uma onda estranha de emoção subir. Isso é loucura. E eu não me importo.

Alguma vez eu já tive esse desejo por alguém? Eu me sentia atraída por Spence — principalmente no começo —, mas nunca estive perto de engasgar com uma necessidade palpável por ele. Cravo os dentes no meu lábio inferior, me esforçando para evitar que um grito escape da garganta. Ele sequer me tocou ainda e as minhas coxas já estão quentes.

Ele inclina seu corpo para mim, as narinas dilatadas.

— Você fica vermelha assim quando goza?

— Não sei — eu admito com a voz vacilante. — Eu estou sentindo...

— Eu sei. — O elevador apita, a porta se abre e Alec se joga para a frente, pegando meu pulso e me puxando com ele. Quero que ele me jogue aqui mesmo, me empurre contra a parede. Quero que suas mãos famintas mergulhem debaixo da minha roupa, enrolando o tecido nos punhos. Eu quero abaixar seu zíper, puxar seu pau pra fora e ver seu rosto quando sentir meu primeiro toque.

Só consigo sentir uma sofreguidão vazia; minha pele parece irritadiça e apertada.

Ele silenciosamente me conduz pelo corredor, quase como se eu estivesse sendo castigada, suas pernas longas arrastando as minhas pernas curtas numa corrida atrás dele. Com a mão livre, ele passa o cartão de acesso, abre a porta e me leva para dentro. A porta se fecha com um baque pesado, e minha mala colide com a parede no mesmo momento em que ele agarra minha cintura com as duas mãos, me puxando para perto. Seu corpo se joga no meu e ele nos gira, me prendendo contra a parede.

A boca de Alec, quente e aberta, encontra o meu pescoço, sugando no ponto exato em que meu coração parece bater mais forte. Finalmente posso sentir a ampla extensão de suas costas, deslizando minhas mãos até seu pescoço e em seu cabelo.

Ele fala colado na minha pele.

— Por onde eu começo com você?

Quero começar pelo final, com o corpo dele dentro do meu, mas também quero desacelerar o tempo e chegar lá aos poucos. Nós ainda nem nos beijamos e estou bem ciente de que esse tipo de coisa acontece apenas uma vez na vida. Não apenas esta noite com Alec Kim, mas esse tipo de noite no geral, de sexo sem regras, sem consequências emocionais, com a simples intensidade do desejo que parece se expandir agora que estamos nos tocando.

Viro a cabeça atraindo a boca dele até a minha. Ele solta um grunhido com o toque, e minhas pernas quase desabam. Seus lábios são macios, firmes, a boca deliciosa suga meu lábio inferior, me incitando a suspirar. Ele tem gosto de uísque e beija como se já estivesse transando, com rosnados e calor. Alec Kim não veio para brincar.

Ele se abaixa, enrolando a bainha do meu vestido nas mãos e puxando-o para cima do meu corpo e sobre a minha cabeça, jogando-o no chão, num emaranhado vermelho. Alec passa as mãos nas minhas costas, solta o fecho do meu sutiã e o desliza pelos meus braços antes de jogá-lo em algum lugar para o lado, seus olhos fixos na minha pele nua.

Não tenho para onde ir, mas quando ele dá um passo para trás para me olhar nua, contra a parede, eu não me moveria nem que pudesse. Nunca vi esse grau de tesão genuíno no rosto de um homem antes.

Ele apoia uma das mãos na parede ao lado da minha cabeça e estende a outra, gentilmente puxando meu cabelo, soltando o coque improvisado. Meu cabelo se espalha, macio e frio, nas suas mãos, sobre meus ombros. Alec lentamente passa o dedo indicador pelo meu pescoço, entre os meus seios, pela minha barriga. Meus mamilos estão duros, um rubor rasteja pelo meu pescoço e pelo meu peito. Alec morde o lábio enquanto observa seus dedos deslizarem sobre as minhas costelas, segurando meu peito, e então ele se curva, abrindo e fechando a boca em torno do meu mamilo.

Com o toque molhado de sua língua, sinto o primeiro

som sair de mim, minhas mãos indo para seu cabelo, punhos se fechando ao redor do seu peso sedoso. Ele chupa o meu mamilo e depois o acaricia com os dentes, passando a mão pelas minhas costas e ao redor da curva da minha bunda.

Enfio as mãos entre nós e puxo a barra de sua camisa para fora da calça, desabotoando de baixo para cima, descobrindo seu peito para que eu possa tocá-lo. Minhas mãos o sentem quente e firme: o peito liso, as costelas que se contraem e se expandem ao ritmo da respiração, sua cintura esguia. Quando ele puxa o meu corpo para si, a primeira sensação da sua pele na minha é brutal. Se ele tinha alguma paciência, acabou quando ele lutou com os braços para tirar a camisa e jogar no chão.

Alec agarra os meus quadris, virando e andando para trás com a boca no meu pescoço até a gente esbarrar no braço do sofá. Ele ri colado no meu pescoço e me levanta, envolvendo minhas pernas ao redor de sua cintura.

— Para o quarto? — ele pergunta.

Eu concordo, passando os braços ao redor de seus ombros, beijando o doce calor de seu pescoço, mordendo e outra vez sugando-o por inteiro.

Ele me guia pelo corredor até o quarto, me segurando até minhas costas baterem no colchão e ele repousar sobre mim. Ele puxa a minha perna um pouco acima do seu quadril e se esfrega, primeiro devagar e depois com força, sua boca no meu pescoço e na minha clavícula, a mão passando da minha cintura para o meu peito, que ele aperta, me preparando para a sua língua, curvando o corpo todo para me chupar com força. Tenho muitos pensamentos de uma vez e permito que voem livremente através de mim. O deslizar molhado de sua língua no meu mamilo. O calor e a sucção de seus lábios nos meus seios. A pressão forte entre as minhas pernas e o quanto estou molhada em cima da roupa dele.

A língua dele faz movimentos mais vagarosos; seus quadris desaceleram também, e ele finalmente se apoia em seus braços, olhando para mim.

— Tudo bem?
— Tudo perfeito.

Minha exaustão sumiu com as minhas roupas. Dormir é a última coisa que quero agora. Eu passo a mão na barriga dele, depois no seu peito, e posso sentir seu coração lá no fundo, batendo.

— E você?
— É, eu só... — Ele balança a cabeça baixa. — Isso nunca acontece.

Dou risada, desenhando espirais em seu peito.

— Alexander Kim, é *muito* difícil acreditar nisso.
— Não, quero dizer, desse jeito — diz ele. — Vou aproveitar o momento. — Ele observa os meus lábios. — Três horas atrás eu só queria estar no meu hotel em LA. Agora quero que esta noite dure uma semana. Isso não acontece mais. Quando estou com alguém... é sempre tão conturbado.

Cravo os dentes no meu lábio inferior e olho para ele. Acho que sei o que quer dizer; é assim comigo também. Pela primeira vez em muito tempo, sexo pode ser apenas sexo, mas nem por isso é sem importância. Eu deslizo minha mão ao redor de seu pescoço e o atraio para um beijo.

É mais devagar desta vez, profundo e exigente, e ele segura meu queixo com a mão, seu polegar acariciando bem ao lado de onde nossas bocas se movem juntas de maneira natural. Agora que estamos na cama, parece que temos todo o tempo do mundo. Sinto o coquetel de vertigem e devastação se formando no meu sangue; entendo quando ele diz querer que a noite dure uma semana.

Alec levanta e se ajoelha entre as minhas pernas, afastando meus joelhos e se apoiando nos calcanhares. Em qualquer outro contexto eu pensaria que passamos apenas duas horas juntos, que estou nua e ele está olhando para uma parte do meu corpo que apenas dois outros homens já viram. Nenhum deles nunca realmente *olhou* do jeito que ele olha agora. Mas a expressão em seu rosto apaga qualquer dúvida que eu tenha de que ele quer isso tanto quanto eu. Sinto-o deslocar sua atenção para o meu rosto e vejo sua mão deslizar pela minha canela e sobre o meu joelho. Silenciosamente, envio um rápido agradecimento ao universo pelas lâminas de barbear do hotel. Ele alisa minha coxa com a palma da mão, e tudo dentro de mim fica tenso com a espera. Com um gemido baixo, ele desliza a ponta do polegar entre minhas pernas, onde estou molhada, sobre a pequena elevação que me faz querer gritar de prazer.

Ele solta um palavrão, circulando meu clitóris com o polegar. Ele olha para o que está fazendo e sussurra:

— Você é tão macia!

Eu levanto os quadris, buscando, precisando de mais do que esse toque de relance, e ele sorri, torcendo o pulso e deslizando lentamente dois dedos em mim. Quase me jogo no ar, me erguendo da cama, as costas arqueadas, me abaixando para agarrar os lençóis em meus punhos. Ele sobe em cima de mim, deslizando a boca sobre a minha, a língua no mesmo ritmo dos dedos, e me sinto embriagada, como se estivesse no meio de um sonho muito realista e a qualquer segundo pudesse acordar gozando. Quando eu alcanço seu cinto ele grunhe com um beijo, empurrando os quadris nas minhas mãos.

O cinto cai para o lado e eu abro o botão e o zíper antes de enfiar a mão avidamente, gemendo com o peso sólido dele, empurrando a calça e a cueca para baixo. Ele as chuta, se esforçando para não tirar os dedos do meu corpo, enquanto ri com um beijo preocupado.

Quando abro os olhos para avaliar sua expressão, o encontro já olhando para mim. O sorriso espontâneo que toma conta de nossos rostos faz meu peito apertar com tanta força que perco o fôlego. Vejo a mesma descarga de alívio que senti antes passar por seu rosto enquanto envolvo seu pau com a mão, acariciando para cima e para baixo.

Seus lábios oferecem encorajamento silencioso enquanto balança a cabeça, com as narinas dilatadas.

É meu, eu penso. *Esta noite, pelo menos, você é meu.*

Alec está tão duro que a pele fica incrivelmente esticada ao redor da ponta; me dá água na boca. Ele engole em seco, o pomo de adão balançando, os lábios entreabertos enquanto sua respiração fica mais acentuada, entrecortada. Na primeira vez, eu normalmente questiono tudo o que faço — *será que a pressão está certa, será que estamos indo rápido demais?* —, mas esta noite não é assim. Não tenho certeza se é o jeito como ele parece estar se esforçando para se segurar ou o quão duro ele está na minha mão, mas tudo parece acontecer exatamente como deveria. O corpo dele é definido e macio, e a pele brilha com uma fina camada de suor. Eu quero senti-lo se mover em cada parte de mim, quero o seu sal na minha língua, quero ele por inteiro enfiado fundo em mim, mas só de imaginar sua mão em mim e *dentro* de mim faz o prazer subir como vapor sob minha pele.

Eu transo com a mão dele; ele transa com a minha. Nossos beijos ficam confusos e distraídos pelo prazer. Continuo pensando que vamos parar com isso e passar para a próxima etapa — se temos apenas uma noite, eu não deveria senti-lo? Ele não deveria me beijar entre as minhas pernas? Talvez façamos a transição para um sexo mais alucinante. Mas, mesmo só com as mãos, é o melhor sexo da minha vida; estou muito perto da sensação de desabar, de gozar com tanta força que me preocupo em acordar todos no vigésimo sexto andar.

— Quero sentir você gozar na minha mão — diz ele, ofegante, enquanto meu corpo se agarra no dele. — Nos meus dedos.

Eu estou quase lá, e ele também, eu acho. Meus olhos se fecham e ele descansa seus lábios nos meus, me dizendo *eu vou gozar, eu vou gozar*, e então ele passa a falar frases safadas que enviam calor pelo meu pescoço.

É como ter prazer explodindo dentro de mim, derramando-se em todo o meu sangue, e do jeito que meu coração está batendo ele imediatamente se espalha para cada parte do meu corpo até as pontas dos meus dedos. Com um grito de alívio eu gozo nos dedos dele, me contorcendo no empurrão profundo. Ele me diz que sabe — *eu sinto você gozando* — e meu movimento desesperado parece transformar tudo nele. Com um grunhido intenso, ele me segue em um pulso quente contra meu quadril, seus dentes cravados no meu pescoço.

Percebo como o quarto estava silencioso, e quanto barulho fizemos com nossa respiração e os movimentos frenéticos de nossas mãos e nossos corpos. O ar parece se acomodar em um cobertor macio sobre nós, pairando.

— Caralho — diz ele, cuidadosamente retirando os dedos de mim.

Eu estremeço, sensível, e ele sussurra um pedido de desculpas na minha boca, me beijando com uma doçura inacreditável. Com a energia frenética acalmada por um momento, nos beijamos profundamente até parecer que sua boca é parte da minha, até que eu me pergunte como é que só fizemos isso esta noite.

Alec beija meu pescoço e desce até meu peito, arrastando os dedos molhados pelo meu corpo, onde desenha círculos sobre meus mamilos, seguindo com a língua, dizendo que o meu gosto é tão bom quanto o meu toque. Estou aberta e nua para ele, em exibição decadente. Quero que este homem me destrua pedaço por pedaço, com as mãos, a boca e o pau. Eu quero que ele me coma e me foda e me possua. Cravo as duas mãos em seu cabelo e ele pressiona o rosto nos meus seios, descansando, recuperando o fôlego.

— Eu estou zonzo — diz ele, rindo.

— Eu também.

— Acho que nunca senti tanto tesão na minha vida — ele admite. — Nem passamos das preliminares. Isso é incrível ou trágico?

— Incrível — digo em uma expiração. Suas palavras ecoam dentro da minha cabeça, inflando meu orgulho. *Acho que nunca senti tanto tesão na minha vida.* — Não teria importado onde você me tocou — eu digo. — Se você continuasse me olhando do jeito que olhou lá embaixo eu teria gozado com a mesma força, provavelmente.

Alec ri sonolento, e então inspira mais fundo, e expira mais exausto. Ele adormece de uma vez, como uma chama de gás extinta, sua boca relaxada contra meu peito, braços em volta da minha cintura. Fecho os olhos e não tenho outro pensamento até que eles se abram novamente, quase uma hora depois.

Eu me mexo nos limites apertados de seu abraço. Nós não nos mexemos. São 2h37 da manhã, e sua pele sob minhas mãos é macia e quente. Eu só quero passar uma palma sonolenta pelas costas dele, mas é tão bom que um pequeno gemido escapa. Por instinto, seu corpo dá uma estocada lenta e profunda enquanto arrasta o pau na minha perna. Alec afasta o rosto, piscando sonolento para mim.

A intimidade de ver seus olhos abertos e o sorriso aliviado que não consegue evitar tira um peso de mim. Quando nossos olhos se encontram, sinto como se eu fosse um diapasão que acaba de ser tocado — tudo em mim vibra. É incrível como imediatamente eu o quero de novo.

Com um silencioso e aliviado "Sim?" ele sobe no meu corpo, vindo por cima de mim, deslizando duro e pronto bem onde estou molhada.

Estou prestes a perguntar sobre proteção quando ele me beija mais uma vez e se levanta.

— Vou pegar uma coisa.

Eu o vejo sair, ouço o zíper de sua bolsa sendo aberta. Um farfalhar frenético. Um rasgo de papel laminado, e imagino uma longa tira serpenteante de pacotes de preservativos saindo de uma caixa. Não penso nem um pouco nele indo para LA com essa caixa cheia.

A tensão em mim diminui assim que Alec retorna, ajoelhado na cama entre minhas pernas.

Ele curva a mão em volta do meu joelho.

— Tudo bem?

Eu confirmo, estendendo a mão para ele, e ele rasga a embalagem com os dentes. Com uma confiança experiente, ele rola a camisinha com facilidade.

É tão erótico que tenho que desviar o olhar para o seu rosto e o foco mordaz que ele tem quando se aproxima, inclinando-se para que esteja lá, bem ali, apenas a ponta dele dentro e fora. Ele percorre meu corpo e minha boca com o olhar. Mas eu preciso de tudo dele, profundamente, tão profundo em mim quanto ele possa ir. Com as duas mãos eu puxo seus quadris, mas ele entra em mim devagar, um pouco para a frente, um pouco para trás. Seus dentes mordem firmemente o doce lábio inferior. Suas sobrancelhas demonstram o foco enquanto ele se move um pouco mais fundo e depois se afasta.

Ele sussurra um gutural "cacete!" quando se move para a frente.

É uma tortura, e quando ele inclina a cabeça para cima em um pequeno gesto de contenção feita com muito esforço, a luz ilumina uma gotícula de suor em seu lábio superior.

Não sei por quê, é esse pequeno detalhe que me destrói.

— Por favor — eu digo.

Ele volta a atenção para o meu rosto, e então geme, fechando os olhos.

— Eu não posso olhar para você ou vou gozar. Eu não quero que isso acabe.

Meu riso é apertado e histérico.

— Acho que vou enlouquecer.

A risada dele é ofegante, incrédula.

— Eu sei. Eu também.

Como? Como pode ser assim? Será que é porque sabemos que esta é a única vez e não vale a pena esconder? Me agarro a essa verdade o mais forte que posso; imaginar que isso seja algo mais significativo só me levará a um beco sem saída.

— Eu quero você inteiro.

Alec se abaixa até os cotovelos ao lado da minha cabeça, deslizando a boca inchada de beijos sobre a minha.

— Eu sei que você quer.

Mordo o lábio dele, pegando a sua bunda para puxá-lo mais fundo, mas ele ainda está determinado a me fazer esperar. Ele me provoca. Um pouco dentro. Um pouco fora.

Eu o quero tanto que é quase doloroso. Quando abro os olhos, vejo-o observando com as pálpebras pesadas e louco de desejo. E então seus olhos se fecham enquanto empurra todo o seu corpo para a frente, indo tão fundo em mim que seu peito desliza sobre meu rosto, sua mão agarrando o topo do colchão para dar impulso.

Eu saio do meu corpo. Ou talvez esteja mais consciente do que nunca de que sou apenas uma coleção brilhante de um bilhão de terminações nervosas, uma massa de tecido e ossos feitos para sentir esse tipo de prazer. Grito e ergo meus quadris enquanto ele enfia cada vez mais fundo, em um ritmo lento que logo se torna frenético, quase selvagem. Estou tão molhada, tão pronta para isso que gozo apenas com algumas dessas estocadas perfeitas, ofegando por ar e sanidade, passando as mãos em seu corpo e seu cabelo.

Ele solta uma risada de triunfo, de descrença, antes de cobrir minha boca com a dele.

Eu o beijo com vontade, como se ele fosse minha âncora neste quarto e neste mundo, e por um instante me pergunto se algo terrível aconteceu comigo e este é meu paraíso, minha salvação: esta cama com esse homem em mim, trazendo seu corpo cada vez mais dentro, dentro, dentro.

Sua respiração vai de irregular a ritmada, não apenas a respiração, mas grunhidos e, em seguida, gemidos mais altos e mais ásperos, pressionados diretamente na minha têmpora e soltos através dos dentes cerrados. Ele está tão duro, tão tenso, acho que está perto de gozar. Ouço seus sons mudarem para um grito abrupto, quase chocado —

mas então ele sai de mim completamente —

uma perda intensa e inesperada,

— Ainda não — ele arqueja com força, habilmente me rolando para ficar de costas e levantando meus quadris para entrar em mim por trás, em um único deslizamento perfeito.

Eu grito no travesseiro ao senti-lo, e ele ri sem fôlego, curvando-se para pressionar sua testa suada nas minhas costas.

— Cacete, que sexo é esse? — ele sussurra. — Cacete, Gigi.

Também dou risada, mordendo o travesseiro quando ele começa a se mover com profundidade, me dando tudo, do topo à base, suas coxas pressionando as minhas antes que ele abra espaço entre nós, apenas para retornar novamente com força e depois com mais força, atingindo um lugar dentro de mim que me faz querer rasgar os lençóis com os dedos.

Sua respiração se transforma em sons novamente. Gemidos, outra risada incrédula e carregada. Olho para ele por cima do ombro, vendo sua cabeça jogada para trás, o rosto inclinado para o teto em expressão de completa felicidade.

E, pelo menos por um instante, cada ferida que Spence causou ao meu coração e autoestima é apagada. Como posso não ser digna de confiança e honestidade quando um homem como Alec me mostra o contrário tão prontamente, tão abertamente?

Não é apenas sexo — como ele disse, é *esse* sexo; é surreal, seja lá o que for. Vou precisar de alguns dias para me recuperar. Vou ter que me esforçar para não pensar nisso o tempo todo. Se Alec Kim me dissesse que queria fazer algo que eu nunca tinha feito, eu faria sem questionar. Ele poderia me foder em qualquer lugar. Ele quer que eu rasteje? Eu faria isso. Eu quero sentir sua respiração de alívio contra minha nuca, a ponta de seus dedos em meus quadris. Eu quero ser depravada por ele.

Ele olha para baixo, inclinando a cabeça para ver seu corpo se movimentar dentro e fora de mim, mas percebe meus olhos por trás e sorri maliciosamente — de propósito — com aquele lábio inferior obsceno preso entre os dentes. Alec se curva para a frente e eu torço para encontrar seu beijo, quente e desalinhado; ele chupa minha boca, meu queixo, mordendo e puxando rudemente antes de se endireitar atrás de mim.

— Vem cá — ele sussurra, sentando em seus calcanhares e me puxando para trás em seu colo. Estendendo a mão, pega meu cabelo e o desliza sobre meu ombro, expondo meu pescoço à sua boca. Ele empurra para cima enquanto eu solto um gemido, e nossos corpos estão tão em sincronia que quero gritar para o céu noturno de Seattle como isso é bom, como é ter as mãos dele em volta de mim, uma segurando meu pescoço e a outra entre as minhas pernas, pacientemente libertando outro orgasmo. Ele me segura quando começo a desabar. É sexo, claro, mas não é *só* sexo. A boca de Alec se abre no meu pescoço, sua respiração irregular, sinto como o foco silencioso se transforma em desespero, e ele me inclina para baixo novamente, movendo-se de maneira tão firme que não posso fazer nada além de me maravilhar com a beleza de seu desenrolar desinibido. Atrás de mim, sussurra "Que delícia" e "Cacete, que delícia", e que ele vai gozar de novo e de novo e, em seguida, murmura meu nome com uma tensão cada vez maior até que ele enrola as mãos em volta dos meus quadris e empurra fundo, gozando com um arquejo agudo.

Nós desabamos, ele de frente para as minhas costas, seu peito arfante batendo na minha coluna.

Por alguns minutos, ficamos imóveis. Suados, entrelaçados. Ele me apalpa em busca da minha mão e entrelaça nossos dedos. Sua palma pressiona as costas da minha mão, e então ele faz a mesma coisa com a outra, até que eu esteja, de um jeito afetuoso, presa embaixo dele, e desta vez adormeço sem perceber.

Quatro

Nossos alarmes disparam às cinco em uníssono, depois de talvez apenas uma hora de sono. Sinto como se estivesse altamente intoxicada, mal consigo me mexer, e então percebo que é porque ainda estou de bruços com um homem adulto de um metro e oitenta e cinco dormindo em cima de mim.

Ele se move, rolando para o lado e resmungando, cobrindo o rosto com a mão.

— *Não.*

— Concordo com você — murmuro no travesseiro.

— Deve ser assim que os zumbis se sentem.

Parece que temos a mesma opinião sobre os alarmes: deixamos tocar até pararem em alguns minutos. O despertador dele soa na configuração padrão do celular, e eu o sinto rir ao meu lado com meu toque do Black Sabbath.

— Acho que isso me faria acordar também — ele murmura, beijando meu ombro.

Eu dou uma risada e me estico para pegar a garrafa de água na mesa de cabeceira, oferecendo a ele. Ele se apoia em um cotovelo, desenrosca a tampa e toma um longo gole. Depois do que fizemos, deveria ser estranho olhar direto para Alec na luz fraca que chega do corredor, mas não é. Eu o vejo engolir a água com satisfação primitiva, e é genuinamente uma das melhores coisas que já testemunhei. Marcas de travesseiro aparecem no seu rosto. Seu cabelo está caótico. São cinco horas e temos um voo às oito, o que significa que não temos tempo para outra rodada, mas meu corpo não entende esse recado. O sangue parece subir à superfície da minha pele antes mesmo do toque dele.

E quando devolve a água para mim e eu levo a garrafa à boca, ele aproveita a oportunidade para deslizar a mão sobre minha barriga, acariciando de um lado para o outro, olhos fechados e testa pressionada contra meu ombro.

— Eu gostei — diz baixinho. — Estou muito feliz que você tenha se lembrado de mim.

É maravilhoso e terrível quando ele diz isso. Maravilhoso porque sei que fala sério e terrível porque — claro — é assim que começa o adeus.

— Eu também — digo. — Sério. Não quero ser muito dramática, mas foi um ano de merda e eu precisava disso.

— Talvez por razões diferentes, eu precisava disso também. — Ele faz uma pausa, franzindo a testa. — Mas eu só quero dizer...

Meu Deus.

— Alec. — Eu me viro para sorrir para ele, escondendo que meu peito imediatamente aperta com essa mudança de tom. — Não precisa dizer. Você mora em Londres. Eu vivo em LA. Não tenho nenhuma expectativa de te ver de novo.

— Não, não. Bem, sim, isso... infelizmente deve ser verdade, mas eu quis dizer outra coisa. — Ele olha para mim. — Isso vai parecer estranho, e você vai entender mais tarde, eu acho, mas falo sério quando concordo que era exatamente do que eu precisava. E eu estou apenas... — Ele engole em seco, o pescoço corando. É estranho vê-lo tropeçar nas palavras. — Estou muito feliz por estar aqui com você. E o modo como as coisas aconteceram ontem à noite. Seja como for daqui pra frente, quero que você prometa se lembrar disso. Tudo bem?

Até uma porta perceberia que Alec Kim está dizendo algo nas entrelinhas, mas é tão cuidadosamente velado que não sei como analisar mais fundo. Ele também não me dá nenhuma chance, porque segura meu queixo e oferece um beijo doce e apaixonado, me persuadindo de modo gentil a voltar para o travesseiro.

— Eu queria que a gente tivesse tempo — diz, colado na minha boca, e entendo muito bem o que quer dizer.

Mas não temos.

Ele olha para mim, expirando, e então, com um leve gemido, se levanta e vira para ficar sentado na beirada da cama. Quero rolar e envolver meus braços em volta dele porque, estranhamente, parece que precisa de um abraço, mas não me parece algo que faríamos ao nascer do sol. Então sento, olhando para as costas dele enquanto ele olha para o chão. Toda a facilidade e o conforto da noite passada começaram a desaparecer, e, em silêncio, odeio isso.

Nós dois nos assustamos quando o telefone do quarto toca, e então Alec solta um "Ah" como se lembrasse de alguma coisa. Ele se inclina sobre o aparelho e responde com um instintivo "*Yeoboseyo*", e depois "Olá... Sim, obrigado. Em quinze. Obrigado".

Ele desliga e olha para mim por cima do ombro.

— Se você quiser, pode usar o banheiro ali mesmo para se arrumar. — Ele levanta o queixo para indicar o que quer dizer. — O concierge está trazendo algo para mim e vai chegar aqui em mais ou menos quinze minutos. Vou tomar banho no outro banheiro.

O mundo exterior está nos trazendo de volta à realidade, fazendo com que ambos adotemos um nível de formalidade que parece completamente antinatural. Agradeço a ele enquanto seguro o lençol no meu peito e desvio o olhar enquanto ele está nu, pegando suas roupas no chão e levando-as para a sala. Com uma toalha na cintura, ele volta enquanto me levanto, trazendo minha mala, meu sutiã e meu vestido. Eu quero beijá-lo em agradecimento; é o que cada célula do meu corpo deseja fazer, mas ele só dá um aceno educado e se abaixa. Em apenas alguns segundos, ouço outra porta se fechar na suíte e depois o barulho do chuveiro.

Olhando para minha mala aberta na cama, decido que o vestido ainda é a coisa mais limpa que eu posso usar, e então reflito sobre a questão da roupa íntima. Eu poderia lavar uma calcinha na pia e usá-la, ainda que úmida, no avião. Ou poderia não usar nada. Não gosto de nenhuma das duas opções. Decido que esse é um problema para resolver depois do banho. Mas, após me enxaguar rapidamente e me enrolar em uma toalha grossa e macia do hotel, ouço uma batida discreta na porta do banheiro. Eu abro e deixo Alec entrar.

Ele está limpo e vestido com camiseta e calça jeans preta. O cabelo cuidadosamente penteado, com uma barba por fazer no queixo. Minha libido desperta imediatamente. Ele não percebe meu olhar de cobiça porque está observando o ponto onde a toalha está dobrada entre os meus seios. Uma gota de água escorre pelo meu pescoço, e ele parece estar pensando em lambê-la. Meu ego registra esse momento para meu álbum de memórias mental.

— Você sabe o que é alguém 10/10? — pergunto a ele.

Ele volta a atenção para o meu rosto, e acho que leva um segundo para traduzir o que eu disse.

— Tenho trinta e três anos, não oitenta. Sim, eu sei.

Eu aponto para o peito dele.

— Estou completamente perdida.

Ele ri.

— Ah, é?

Eu percebo que ele está segurando algo na mão. É uma pequena sacola preta. Parece algo caro.

— O que é isso?

Ele se dá conta do que estou falando e estende a sacola para mim, balançando em um dedo comprido.

— Ah! É pra você.

— Comprou um presente para mim? — E então eu me corrijo: — *Quando* você comprou esse presente?

— Pedi para a minha assistente que mandasse algo. — Ele aponta com o queixo indicando que eu pegue. — Quando estávamos no elevador ontem à noite.

Isso me lembra vagamente *Uma linda mulher* e não tenho certeza de como me sinto a respeito. Mas pego a bolsa e dou uma olhada. Seja o que for, está embrulhado em papel de seda preto e pesado e, quando o puxo, fico ao mesmo tempo encantada e estarrecida.

— Eu gosto do seu vestido — diz ele baixinho. — Mas não queria que você pegasse um avião sem nada por baixo.

Olho para ele segurando um sorriso entre os dentes.

Ele faz uma careta.

— É estranho, né? Estou sendo esquisito?

— É muito fofo — eu respondo, rindo. — Talvez só um pouquinho estranho. — É simples, bonito e funcional, tanto quanto uma calcinha de cetim e renda pode ser. — Com certeza é a primeira vez que isso acontece comigo numa transa casual.

— Bem... — A expressão dele se fecha quando ouve as minhas palavras. — Quantas você já teve?

Ele parece se arrepender imediatamente de perguntar, mas eu também o provoco:

— Quantas *você* já teve?

Alec olha para mim, estreitando os olhos.

— Já entendi.

— Obrigada por isso. — Eu me estico para beijar sua bochecha. A bochecha é um lugar seguro. *Não é seu namorado*, meu cérebro sussurra. Presto mais atenção no gesto em si do que no fato de que a assistente dele comprou e enviou uma lingerie feminina para seu quarto de hotel durante uma escala inesperada. Será que é um pedido comum para ele? Será que a assistente achou estranho?

Tanto faz. Isso resolve o dilema da calcinha, e escolho apenas ser grata por isso.

— Estarei muito mais confortável no avião agora. Sério.

— Falando em conforto. — Ele faz uma pausa e, em seguida, aponta para a bolsa. — Tem outra coisa aí. — Alec estende a mão, coça a nuca. Sua pele está corada novamente, seus movimentos, inseguros.

Eu apalpo a sacola, e meus dedos encontram um pedaço de papel duro.

É uma passagem de avião.

O sangue desaparece do meu rosto.

— Alec. Isso... *não*. Você não pode comprar para mim uma passagem de primeira classe de Seattle para LA.

— Não é nada de mais, Gigi.

— Pra mim, é. Algo muito importante.

Ele se aproxima, segurando meu rosto com as mãos.

— Você não dormiu. Antes da noite passada você já estava exausta.

— Por isso mesmo eu poderia facilmente capotar num assento da classe econômica.

— Se você não quiser, ainda tem a sua outra passagem. — Ele se inclina, apoiando os lábios nos meus. Esse beijo me atinge de uma maneira estranha. Com toda certeza, é o nosso último. — Foi você quem me deu um presente, apenas por estar aqui. — Ele dá um passo para trás, olhando o relógio. — Vou para o aeroporto sozinho. Preciso resolver algumas coisas. Mas vou providenciar um carro pra te pegar às seis.

Meu coração desceu para o estômago.

— Tudo bem. Uau. Obrigada. Obrigada pelo carro e o quarto. E pela calcinha e a passagem. — Me sinto desconfortável conforme a lista cresce. — E pelas bebidas — digo. As palavras seguintes saem antes que eu possa detê-las: — E pelo sexo incrível.

Ele dá risada.

— Foi incrível. Inacreditável, de verdade. — Ele sai do banheiro e fecha a porta apenas depois de me dizer, por fim: — Se cuida, Gigi.

Por mais que eu pense que não faria isso, procuro por ele no portão de embarque, cada vez mais preocupada conforme ele não aparece. No meu assento, observo todas as pessoas passarem e penso: *Você está no meu assento na classe econômica? Você está voltando para casa também graças a Alexander Kim? Onde ele está? Será que ele me deu a passagem dele?*

E, de fato, Alec é a última pessoa a entrar no avião. Ele embarca usando um boné de beisebol, óculos escuros e com o celular no ouvido.

Quando passa pelo meu assento, 1B, ele me lança um sorriso breve, mas não para de falar.

É claro, o primeiro sinal de que eu não sabia algo importante foi o discurso de Alec na cama pela manhã. Mas o segundo talvez seja mais óbvio: todos os três comissários de bordo vêm cumprimentá-lo poucos minutos depois de ele se sentar, duas fileiras atrás de mim, do outro lado do corredor. No 3C, o meu cérebro vocifera. Isso significa que ele pode me ver, mas eu não posso vê-lo a não ser que me vire para olhar.

Preciso de uma distração e abaixo para pegar meu celular antes que eles nos digam para colocá-los no modo avião. Mando uma mensagem de texto para Eden.

Oi. Estou finalmente indo para casa.

Ela responde imediatamente, como eu sabia que faria: o celular é uma extensão da mão dela.

Eba! Senti saudade. Vamos fazer alguma coisa hoje à noite? Estou de folga.

É uma pergunta que faz sentido. Ela é minha melhor amiga e colega de quarto, mas trabalha num bar de quarta a domingo. Eu vejo o gostoso que trabalha no Coffee Bean and Tea Leaf com mais frequência do que vejo a Eden.

Talvez eu durma no meio de uma frase, mas estou disponível enquanto não entrar em coma.

Envio e fico encarando o celular. Quero falar sobre isso pessoalmente; ninguém mais entenderia o quanto a noite passada foi importante no contexto do Ano de Merda da Georgia. Mas Alec entrando no avião de uma maneira tão secreta e a bajulação dos comissários de bordo deixam uma estranha sensação de descrença cobrindo minhas memórias. Ele é um gostoso de alto nível, sim, mas *quem é* ele? Deixei passar alguma coisa muito importante? Não posso evitar repassar cada momento da nossa conversa no bar.

Então mando outra mensagem para Eden para manter sua atenção em nossa conversa e longe do aplicativo Viki. Tenho certeza de que ela está deitada na cama assistindo a cenas de beijo dos seus doramas favoritos, e é quase impossível prender sua atenção depois de seguir esse caminho.

Eu transei com um cara.

Eu sou a última pessoa no mundo de quem ela esperaria uma coisa dessas, por isso ela manda uma série de pontos de exclamação seguidos por um Q U E

Foi tão louco, e eu vou te contar tudo quando chegar em casa, mas ele comprou para mim uma passagem de primeira classe para casa e entrou por último no avião essa manhã e os comissários de bordo foram cumprimentá-lo e agora estou sentada no avião tipo QUEM É ESSE CARA

E quem é o cara???

Lembra da minha amiga Sunny que se mudou quando tínhamos doze anos? É o irmão dela. Eu reconheci ele. A Georgia adolescente caiu mortinha no chão.

Mds imagino

Ele deve ter um milhão de milhas aéreas rs porque adoram ele

Foi bom?, ela pergunta.

Eu encaro o celular. Responder *sim* parece uma mentira, porque não foi só bom. Eu ainda posso *senti-lo*.

Isso me transformou — meu Deus, que cafona —, mas não significa que estou desesperada para vê-lo de novo ou que preciso ter mais dele. Quer dizer, acho que isso me mudou e mudou meu padrão de pensamento de merda pós-Spencer. Me fez lembrar que a conexão humana real e genuína não é um acaso. Gostaria de ter elaborado mais sobre isso de manhã quando disse que a noite passada era do que eu precisava, porque gosto da ideia de que Alec pode levar isso com ele para o que quer que encontre a seguir. Afinal de contas, quem se importa se eu fiz papel de boba por ser sincera e aberta? Nunca mais vou vê-lo, e pelo menos ele saberia que sua capacidade de se mostrar para mim assim significava algo.

Eu digito uma letra de cada vez — foi muito incrível, E — e depois apago tudo, porque parece que estou compartilhando algo sagrado. Tento mais uma vez, Era exatamente do que eu precisava, mas depois excluo isso também. Muito clichê.

Fecho os olhos, inclinando a cabeça para trás. Quero me virar e ver se ele está olhando para mim agora. Sinto que está. Só preciso de um instante de contato visual para saber que minha memória não é uma merda. Mas eu não posso olhar, não sem me sentir estranha ou tornar a situação estranha. Foi só uma noite.

Então eu apenas digito, Foi, envio e desligo meu celular.

Alec comprou a passagem para que eu pudesse dormir, e parece que a melhor maneira de agradecer é pelo menos tentar. Assim que fecho os olhos, me sinto imediatamente zonza. É a mesma sensação que tive nas poucas vezes em que fiquei bêbada o suficiente para passar mal. O assento gira embaixo de mim; a escuridão parece escorrer das bordas das minhas pálpebras.

Mas acho que ainda estou bêbada de Alexander Kim.

Tento me lembrar de como era visitar a casa de Sunny quando criança. Enquanto meus pensamentos se transformam em sonolência cada vez mais profunda, imagino a varanda, a sala de estar, o cheiro da cozinha, a escada escura. Caio em um sonho sobre isso e, quando as rodas do avião tocam a pista, meus olhos se abrem e tenho a sensação de ter estado lá. Posso sentir o gosto forte do *tteokbokki* picante da sra. Kim na ponta da minha língua, posso sentir o jato suave do regador de grama nas solas dos meus pés, posso ouvir Alec gritando na rua para seu amigo.

Os Kim eram muito próximos, mas não costumavam expressar afeto. Seja qual for a vida que Alec viveu depois que eu o conheci, o ensinou a comunicar-se com a intuição emocional que mostrou no hotel, e depois da viagem que fiz, isso significa alguma coisa.

Eu não queria que você pegasse um avião sem nada por baixo. Quantas você já teve?

Você não dormiu. Antes da noite passada você já estava exausta.

Na minha experiência, um babaca não diria essas coisas. Eu saberia. Ou pelo menos espero que sim. Eu fiz tantas entrevistas terríveis nas últimas duas semanas, entrevistas sobre homens que agora acredito que drogaram e estupraram mulheres, e gravaram para compartilhar com os amigos. Conversei com os amigos que viram os vídeos sem fazer qualquer julgamento. Encontrei seguranças de boates, funcionários e frequentadores que viram tudo acontecer e nunca pensaram em dizer nada.

Aperto os olhos. Achei que tivesse estabelecido um distanciamento profissional, mas isso não sobreviveu aos horrores que descobri em Londres. E as mentiras de Spence foram um gosto amargo constante no fundo da minha garganta durante toda a minha viagem. Homens de merda estão por toda parte.

Eu preciso de mais um minuto com Alec. Ele foi sincero comigo. Agradeci pela passagem, pelo vinho e pelo sexo, mas não por isso. Eu nunca disse: *você é um homem bom* e, por algum motivo, chamar a atenção quando isso acontece parece importante agora.

Ligo meu celular e mando uma mensagem para Eden sobre minha angústia, preciso dispersá-la de alguma forma.

Acho que estou sendo esquisita.

Como?

Quero dizer pra ele que o que fez ontem à noite foi ótimo, mas o que fez hoje de manhã foi melhor.

A luz do cinto de segurança se apaga e todos nós ficamos

de pé, nos alongando no corredor. Eu me curvo, leio a resposta dela.

    Caramba, garota. O que ele fez de manhã?

    Eu explico depois, digito. Ele foi legal. Cuidou de mim.

    Você ainda está bêbada?

Puxo minha bolsa do compartimento superior e me viro para olhar para ele. Ele ainda está em seu assento, aparentemente sem pressa para sair do avião. Nossos olhos se cruzam por apenas um segundo antes de alguém ficar entre nós, bloqueando minha visão. Não é tempo suficiente para eu tentar perceber o que ele está pensando. Não, eu respondo. Estou cansada. E sentimental. Talvez eu devesse pegar um táxi.

    Qual é a outra opção?

    Esperar por ele, eu escrevo.

    Não espere por ele. Isso é loucura.

Eden está certa. Se eu ficar nessa de esperar mais contato, vou acabar me decepcionando. Nós dois deixamos claro que a noite passada foi uma coisa única, e Alec fez mais do que o suficiente por mim. Na primeira fila e já de pé, não tenho escolha a não ser sair quando a porta do avião se abre. Se ele quisesse, poderia, com suas longas pernas, me alcançar assim que saíssemos do avião. Mas eu olho para trás e percebo que ele não está no grupo de passageiros na ponte de embarque e também não está junto à massa de pessoas atrás de mim enquanto atravessamos o terminal. É possível que eu o tenha perdido de vista, mas o terminal ao qual chegamos não está muito lotado, e não seria muito fácil perder de vista um homem como Alec Kim.

Isso deve explicar por que quando eu chego à área de desembarque há pelo menos duzentas pessoas — a maioria mulheres — com placas, faixas e roupas com o nome dele.

Cinco

Bem-vindo à Califórnia, Alexander Kim!
SARANGHAE ALEXANDER KIM!
CASE COMIGO, DR. SONG
OS ESTADOS UNIDOS AMAM JEONG JINWON

Eu pisco algumas vezes sem acreditar, sentindo como se flutuasse fora do meu corpo, olhando aqueles letreiros enigmáticos, tentando decifrar cada um deles.

Até que, por fim, com o coração martelando no peito, ponho minha mala atrás de uma pilastra e faço o que provavelmente deveria ter feito no saguão do hotel ontem à noite, antes que ele me levasse para a cama, antes de bebermos juntos no bar, antes mesmo de ir até o quarto dele para tomar um banho.

Procuro "Alexander Kim" no Google.

E puta merda.

A tela do meu celular imediatamente se enche de fotos e links para artigos, entrevistas, fanpages em coreano e em inglês. Fotografias dele em Seul, em Londres, em Nova York. E então vejo uma imagem específica e percebo que sou a pessoa mais idiota do mundo.

É, talvez eu o tenha reconhecido porque ele é irmão

de Sunny e foi minha primeira paixão, mas seu rosto não era familiar só por causa disso. E a razão para eu sentir que tinha acabado de vê-lo foi que eu de fato tinha acabado de vê-lo. O rosto dele está estampado em cartazes publicitários em provavelmente quase todas as estações de metrô em Londres.

Executivo da BBC se reunindo com emissoras americanas?

Isso é surpreendentemente perto, na verdade.

Me apoio na pilastra, incrédula. Eu sou mesmo muito estúpida.

Se chama The West Midlands.

Se eu pudesse fazer o chão do aeroporto se abrir e me engolir, eu faria isso.

Ao fundo, pulsando freneticamente no ritmo do meu batimento cardíaco, a multidão começa a gritar: *Alexander Kim! Alexander Kim!*

Os bramidos ficam mais altos, e então o terminal inteiro explode em gritos quando quatro homens de terno preto passam com Alec bem ali, atrás da multidão. A equipe de segurança mantém as pessoas afastadas com os braços estendidos, criando um corredor para chegarem, suponho, a um carro estacionado no acostamento. Mas Alec se detém de repente, admirado com a cena montada para ele. Claro, ele conseguiu se locomover por Seattle boa parte do tempo sem que o reconhecessem, mas será que esqueceu como o povo de Los Angeles ama as celebridades?

Com um sorriso largo, ele aceita dar alguns autógrafos, posa rápido para fotos e então tenta abrir caminho na multidão. Enquanto isso estou perplexa e imóvel a cerca de dez metros de onde ele está cercado de gente e me dou conta de que 1) passei a noite com um homem que eu deveria ter reconhecido pelos motivos certos; 2) aparentemente estou tão concentrada na minha bolha jornalística que não reconheci um dos maiores astros da Coreia, de Londres e, agora, do mundo; 3) Alec teve centenas de oportunidades de me dizer quem era, mas nem sequer tentou, não se preocupou em compartilhar essa parte comigo enquanto eu falava sem parar sobre o meu trabalho, sobre Spence e...

E eu pensando em *agradecer* por ser sincero.

Observo o homem cujo rosto, boca e corpo eu beijei e toquei, que me proporcionou prazer, e finalmente compreendo o que ele quis dizer de manhã.

Isso vai parecer estranho, e você vai entender mais tarde.

Falo sério quando concordo que era exatamente do que eu precisava.

Estou muito feliz por estar aqui com você.

E o modo como as coisas aconteceram ontem à noite.

Seja como for daqui pra frente, quero que você prometa se lembrar disso. Tudo bem?

Bom para ele ter conseguido o que ele precisava, exatamente como queria.

Já sei quem é, eu escrevo uma mensagem para Eden. Tinha uma multidão esperando por ele no aeroporto.

Aposto que ela teria me contado se eu tivesse me dado ao trabalho de mencionar o nome dele.

Espera aí, o quê?? Quem é ele???

O nome dele é Alexander Kim.

Ela responde imediatamente com uma sequência de letras e símbolos sem sentido, como se tivesse acabado de esbarrar no teclado.

Levanto o olhar enquanto Alec se vira e olha incrédulo, examinando o tamanho da multidão. Nossos olhares se encontram. Sinto as lágrimas, de traição e vergonha, despontarem na minha garganta, queimando meus olhos, e desvio o olhar — no momento em que sua boca começa a formar o meu nome —, me viro e saio pelas portas logo atrás de mim.

A frenética pesquisa que eu faço na internet me deixa ainda mais nervosa no caminho congestionado para casa. Sequer consigo responder às mensagens cada vez mais histéricas de Eden, porque, pelo visto, estou decidida a me punir por ser uma tremenda idiota.

Por exemplo: eu sabia que ele tinha se mudado de Londres para Seul quando tinha vinte e dois anos, mas não tinha noção de que havia sido abordado por um olheiro enquanto andava pelas ruas, fechado contrato com uma agência, feito aulas de teatro e sido escalado aos vinte e cinco para atuar em uma comédia romântica sobre um grupo de skatistas profissionais. O personagem dele, o coadjuvante espertalhão, se apaixona pela filha de uma família *chaebol*. ("Você ainda anda de skate?", eu perguntei a ele no bar, e ele apenas respondeu "Sério?", com uma estranha expressão de descrença que agora, é claro, eu posso entender.)

Depois, ele interpretou em um drama de fantasia um fantasma que só podia tocar a mulher que amava quando ela sonhava com ele. Para fazê-la sonhar, ele tinha que — saca só essa — tocar piano.

Quando leio essa sinopse solto um guincho alto, que faz com que o motorista do Lyft me lance um olhar estranho no espelho retrovisor.

Agora eu sei que, quando Alec completou vinte e oito anos, fez uma pausa na carreira por causa do serviço militar obrigatório. Ele retornou às telas em um drama de ficção científica que recebeu críticas mistas, mas depois disso fez um filme independente, *Uma devastação silenciosa*, que foi um sucesso inesperado por toda a Ásia e pelo qual ganhou quase todos os principais prêmios panasiáticos de dramaturgia daquele ano. Depois disso, conseguiu o papel de Jeong Jinwon em *Meu ano de sorte*, que é, ao que tudo indica, o drama coreano mais bem avaliado de todos os tempos.

Agora ele interpreta o dr. Minjoon Song em sua terceira temporada na série de sucesso da BBC *The West Midlands*. Segundo um artigo muito favorável do *Hollywood Reporter*, a próxima temporada terá como foco principal o arco do austero dr. Song e sua atípica paixão ardente por uma mulher que ele conhece quando ela bate em seu carro durante uma nevasca.

Caramba!

Havia rumores de que ele estava namorando seu par na série, uma atriz francesa que, ainda que ambos neguem e eu acredite que eles realmente não estejam romanticamente envolvidos, é tão linda que quero esmurrar meu próprio rosto. Eu procuro por informações sobre os dois juntos — um tipo de pesquisa de cunho pessoal que eu nunca em um milhão de anos pensei que faria — e chego a uma série de gifs de cenas de beijo, cenas tão quentes que me deixam ao mesmo tempo excitada e levemente enjoada, e que, com razão, incendeiam tanto o mundo dos doramas como o das fãs das séries da BBC.

Em um desses gifs, Alec se afasta, fica de joelhos e tira a camisa após um beijo ardente. No banco de trás do carro, eu assisto sem parar aproximadamente dezessete mil vezes. O abdômen dele é como um jardim de pedras lindamente simétrico, meu Deus, e há tantos links de montagens com a cena no YouTube que preciso desligar o celular e enterrar o rosto nas mãos.

Quando o motorista estaciona na frente do meu prédio, vejo Eden do lado de fora, gritando comigo antes mesmo de eu sair do carro. Consigo entender um pouco do que ela grita enquanto tiro a bagagem do porta-malas — "Como você não sabia que era o Alexander Kim? Por que você não me mandou uma mensagem com o nome dele no segundo em que entrou no quarto?" —, mas, com o caos provocado por Alec na minha cabeça, e tendo dormido apenas poucas horas, não vai dar para andar e ouvir essa euforia ao mesmo tempo. Preciso mesmo subir para casa, deitar na minha cama e dormir por cem dias.

Infelizmente, nem Eden nem meus prazos vão me deixar fazer isso. A cada atualização que eu enviava para meu editor, Billy, enquanto estava em Londres, ele ficava mais interessado na história da Jupiter. Ele quer um texto de quinhentas palavras, mas está disposto a aumentar — e isso é quase inédito — para mil e quinhentas caso eu consiga, como diz, "escrever algo revolucionário".

Eden me segue até o meu quarto e se senta na minha cama.

— Pode começar.

Eu deixo minha mala no canto do quarto e decido ignorá-la por uns instantes. Talvez para sempre.

— E, eu tenho muito trabalho a fazer.

— Dez minutos — ela diz. — Só preciso de dez minutos. Na verdade, você poderia ter me ligado no carro pra poupar tempo.

— Não queria falar sobre isso perto do motorista do Lyft.

— Não... — ela responde, percebendo minha mentira. — Você estava procurando ele no Google.

Eden é a única pessoa que já me viu no meu melhor e no meu pior. Nós moramos juntas durante a faculdade, depois da faculdade e depois que terminei meu namoro, e ela é a única em nosso círculo de amigos que nunca se deu bem com Spence e me alertou para não ir morar com ele —

Não confio nele, George, ela disse, *não tenho certeza de como ele vai estragar tudo, mas temo que vá.* Ela foi quem ficou do meu lado na separação e disse que os cinco que ficaram do lado de Spence "precisavam reverter aquela lavagem cerebral".

Eden Enger me viu no fundo do poço e no topo do mundo e nunca me julgou. Mas agora ela está prestes a julgar minha completa falta de percepção. Vou ter que apenas aceitar o que está por vir.

— Está bem. — Eu me sento na beirada do colchão e desabo de costas. — Pode desabafar.

— Gigi Ross — ela rosna. — Como você não sabia com quem estava transando? O anúncio de Alexander Kim sem camisa em *Uma devastação silenciosa* foi a tela de fundo do meu computador por, tipo, seis meses.

— Eu estava morando com Spence na época — relembro. — Não vi.

— O rosto de Alexander Kim deve estar por Londres toda! Concordo com ela.

— Está em praticamente todas as estações de metrô. Ele está em todo lugar. Eu não tenho uma boa desculpa. Eu só... — Esfrego as mãos no rosto. — Eu não estava ligada no que passava na televisão. Só pensava nas pessoas terríveis no mundo das boates. Agradeça por não ter encontrado ele quando estava lá, e, acredite, já me sinto idiota o suficiente sem sua ajuda.

Ela afasta as minhas mãos e se deita ao meu lado, apoiando o cotovelo na cama e a cabeça na mão.

— Comece do início. — Seus olhos castanhos e calorosos suavizam. — Onde você o viu pela primeira vez?

— No aeroporto. — Conto que sabia que o tinha visto antes, o que a faz rir e então colocar a mão na boca, prometendo com o olhar que vai se comportar. Explico como não conseguia lembrar o nome dele e que, quando me lembrei no hotel, o chamei de Alec.

— Acho que foi assim que ele soube que eu não o conhecia da TV — digo. — E ele me deu algumas pistas. Sério, eu sou incrivelmente burra. Não percebi nenhuma delas.

— Deve ser por isso — diz ela baixinho.

— Por isso o quê?

— Por isso que deixou você usar o chuveiro dele. Por isso te convidou para beber. Por isso... tudo aconteceu.

— Porque eu conhecia Sunny?

— Bem, e porque você não sabia quem ele é de verdade.

Odeio essa afirmação e tenho que me esforçar para não deixar transparecer a mágoa pelo meu rosto. O problema é que senti como se o conhecesse. Senti como se eu me mostrasse para Alec e ele se mostrasse para mim, e nós fôssemos verdadeiros juntos. Mas, obviamente, isso não era verdade.

— Ah, não. Não, não estou gostando nada dessa expressão.

Ela se aproxima, analisando o meu rosto.

— Vamos esquecer isso e seguir em frente.

— É, vamos.

Eu conto como fui ao quarto de Alec, quando tomei banho, e descrevo a forte tensão depois disso.

— Eu o senti em todos os lugares — digo, acrescentando depois da risadinha que ela solta: — Quer dizer, mesmo de costas, acho que eu poderia dizer exatamente onde ele estava.

Olho para ela e faço uma careta porque sei que isso vai estraçalhar seu pobre coração de fã, da melhor maneira:

— Ele tem uma presença tão intensa pessoalmente. Para ser sincera, é insano.

Ela solta um grito, cobrindo o rosto com os dois braços.

— Isso é *terrível*.

Eu balanço a cabeça.

— É mesmo.

— Não acredito que minha melhor amiga transou com Alexander Kim. — Ela faz uma pausa, abaixa os braços e arregala os olhos com uma percepção repentina. — George, você *transou*. Com *Alexander Kim*.

Solto um suspiro.

— Pois é.

Finalmente, Eden se senta e se recompõe.

— Então — diz forçando a calma depois de respirar profundamente algumas vezes —, o sexo foi bom?

A lembrança dele em cima de mim, provocando antes de me penetrar, invade os meus pensamentos. O rosto dele inclinado para cima, o lábio superior brilhando de suor. Essa recordação faz minha cabeça girar, enche meu peito com um aperto forte e desconfortável.

— Foi. — Não quero dar muitos detalhes porque parece tão profundamente pessoal, mas tenho certeza de que ela percebe o jeito como minha voz sai fina e trêmula.

Cacete, ele disse. *Que sexo é esse?*

E eu sabia exatamente o que ele queria dizer.

— Pra falar a verdade, estou acabada — murmuro em confirmação.

Ela bate no colchão.

— Eu sabia.

Dou risada.

— Eden, não seja estranha.

— Você tem noção de que dormiu com o homem dos meus sonhos?

Faço que sim com a cabeça.

— Eu admito que me sinto um pouco culpada.

— Deveria mesmo! Eu o amo há uma década! Se eu chegasse até você e dissesse "Ontem à noite eu dormi com aquele editor gato do *New York Times* que você adora", você não iria investigar a história e pedir todos os detalhes?

Abro um sorriso para ela.

— Acho que nós duas sabemos que não sou eu a indiscreta desta relação.

— Falou a jornalista!

— Por falar nisso... — Ponho as mãos nas costas dela e a faço rolar para fora da minha cama.

Do chão, ela me encara.

— Eu odeio que você não esteja um pouco mais vibrante e histérica com tudo isso. Quero muito surtar porque minha melhor amiga transou com o homem que provavelmente vai se tornar a maior estrela da BBC da década e eu não posso nem contar para a Becky ou para o Juan sobre isso. Ou posso?

— Não. — Os bartenders do trabalho dela são um bando de fofoqueiros adoráveis e idiotas, e meu envolvimento com Alec viraria um post no Instagram em uma hora. Mas eu a entendo. Não me sinto inebriada ou orgulhosamente safada. Na verdade me sinto cansada e um pouco triste. — Acho que estaria mais animada se ele tivesse sido sincero sobre quem é.

— Mas talvez ele tenha gostado de poder ser anônimo com você.

Concordo, roendo a unha e pensando novamente no que ele disse.

Estou muito feliz por estar aqui com você. E o modo como as coisas aconteceram... Seja como for daqui pra frente, quero que você prometa se lembrar disso.

— É que eu me sinto um pouco usada.

— Eu deixaria o dr. Minjoon Song me usar como bem entendesse.

Solto uma risada.

— Eu sei que deixaria. E, lamento dizer, mas é tudo isso que você espera.

Ela se joga de costas no chão, falando comigo como se estivesse num túmulo, os braços cruzados sobre o peito.

— Ele te deu uma calcinha e uma passagem de avião e você nem vai ligar de volta?

— Essa é a melhor parte — digo, e me inclino sobre a beirada da cama para mostrar meu sorrisinho irônico. — Nós não trocamos os telefones.

Por cerca de uma hora, meu cérebro está cheio demais para que eu consiga ser produtiva escrevendo qualquer coisa. A reunião sobre legislação farmacêutica é um zumbido enfadonho ao fundo. E a Jupiter parece uma intrincada confusão nos meus pensamentos: muitos rostos e detalhes e linhas de tempo sobrepostas. Alec penetra em tudo — o ângulo agudo de seu queixo, o calor de seu corpo e o murmúrio profundo e baixo da sua voz —, mas Spence de alguma forma está lá também, sua traição indo e vindo na minha cabeça. Isso mancha o meu humor com uma mistura confusa de raiva, prazer e horror, e, assim, não consigo encontrar nada muito objetivo.

Sei que deveria dormir um pouco mais antes de começar a escrever, mas agora só tenho cerca de trinta horas para entregar os dois textos para Billy avaliar. E um deles não é apenas um "artigo", mas a primeira grande chance que tenho desde que comecei a trabalhar no *Times*. Não posso pôr tudo a perder.

Escrevo as entediantes quinhentas palavras sobre lei farmacêutica internacional, envio o artigo e depois trabalho até quase meia-noite no artigo sobre a Jupiter. Durmo até as quatro, quando me arrasto para fora da cama para terminar o que sei que é um rascunho bem ruim.

Com apenas metade de um dia para terminar, começo imediatamente a editar o texto.

Mas o jornalismo segue a Lei de Murphy, e, assim que entro no ritmo — com as minhas anotações compiladas e organizadas, dedos voando sobre o teclado e reescrevendo parágrafos inteiros, minha mente encaixando as inúmeras peças em uma narrativa clara —, recebo a mensagem de Billy me pedindo para encontrar uma fonte verificada da Jupiter em um hotel em Wilshire às nove da manhã, e isso vai consumir pelo menos uma hora e meia do meu deadline. Mas ele marcou a mensagem como URGENTE e eu sei o que isso significa.

Significa que não tenho escolha.

Seis

Uma mulher gigantesca me encontra no saguão do Waldorf Astoria e parece me reconhecer assim que me vê.

— Georgia? — Seu sotaque britânico seco condiz com a austeridade do cabelo ruivo acobreado preso em um coque para trás. — Yael Miller. Por aqui.

Antes que eu possa cumprimentá-la, ela já se virou e deu dois passos largos em direção ao elevador.

Estou incomodada com a falta de informação, mas nem tanto assim. Billy sabe onde estou e com quem vou me encontrar. Ele não me mandaria para uma situação sinistra. E é uma reunião obviamente importante, porque ele concordou em dar uma extensão de doze horas no meu prazo.

Yael Miller aperta o botão da cobertura, e subimos em silêncio. Por fim, as portas se abrem e chegamos a uma saleta com uma única porta à nossa frente. Ela passa o cartão para abri-la e me faz um gesto para entrar.

Eu entro, mas ela não vem atrás de mim. A porta se fecha com um barulho pesado, me trancando para dentro.

Então sinto o meu coração errar algumas batidas. Parado à frente das janelas, com as mãos apoiadas no parapeito, quase exatamente como estava no elevador a caminho de seu quarto há apenas dois dias, está Alec Kim.

As primeiras palavras a saírem da minha boca são apenas um reflexo:

— Você só pode estar brincando comigo.

Ele imediatamente se endireita.

— Não vá embora.

Meus ombros já estão inclinados para a saída e tenho certeza de que meu instinto de fuga transparece no rosto. Um pensamento amargo me invade como um comprimido dissolvido na minha língua.

— Espera. Aquela era a sua assistente?

— Era.

— A que comprou a calcinha para mim?

Alec confirma.

— Bem, me lembre de agradecer a ela quando for embora. Tenho certeza de que ela adora essa tarefa em particular.

— Foi a primeira vez — ele admite.

— Ela não deve ter ficado nada satisfeita — digo, olhando ao redor. — Não falou uma palavra no caminho todo.

— É só o jeito dela. — Ele ergue as sobrancelhas quando interpreta o que eu disse de outra maneira. — Não é ciúme. Yael não me vê dessa maneira.

Eu expiro lentamente, olhando para o lado. Não faço ideia do porquê estou aqui. Alec vai mesmo dizer algo sobre a Jupiter? E, se ele tem algo a dizer, por que não revelou que sabia alguma coisa quando estávamos juntos em Seattle?

— Bem — digo, olhando para o quadro na parede. Parece caro. Não me lembro de ter notado algum quadro na outra suíte. — Eu estou aqui. O que queria dizer?

Ele inspira fundo pelo nariz, balançando a cabeça lentamente.

— Pela maneira como você saiu do aeroporto não dava

para ter certeza... mas não dá pra não notar a raiva no seu tom de voz agora.

— Não estou com raiva, Alec. Estou chateada. Passei uma noite muito intensa com alguém que mentiu para mim sobre quem era, e agora fui convocada até aqui, quando tenho um prazo a cumprir, e não tenho ideia do porquê.

— Foi intenso para mim também — diz ele, ignorando o restante do que eu disse. — Mas nós dois sabemos que não teria sido como foi se eu tivesse contado mais sobre mim.

Ele pode estar certo, mas...

— Ainda é jogo sujo — respondo.

— Você trabalha na redação de notícias estrangeiras do *LA Times* e não tinha ideia de quem sou, e eu que deveria me desculpar por não contar?

Não estou acreditando no que ouço.

— Você é um ator, não um diplomata — retruco. — Seu ego é tão grande assim?

Ele solta um grunhido, inclinando o rosto para cima.

— Você sabe que não foi isso que eu quis dizer. Eu só... você pode ficar com raiva por eu não ter contado ou ficar feliz pela noite que tivemos. Não pode sentir os dois.

— Eu posso, sim, sentir os dois. Mas, de qualquer maneira, é irrelevante: o que tivemos duas noites atrás foi uma farsa.

Ele encara isso como se eu o tivesse agredido, e isso me causa um aperto no peito.

— Por que eu acharia que precisava contar pra você quem eu sou? — pergunta. — Por que, pelo menos no começo, isso teria importância? Você era a melhor amiga de infância da minha irmã. Eu deixei você usar o meu chuveiro. Achei que seria só isso, e se você não me reconhecesse como alguém além do irmão de Sunny, não faria diferença para nenhum de nós. Mas então começamos a conversar, depois bebemos juntos, e então estávamos de mãos dadas e, quanto mais o tempo passava, menos eu queria contar.

— Você fez várias perguntas sobre a minha vida e foi intencionalmente vago sobre a sua — eu digo. — Poderia pelo menos ter falado "quero uma noite fora da minha realidade" ou "não estou com vontade de falar sobre isso". Não devia dizer meias-verdades e me fazer sentir como se estivéssemos nos expondo da mesma maneira.

— Eu *gostei* de poder ser um homem comum com você — diz. — De não ter que corresponder a uma expectativa qualquer e de você não ficar nervosa comigo. Eu gostei que você tenha sido sincera. Isso nunca acontece comigo. — Ele me encara por longos e tensos segundos. — Mas me desculpe por ter mentido para você.

Não sei o que dizer depois disso.

— Você realmente me trouxe aqui para falar sobre o que aconteceu? Não tem nada para me dizer sobre a Jupiter?

Ele leva alguns segundos para responder, e no silêncio o vejo tensionar e relaxar o queixo.

— Não — ele diz por fim. — Tenho informações para você.

Meu cérebro imediatamente muda de direção.

— Espere. Você sabe mesmo alguma coisa?

Essa história é uma bomba-relógio. Meu colega britânico Ian e eu passamos as últimas duas semanas vasculhando para descobrir o que realmente acontece dentro da Jupiter. Encontramos algumas informações bombásticas, mas, sem fontes dispostas a falar conosco, não chegamos a lugar algum.

E Alec sabe de algo importante o suficiente para ligar para Billy e me trazer aqui? Fico de queixo caído.

Ele lê minha reação no silêncio.

— Eu não tinha certeza se podia falar sobre isso naquele

hotel — Alec mantém o contato visual, mas faz uma careta. — Infelizmente, minha fonte ainda não sabe se quer falar.

Deixo escapar uma risada incrédula.

— Você só mente.

— Não é mentira. Eu quero te contar tanta coisa, mas a história não é minha. Não posso falar sobre isso sem a autorização dessa pessoa.

As palavras saem por entre os meus dentes cerrados:

— Se você estiver de alguma forma envolvido nessa nojeira...

— Gigi! — Alec me interrompe. A repulsa o faz ficar sem palavras. — Você está de brincadeira? Isso não é... — Ele fecha os olhos, respirando bem fundo. — Não estou envolvido com a Jupiter de forma alguma. Nem como investidor nem patrocinador. Com certeza, não é isso que eu queria contar a você.

Ou ele é um ator ainda melhor do que eu imaginava ou esse é um assunto incrivelmente delicado.

— Que bom — digo, com mais gentileza agora. — Fico muito aliviada.

Ele abre os olhos e me encara.

— Eu pensei que tivesse informações que poderiam ajudá-la a expor alguém, mas não tenho.

A adrenalina escoa em uma onda fria, me deixando sem ação.

— Tudo bem, então terminamos por aqui.

Eu caminho até a porta, mas Alec me impede com um expressivo "Espere!". Eu paro, mas não me viro para encará-lo.

— Eu... também percebi que nós nos esquecemos de pegar o número um do outro.

Agora eu me viro incrédula.

— Você é inacreditável.

— Por favor. Estou tentando consertar as coisas.

De repente, sinto um aperto doloroso no coração.

— Por quê?

— Porque eu não pensei em nada além de você nas últimas trinta e seis horas.

Como uma cortina preta, essas palavras caem na frente de todos os outros pensamentos. Eu esqueço o meu artigo e — por alguns segundos de dispersão — me esqueço de ficar brava. Tudo o que vejo é a maneira como ele se porta, com as mãos firmemente enfiadas nos bolsos e o pomo de adão avantajado quando engole novamente. Vejo sua língua enquanto lambe os lábios, ansioso pela minha resposta.

Meu segundo "Por quê?" sai muito mais fraco desta vez.

— É que... — Ele parece não ter certeza de como responder. — Eu precisava te ver de novo.

Aparentemente não sei mais falar outra coisa:

— Por quê?

Seu sorriso incrédulo é breve.

— Gigi, por favor.

— Pelo sexo — respondo categórica.

— Pelo que quer que tenha acontecido entre nós — ele me corrige. — Não acho que só eu tenha me sentido assim. O sexo naquela noite pareceu comum? Foi igual ao sexo que você já fez com outras pessoas?

— Não sei se é uma comparação justa — respondo. — Aposto que minha lista é bem menor que a sua.

Ele passa a mão no cabelo, desviando o olhar. Eu deveria me sentir culpada por esse golpe baixo, mas estou muito distraída com a contração de seu maxilar, a maneira como o pescoço dele fica vermelho de raiva. Essa sensação profunda e voraz na boca do meu estômago me faz ignorar todo o resto.

— Certo. — Alec se volta para mim. — Então você sabe que, se eu quisesse só sexo, poderia conseguir em qualquer lugar.

Exatamente, uma voz de repreensão ecoa na minha cabeça. *A assistente que envia roupas íntimas para Seattle poderia facilmente encontrar alguém para satisfazer uma vontade. A questão não é essa, e você sabe disso, Gigi. Você está sendo uma covarde.*

Deixo escapar um suspiro trêmulo.

— Desculpe. Eu não deveria ter dito isso.

— Pois é. — Ele pisca e olha para a janela, franzindo a testa. — Bem, acho que já temos a resposta da pergunta.

— Que pergunta?

— Se foi daquele jeito entre nós só porque você não sabia quem eu era.

Não sei por quê, mas isso aciona uma reação contrariada e defensiva em mim.

— Isso não é justo.

Ele lança um olhar surpreso para mim.

— Como não é justo?

— Você tem que entender que fiquei chateada por ter sido verdadeira, e você, não.

— É isso que você pensa? Que eu não estava sendo verdadeiro?

E aí, bem nesse ponto, ele me convence. Ele também percebe isso.

Olhamos um para o outro, agitados, a respiração rápida e profunda.

— Se eu admitir que te machuquei — ele diz baixinho, e quando tenta abafar um sorriso modesto, uma covinha aparece em sua bochecha —, o que você vai fazer?

Mordo a minha bochecha para não sorrir de volta.

— Eu... não sei.

— Vem cá — diz ele em um ronronar suave.

Preciso fingir que os meus pés são blocos de concreto para permanecer parada.

— Tenho que editar o meu artigo.

Ele olha para mim, o maxilar contraído, e então balança a cabeça uma vez.

— Certo. Você tem um prazo.

Então é isso? Ele simplesmente vai me deixar ir embora? Me sinto esvaziada, como um balão furado. Meus pensamentos são um caldeirão fervente de alívio, desejo, irritação, anseio e paixão. Alec Kim causa um efeito químico selvagem no meu sangue.

Bem... tecnicamente, o artigo já está escrito.

Eu só preciso editar.

E, quando ligou para me trazer até aqui, ele me conseguiu doze horas adicionais.

As desculpas se amontoam na minha mente, e Alec me observa com cada vez mais diversão enquanto não me viro e caminho em direção à porta. Finalmente, eu digo:

— Vem cá *você*.

Rindo baixinho, ele vem até mim e para tão perto que sinto o calor dele em toda a parte da frente do meu corpo.

— E agora?

Será que ele consegue ouvir o meu coração? Juro que é a coisa mais barulhenta nesta sala.

— Ainda não sei.

Alec entrelaça os dedos nos meus. Segura a minha mão.

— Assim?

— Pode ser.

Eu sou incapaz de esconder o sorriso, e, com o outro braço, ele envolve a minha cintura, me puxando para ele. Alec me acolhe em seu peito e aperta.

Um abraço.

— E assim? — ele pergunta.

A emoção enche minha garganta com a sensação familiar de seu corpo e a doce sedução de seu abraço. Cada lembrança da nossa noite juntos está devidamente de volta no lugar. Eu abraço seu pescoço com meu braço livre e puxo sua cabeça até que ele descanse a testa na minha, e assim, com os olhos fechados, nós respiramos de forma irregular e carregada por alguns segundos.

Abro os olhos e o vejo olhando para mim. O sentimento de afeto resplandece no meu rosto antes que eu possa esconder.

Alec abre um sorriso, se afastando.

— Como você pode estar brava se está me olhando assim?

— Estou muito brava.

Ele abafa uma risada.

— Sua cara de "muito brava" não é muito intimidadora. — Ele beija a ponta do dedo e esfrega com delicadeza no meu coração.

— Me senti uma idiota — admito, por fim. — Eu falei sobre Spence. Falei sobre o meu trabalho.

— Não foi justo. — Ele me beija na testa. — Desculpa por isso. Eu teria falado mais sobre mim, mas... fui egoísta, eu sei. Foi uma noite perfeita. Fiquei com medo de que tudo desaparecesse.

— O que estamos fazendo? — pergunto. — A gente quase nem se conhece mais.

— Isso não é verdade. Nós podemos ter mudado muito nos últimos catorze anos, mas, assim como nas reformas...

Abro um sorriso para ele enquanto nós dois percebemos que ele quer muito usar uma péssima metáfora.

— Sempre seremos parte das fundações um do outro?
— Tento completar.
Ele confirma, rindo de si mesmo.
— Essa foi péssima.
— Não, foi surpreendentemente fofo.
Eu paro para observá-lo com atenção. Tenho a sensação de que o rosto dele deveria me levar a um tipo diferente de estado de consciência, que sua presença deveria me deixar trêmula e nervosa. Alec é minha paixão mais antiga e agora ele é uma celebridade. Mas a carga elétrica que percorre a minha espinha não é de nervoso ou insegurança; é fome pura.

Alec se curva, posicionando os lábios perto dos meus, olhando para a minha boca.
— Seu cheiro é tão bom.
— É mesmo?
Ele geme.
— Eu não queria tirar o seu cheiro de mim no banho naquele dia. Queria sentir você em mim um pouco mais. — Ele inclina a cabeça, inspirando profundamente debaixo do meu queixo. — Cheiro de açúcar e sexo.

Essas palavras acendem uma chama sob a minha pele, e eu passo a mão na sua camisa, sentindo um corpo imediatamente familiar mas que, com as novas imagens na minha cabeça — a foto dele na Ilha de Jeju com a camisa erguida pelo vento, expondo o abdômen bem definido; a maneira como ele tem que se curvar para me beijar por causa da altura e como toda fanpage tem um artigo inteiro sobre suas proporções perfeitas —, *agora* estou em um novo território, e muito consciente de tudo isso.

E a boca que é o centro das atenções de mil fotos em close — ela está chupando o meu queixo, meu pescoço...

Eu me afasto, então fecho e aperto os olhos.

— Tá. Isso é estranho.

Ele compreende o meu tom na mesma hora.

— Não. — Alec inclina meu rosto para olhar para ele. — Não faça isso.

Eu enlaço seu pescoço outra vez. Enterro os dedos em seu cabelo. Ele para com a boca a apenas um milímetro da minha e inclina a cabeça, esperando, me deixando tomar a decisão final.

Eu me estico, puxo e chupo seu lábio inferior. Ele deixa um gemido escapar da garganta e segura a minha cabeça, aprofundando o beijo com a língua e os dentes, descendo a outra mão pelas costas até chegar à minha bunda, onde ele me segura, se esfrega em mim.

— Assim — diz quando se afasta para respirar. *Ainda é assim*, é o que ele quer dizer.

Ele anda de costas para a cama, me puxando com ele antes de se sentar na beirada do colchão, e sorri quando sento em seu colo.

Me inclino para trás e passo os dedos no seu queixo, seguro seu rosto e estudo traço por traço. Na minha mente, consigo montá-lo e desmontá-lo. Os olhos escuros e afetuosos. O nariz perfeito e reto. O desenho do lábio inferior macio e carnudo; seus lábios me dão água na boca. O maxilar afiado, as maçãs do rosto dos sonhos.

— Quanto tempo nós temos?

Ele move os olhos sem virar a cabeça e olha para o relógio no braço levantado.

— Duas horas antes de eu dar uma entrevista aqui.

Duas horas não é muito tempo longe do trabalho, eu raciocino. Vou fazer isso em vez de comer, limpar a casa ou responder a e-mails.

Encosto o dedo em sua bochecha esquerda, bem em cima da covinha, quando ele sorri. Ele se inclina para me beijar.

— Parado — eu digo, e ele ri silenciosamente.

Eu desenho um caminho de sua testa até o nariz, depois até a curva de seu lábio superior. Alec espera pacientemente enquanto seu lábio inferior é traçado logo em seguida. Eu seguro seu queixo e inclino a sua cabeça para cima, olhando seu pescoço. Tenho um fraco por pescoços masculinos, e o dele é a matéria das minhas fantasias, dos sonhos que me fazem acordar suada, queimando com a urgência de negócios inacabados.

Então me concentro ali primeiro; passo a língua no pescoço dele, chupando seu pomo de adão, que vibra nos meus lábios quando ele geme.

Em seguida chupo seus lábios, lambendo, afundando meus dentes no lábio inferior. Embaixo de mim, ele começa a mover os quadris para cima lentamente, passando as mãos nas minhas costas por baixo da blusa.

Beijo o rosto dele, as pálpebras, parando na têmpora, respirando o cheiro refrescante de xampu. Ele passa a mão por baixo da minha camisa, deslizando pela minha coluna. Com um movimento rápido dos dedos, desabotoa meu sutiã.

Quando me afasto ele abre os olhos e nossos olhares se encontram. Eu me sinto suspensa, imóvel, enquanto ele parece que enxerga dentro da minha mente.

Seu olhar percorre meu rosto, e ele estende a mão para tirar uma mecha de cabelo dos meus olhos.

—Viu? Eu estava certo.

— Vai ficar se gabando agora?

— Vou. — Ele se inclina, e toda a calma que conseguimos manter nos últimos minutos é incinerada quando me beija. Sua boca, aberta e cálida, encontra a minha com o mesmo desejo vibrante que eu sinto. Ele volta a passar as mãos grandes por baixo da minha camisa, depois as desliza para a frente e segura meus seios enquanto deixa escapar algo que não entendo.

— O que você disse?

Ele desce os lábios pelo meu pescoço.

— É mais bonito em coreano, mas basicamente estou dizendo que gosto deles em você.

Solto uma risada.

— Meus peitos?

Ele também ri, e me deixa de costas para puxar minha blusa para cima. Ele dá uma mordida na minha barriga e vai beijando meu corpo.

— É uma maneira mais interessante de apreciar as suas curvas.

Eu encaixo os meus quadris nos dele e começo a me mover, sentindo ele ficar duro dentro da calça.

Ele resmunga um ruído de frustração.

— Um descuido inesperado — diz ele, e mordisca meu lábio inferior.

— O que foi?

— Não estamos no meu quarto. Este é o lugar que estamos usando para as entrevistas.

— Vai ser esquisito mais tarde? — pergunto, com uma risada.

— Acho que não. Vamos fazer tudo na sala de estar. — Ele franze a testa. — O que me preocupa é que a minha mala não está aqui.

Não entendo de imediato o que quer dizer, mas então ele se esfrega em mim outra vez e eu compreendo.

— Não tem camisinha?

— Não tenho camisinha.

— Podemos fazer outras coisas — digo, dando um beijo nele.

— Se não falha a memória — ele diz —, nossas preliminares foram muito boas naquela vez. — Alec morde meu seio.

Eu tiro a minha blusa e depois a dele, e ele se lança sobre mim, sua pele é quente e macia. Quando me beija, o meu desejo intensifica, ultrapassando minha vontade de ir devagar para aproveitar cada segundo. Arranho suas costas e sei que vai ficar uma marca, mas isso só o deixa mais agitado. Ele se ajoelha, puxa as minhas calças para baixo e fica parado quando vê a minha calcinha.

Sorrio para ele.

— Não se preocupe. Eu lavei a roupa ontem.

Ele abre um sorriso, mas é distraído, chamuscado nas bordas pelo calor.

— Você gosta de me ver com essa calcinha?

Ele estende a mão e passa o dedo no tecido no meu quadril.

— Gosto.

— Me lembra você.

— Então — ele diz, acariciando a minha pele. — Você vestiu essa calcinha hoje sem saber que estava vindo me ver?

— Isso mesmo.

— E mesmo estando brava comigo?

Eu confirmo.

Ele desliza o dedo pela curva da seda, no meu púbis, e depois entre as minhas pernas, no meu clitóris.

Alec fecha os olhos. Ele faz movimentos circulares com o dedo, cada vez mais para baixo, e solta um gemido enquanto espalha o calor escorregadio.

Ele se afasta para me deixar na cabeceira da cama, e então desce para ficar entre as minhas pernas.

Meu cérebro entra em curto-circuito, e, na minha cabeça, apenas imagino o que ele vai fazer. Eu preciso de... Eu preciso de mais ar antes que ele faça isso.

— Espere.

Ele olha para mim.

— O que foi?

— Eu estou seminua.

Ele me encara, esperando, respirando com impaciência, e eu o sinto quente na minha barriga.

— E daí?

— Você não está.

Ele me compreende e levanta ao pé da cama, começando a retirar o cinto. Imediatamente percebo que isso foi um erro. Vê-lo tirar as calças em plena luz do dia não vai me ajudar a relaxar. A fivela faz um barulho de metal contra metal no quarto silencioso. O som do zíper é obsceno; ouço o puxador da braguilha passar por cada dente. Alec morde o lábio com um sorriso que me parece uma reação ao que quer que meu rosto esteja expressando enquanto olho para ele.

Então, em resposta, deslizo minha mão pelo meu corpo, segurando os meus seios. Beliscando levemente o meu mamilo.

Alec solta um pequeno grunhido e resolve aumentar a aposta no jogo, passando os polegares no cós da cueca preta e a puxando para baixo, libertando o membro duro que estava lá dentro. Então, olhando para mim, ele envolve o pau com a mão e se acaricia.

Me movimento por puro instinto, com água na boca, e me sento na beirada da cama, passo as mãos nas coxas até chegar aos quadris. Eu o puxo para mais perto, tiro sua mão e seguro seu pau com firmeza para o longo e molhado deslizar da minha língua.

Ele solta um palavrão surpreso, apoiando a mão no meu ombro.

Eu o sinto macio e teso na minha língua; ele tem gosto

de desejo. Olho para o rosto dele para ver sua expressão enquanto chupo a ponta de seu pau.

Ele solta um gemido e dá um passo para trás, depois se inclina para beijar o meu pescoço.

— Gigi?
— Hum?

Ele me beija.

— O que você está fazendo?
— O que parece que estou fazendo?
— Você me enganou para tirar a minha roupa.

Solto uma risada.

— E você me deixou excitada quando se tocou. Você não gosta de ser beijado aqui?

— Eu adoro — diz ele, e geme enquanto o acaricio. Alec me beija novamente e empurra meus ombros para me deitar na cama. Ele segura as minhas mãos e se move comigo por alguns momentos antes de me deslocar. — Ainda não.

Ele passa as mãos debaixo dos meus braços e me arrasta para a parte de cima do colchão, então desce entre as minhas pernas novamente, com beijos molhados no meu torso.

Puxando o cetim da minha calcinha para o lado, ele abaixa, me acaricia com o polegar e se inclina para beijar e sugar suavemente o meu clitóris.

Não sei como aguento o que vem a seguir. Com a boca aberta e faminta, ele me chupa com os lábios carnudos, me explora com a língua experiente e provocante. Enfia os dedos com delicadeza no início, o primeiro, o segundo, o terceiro — depois para de me provocar e seduzir e mete os dedos fundo e rápido, até que tudo em mim se torne calor, até que o prazer, tão intenso, seja a única coisa de que tenho consciência, até que me dou conta, de alguma forma, dos meus próprios gritos agudos, de como estou gemendo alto e preciso ficar quieta, preciso, então eu puxo um travesseiro no rosto para...

Alec pega o travesseiro da minha mão e o joga para o lado.

Então meu grito escapa desimpedido, em direção ao teto, e preenche o ar.

Estou ofegante, com um braço jogado sobre o rosto, o peito arfando para recuperar o fôlego, mas ele não recua imediatamente. Ele me beija com delicadeza, de boca fechada, e é como uma aterrissagem suave depois de uma queda longa e dura. Nunca nem imaginei um sexo oral assim. Nunca soube que era possível.

Igualmente sem fôlego, Alec sobe beijando meu corpo e para nos meus seios.

— Gostou? — ele pergunta, e então passa a língua ao redor do meu mamilo.

Faço que sim, deixando o braço cair.

— Olha para mim — ele sussurra. — Fala olhando para mim.

— Estou acabada. — Consigo abrir os olhos com esforço, mas preciso respirar mais um pouco para continuar falando. — Ninguém nunca fez desse jeito.

Ele mexe a língua em movimentos circulares.

— Assim como?

Pelo visto, ele tem fetiche em conversas eróticas.

— Tão selvagem e... — suspiro para o alto — intenso.

Posso senti-lo olhando para mim por mais um segundo antes de voltar a atenção para os meus seios, lambendo e chupando. O som de sua boca se afastando, seus gemidos baixos na minha pele, me fazem tremer de desejo: é incrível como ele me faz sentir completamente insaciável e faminta depois de gozar com tanta intensidade há menos de dois minutos. Mas me dou conta do que ele quer quando se levanta sobre mim e põe as pernas nas extremidades das minhas costelas, pressionando os meus seios em torno do seu pau.

— Posso?

Eu aceito, mas ele me encara e levanta a sobrancelha fingindo irritação.

— Eu gosto — digo a ele, sorrindo.

Ele brinca com os meus seios enquanto começa a se mover, e passo as mãos nas coxas dele, na cintura e no peito, delicadamente deslizando as unhas por seus mamilos, fazendo com que ele solte um ruído apertado de desejo.

— Isso — ele diz quando eu faço de novo.

E com essa única palavra fazemos um jogo de sussurros, de chamada e resposta, os dele cada vez mais sôfregos, os meus mais motivadores. Nunca na vida presenciei algo mais erótico do que Alec perseguindo avidamente o prazer.

Minhas mãos acariciam todo o seu corpo e finalmente chegam em seus dedos, molhados e escorregadios, e ele me conduz a segurar os meus seios ao redor do seu pau enquanto estende a mão para segurar a cabeceira da cama.

— Gigi — diz ele, e então seu pomo de adão se move enquanto engole com dificuldade. — Eu vou gozar.

Ele solta um gemido agudo e depois outro, e eu observo seu rosto enquanto ele jorra de prazer, seu líquido quente e úmido no meu peito e no meu pescoço. No silêncio que se segue, ambos estamos ofegantes, e eu levanto os dedos, observando enquanto ele me observa de volta.

— Você está bem? — ele pergunta e arrasta o polegar suavemente no meu lábio inferior.

Eu assinto.

— Você está acabando comigo. O sexo nunca mais vai ser assim.

— Já foi assim antes?

— Por favor. Qualquer homem que chupa desse jeito deve fazer muito sexo bom.

— Acho que nunca fiz desse jeito. Tão selvagem, como você disse — ele acrescenta. — Não queria te machucar.

Sorrio para ele.

— Eu pareço machucada?

— Não. — Ele se afasta, se ajeitando em cima de mim, e fala beijando os meus lábios: — Você está linda.

E aí está, a felicidade e a tragédia emaranhadas. Ele faz eu me sentir bonita mesmo suada e exaurida em uma cama de hotel bagunçada.

Ele se levanta e vai até o banheiro. Ouço barulho de água, e Alec volta com um pano quente e úmido com o qual limpa os meus dedos, o meu pescoço e o espaço entre os meus seios.

— E pensar — eu digo, usando minha mão livre para pentear o cabelo de sua testa com os dedos — que vim aqui pensando que receberia informações e no lugar disso fizemos sexo. Não posso nem ficar brava por ter perdido duas horas de trabalho.

Alec faz uma pausa enquanto dobra o pano de dentro para fora e, em seguida, cuidadosamente passa o lado limpo sobre meu pescoço outra vez. Ele solta um som baixo de confirmação, um leve ronco na garganta.

— Prometo que vou dizer se e quando eu puder.

Levanto a cabeça e olho para ele.

— Na verdade, acho que de qualquer maneira você não poderia dizer nada oficialmente. Nós meio que destruímos qualquer distanciamento que seria necessário para isso.

Alec põe a toalha na mesa de cabeceira e se deita de lado, voltado para mim, com a cabeça apoiada na mão.

— Bem, não tenho certeza se me sentiria confortável falando sobre isso com alguém além de você.

— Alec, o que está acontecendo? — Assim que termino a minha pergunta, uma única batida forte atinge a porta.

Ele fica alarmado, olhando para a porta antes de voltar a atenção para o relógio ao lado da cama. Eu nem me dou ao trabalho de olhar. Tenho certeza de que estamos sem tempo, mas de repente fico desconfortável com seu tom. Ele parece chateado — arrasado, na verdade. E, pela primeira vez, percebo que a questão talvez seja mais complicada do que Alec conhecer alguém que sabe de alguma coisa. Se ele não responder à minha próxima pergunta, Yael Miller terá que me arrastar para fora do quarto.

— Ei — digo, tocando seu queixo, fazendo com que ele volte a atenção para mim, tentando manter minha voz firme e acalmar as minhas mãos trêmulas. — Pelo menos diga que não preciso me preocupar com a sua segurança.

— Estou bem — responde ele, com urgência convincente. — Estou mesmo. — Ele baixa o olhar para o ponto onde seu dedo desenha espirais na minha clavícula. Ouvimos a batida na porta de novo, duas vezes desta vez. — Mas isso é o máximo que posso dizer antes de Yael entrar aqui.

Sete

Eu não exagero quando digo que não consigo me concentrar de jeito nenhum ao chegar em casa. Alec tem alguma informação sobre a história pela qual tenho estado obcecada há um mês, e eu não faço ideia do que ele sabe, quando vou descobrir ou se outra pessoa vai chegar antes de mim. Compreendo que ele precise checar com a fonte, mas será que a informação vai mudar tudo o que eu já escrevi? Sei que não é um material irrelevante — não, é importante. É significativo o bastante para tornar a expressão de Alec tensa e sombria até mesmo quando me levou até a porta e me deu um beijo de despedida.

Foi um selinho hesitante, mas, para falar a verdade, nós dois sabíamos que seria assim: já estávamos vestidos, recompostos — ele como um ator importante, eu como uma ávida jornalista — e, entre nós, o peso de uma notícia bombástica de magnitude desconhecida.

— Tente dormir um pouco — ele disse, e depois acrescentou: — Não se preocupe. É sério.

— Quando você estará livre hoje à noite?

— Bem tarde. — E colocou um lustroso iPhone na minha mão. — Te ligo amanhã, prometo.

Olhei para o celular.

— Isso não é meu.

— É melhor nos falarmos usando outros números, se você não se importar. Adicionei meu número pessoal na lista de contatos.

Na hora, achei graça — chamei ele de "Don Juan 007" me oferecendo um Batcelular —, mas o meu sorriso se apagou quando percebi a verdade. Transar com Alec sabendo que ele tinha informações do caso trouxe uma série de conflitos pessoais e profissionais.

— Ah, é. Bem pensado.

Ele me deu um beijo breve e deixou Yael entrar. Então, enquanto eu pegava o elevador para ir embora, eles começaram a prepará-lo para a enxurrada de entrevistas.

Obviamente faço uma nova varredura no Google assim que chego em casa, mas, desta vez, procuro algo diferente. Antes, eu queria saber por que tantas pessoas esperariam por ele no aeroporto, agora busco pistas do tipo com quem ele passa o tempo, onde foi visto por fotógrafos e fãs e quais conhecidos dele talvez tenham relação com a Jupiter, ainda que remota.

Faço uma extensa busca, mas fico aliviada ao perceber que Alexander Kim não é visto em público com muita frequência. Sua conduta social parece completamente respeitável. Ele foi fotografado, na maioria das vezes, em aeroportos, museus, tapetes vermelhos e no set de gravação.

Não há sequer um indício de que ele tenha alguma ligação com a Jupiter.

Meu estômago despenca quando meu celular começa a tocar.

— Oi, Billy — digo, recostando na cadeira de trabalho e fechando os olhos.

— Como está o artigo?

— Está pronto — respondo. — Só estou editando.

— Com as informações que conseguiu esta manhã? — ele pergunta de um jeito distraído e seco. Eu o imagino em sua mesa, com a barba por fazer há dois dias, tomando café frio, lendo qualquer coisa enquanto fala comigo.

Faço uma pausa, deixando escapar um longo e lento suspiro. Eu poderia revelar a ele meu relacionamento com Alec. Eu provavelmente *deveria* fazer isso. Mas sei o que aconteceria: Billy me tiraria do caso e passaria para outra pessoa. Eu estou muito perto para desistir, e, de qualquer forma, Alec não me disse nada.

— A fonte dele deu para trás — conto. — Quando cheguei lá, ele não tinha permissão para falar sobre o assunto.

— Que merda! — Billy solta um grunhido. — O que aconteceu? Você tentou pressioná-lo?

Fecho os olhos e minhas entranhas se contorcem de culpa.

— Claro que eu tentei.

— Podemos usar o que você já tem. Vamos dar uma olhada, bem rápido.

Eu me endireito no assento e ajusto a tela do laptop.

— Tá. Bem, eu começo falando sobre as mulheres assediadas nas salas VIP de uma boate de luxo e sobre os magnatas que usaram sua influência para encobrir tudo. Depois explico o contexto. Ninguém nos Estados Unidos deve ter ouvido falar a respeito, então apresento algumas informações sobre a boate. A Jupiter abriu há nove meses etc. etc., é propriedade conjunta de uma celebridade e um grupo de empresários de sucesso que são donos de várias boates populares em Londres. Fica localizada na parte central de Brixton e possui capacidade de público de mais de oitocentas pessoas, com várias salas VIP. E, ao que parece, também há salas privativas equipadas com câmeras de vídeo. — Olho para o artigo na tela, indagando que tipo de detalhes Billy quer incluir. — Você quer que eu deixe o nome do segurança oculto, certo? Mesmo que o perfil dele no Twitter fosse público antes de ser deletado?

— Certo — diz ele. — Só por precaução. Mantenha tudo no mais alto nível, algo como: algumas semanas atrás, um segurança disse ao chefe que havia mulheres sendo assediadas na boate. O segurança foi espancado e alega ser uma retaliação. Ele reclamou com o chefe do chefe e foi demitido.

— E depois seu perfil no Twitter desapareceu — concluo, assentindo.

— Certo. O segurança demitido compartilha a história no Twitter e, em seguida, publica capturas de tela que diz terem sido enviadas por alguém que tinha acesso a grupos de bate-papo privados em que os donos da boate compartilham conteúdo sexual explícito gravado nessas salas VIP.

Ele morde alguma coisa e continua falando.

— E depois?

— O perfil dele desapareceu. Quando eu o encontrei em Londres, o segurança, Jamil Allen, não quis falar conosco. Não consegui achar nada de concreto. Não sabemos quem abriu as salas de bate-papo on-line ou quem enviou as capturas de tela. Dias depois Ian e eu estávamos em um pub, revisando as nossas anotações, e ele recebeu uma ligação de uma mulher que conseguiu seu número com Jamil. Ela tinha sido abordada por executivos da Jupiter que perguntaram do nada se ela aceitaria fazer um acordo financeiro.

Aguardo a reação de Billy. Leva um instante, e então ele diz:

— Espere. Para quê?

— Exatamente, para *quê* — respondo. — Acontece que

ela foi identificada pela polícia em um dos vídeos compartilhados nos fóruns de bate-papo, mas não foi notificada. Ela foi *filmada* sendo agredida, mas não se lembrava disso.

— Puta merda. Então os policiais estavam investigando mas passando as informações para os donos da boate?

— É o que parece. O rosto dela é o único visível. É possível que todos os vídeos sejam como esse. Quer dizer, quais são as chances de que, de todos os vídeos a que a polícia teve acesso, ela seja a única que foi dopada? Poucas, certo? E eu aposto que os donos são os culpados, Billy. Quatro deles. Seus nomes continuaram aparecendo em todas as conversas que tivemos. Gabriel McMaster, Josef Anders, David Suno, Charles Woo. Os garçons e as recepcionistas, em conversas confidenciais, disseram que os viam o tempo todo nas áreas VIP, com várias mulheres diferentes. Até trabalhadores da obra me disseram que Anders e McMaster foram superativos durante a construção. Eles projetaram os quartos com câmeras, não apenas câmeras de segurança, mas de alta tecnologia, várias. O dono da empresa que faz a segurança da boate é pai de Suno. Ainda não tenho certeza de como Woo se encaixa, mas não ficaria surpresa se o nome dele começar a aparecer mais.

Billy solta um bramido, e ouço o som de seu punho batendo na mesa.

— Vamos continuar nessa direção — diz. — Contexto da boate, a história do segurança, capturas de tela dos vídeos compartilhados no fórum on-line, câmeras nas salas VIP. A história de uma fonte anônima recebendo oferta de acordo a respeito de um ataque do qual sequer se lembrava. Continue investigando sobre os quatro proprietários. Não queremos denunciar pessoas famosas antes de ter certeza absoluta das informações e que nossas fontes deem declarações oficiais. O que você conseguir com esse novo informante enquanto ele estiver na cidade será incluído em um segundo artigo. Essa merda vai feder.

Deixo de lado minha inquietação sobre as complicações de usar Alec como fonte porque, por dentro, a Gigi cabeça-dura está radiante. Meu primeiro artigo dessa magnitude, e ainda há a possibilidade de uma continuação apenas alguns dias depois? Faço um esforço para controlar minha empolgação.

— Por mim, está ótimo.

Billy dá risada quando percebe a minha atitude.

— Uma coisa de cada vez, jovem.

Nós nos despedimos e me lanço de volta na edição por mais algumas horas antes de ler o artigo pela última vez. Eu respiro fundo e clico em "enviar". Acho que o artigo está bom.

Não, acho que está incrível.

Então me jogo na cama, para dentro das cobertas, com a roupa do corpo e tudo, e durmo em poucos minutos.

Acordo às três da manhã me sentindo zonza e faminta, e chuto as cobertas para longe. Com uma esperança insana, verifico o meu novo Batcelular.

Tem quatro notificações de mensagens de Alec. Meu coração não para quieto.

Alguns compromissos foram adiados e surpreendentemente eu tenho um dia livre amanhã.

Queria saber se você quer ir à praia comigo.

Acabo de me dar conta que você deve estar trabalhando ou dormindo.

Espero que esteja dormindo.

A última mensagem foi enviada à meia-noite, e, se ele estava acordado a essa hora, com certeza não está mais.

Certo?

Mas, pensando bem, se o organismo continua no horário de Londres, para ele ainda é meio-dia.

Por fim, às 3h17, não resisto. Faço uma xícara de café e mando uma mensagem para ele.

Estou livre o dia todo, caso a oferta ainda esteja de pé.

Três pontos aparecem, o que indica que ele está digitando, e meu sangue congela.

Está acordada?

Abro um sorriso enquanto digito.

Eu enviei o artigo e capotei por volta das oito.

Me manda seu endereço. Te pego às sete pra gente sair antes do trânsito.

Meu sorriso parece grande demais para o meu rosto. Você conseguiu dormir?

Por algumas horas, ele responde.

Você deveria descansar hoje.

Nada disso. Eu vou viver do sol da Califórnia, cafeína e Gigi.

Como Alec vai me buscar e, sempre que o vejo, ele está rodeado de coisas caras, obviamente espero um carro luxuoso. Então, quando um Ford pequeno vermelho-vivo estaciona no acostamento, Alec tem que buzinar para eu perceber que é ele. A buzina soa como uma risada aguda.

Entro no carro ao lado dele, encantada.

— Uau! Carro legal.

— Peguei essa belezinha perto do aeroporto hoje. — Ele começa a dirigir e sorri para mim. — Queremos ser discretos.

— Eu poderia ter buscado você, não é? Que tipo de californiana eu seria sem carro?

Alec balança a cabeça.

— Gosto de dirigir e nunca faço isso em Londres.

Ele vira na avenida Washington e habilmente acerta a pista para entrar na rodovia.

Com a música ligada, as janelas abertas e Alec ao meu lado, me permito esquecer um pouco o artigo, as preocupações e o resto mundo. Eu só quero absorver a sensação de estar perto dele.

Ele pega a minha mão, entrelaça os dedos nos meus e a posiciona em seu colo.

— Aonde nós vamos? — pergunto.

— Vou te levar à minha praia favorita.

Dou uma olhada de soslaio para ele, que usa uma camiseta preta e boné de beisebol. Mesmo que queira, não é nada discreto.

— Acha que é uma boa ideia ir para uma praia pública, dr. Minjoon Song?

— Ninguém vai me reconhecer nessa praia.

Eu dou risada.

— É, vai dizer isso para aquela plateia no aeroporto.

Ele sorri olhando para a estrada à nossa frente.

— Eu também não esperava por aquilo.

— Foi a primeira vez que pensei em pesquisar seu nome no Google, sabia?

Ele me lança um olhar breve antes de seguir as placas para a 405 South.

— Sério? Eu pedi para Yael pesquisar seu nome no Google enquanto estávamos na fila esperando pelos quartos.

É claro que ele fez isso. Aposto que tinha um relatório completo antes de me deixar usar o seu chuveiro.

— Pois é, quando eu tiver uma assistente disponível vinte e quatro horas por dia, sete dias por semana, poderei pesquisar melhor sobre meus casos de uma noite.

Ele franze a testa.

— Não foi só uma noite.

— Está bem — admito, sorrindo para ele. — Uma noite e uma manhã.

Alec abre um sorriso olhando para a estrada.

— Duas semanas. — Ele olha para mim. — Quero ver você o máximo que puder enquanto estiver aqui. — Eu balanço a cabeça em aprovação, mas mordo os lábios para não dizer o que estou pensando: *tempo suficiente para ficar apegada*.

Eu me viro e, pela janela, olho a estrada passar voando. Acima de nós o céu azul sem nuvens, a selva de concreto delineada com jacarandás e palmeiras, buganvílias e oleandros cor-de-rosa subindo as barreiras da estrada. Então percebo que estamos indo na direção sul.

— Tá, estamos indo para onde? — pergunto, sorrindo. — As melhores praias estão ao norte da minha casa.

— Vamos para Laguna.

Fico boquiaberta. Isso é a uma hora de distância.

Ele sustenta o olhar.

— Você disse que enviou o artigo e tem o dia de folga.

— Sim, mas estávamos *tão perto* de Santa Mônica.

Alec dá risada.

— Eu quero te levar para o meu lugar favorito e não faço isso... Eu não pego um carro e dirijo até aqui há provavelmente dez anos. — Ele olha em volta, e me pergunto como deve ser a sensação de ter passado toda a sua vida aqui até os quase vinte anos.

— Você sente falta da Califórnia?

— Sim e não. Quer dizer, eu fico nostálgico, e tem coisas que eu amo. Mas moro fora há quase quinze anos. Não consigo me imaginar voltando a morar aqui.

Eu não sei o que dizer sobre isso, mas sinto um peso

estranho no peito, por apenas um segundo, e percebo que faz quinze minutos que estamos no nosso primeiro encontro de verdade e eu já estou adorando. Mas ele vai voltar para a Inglaterra em algumas semanas, e talvez eu nunca mais o veja.

Passamos alguns minutos em um silêncio tranquilo, com a música em baixo volume preenchendo o carro e LA ficando cada vez menor no espelho retrovisor.

— Você está quieta — diz ele finalmente, desviando sua atenção da estrada por poucos instantes. — Tudo certo?

Eu afasto qualquer tensão, assentindo.

— Eu gosto do seu sotaque.

— É mesmo? — Ele fala com uma voz rouca e isso envia um arrepio de eletricidade pelo meu corpo. Alec percebe meu olhar e abre um sorriso. — O que foi?

— Não sei como vou conseguir ficar na praia com você, ouvindo essa voz, e não poder te tocar.

— Vamos nos esforçar bastante. Sei que temos algum autocontrole.

— Você não tem nenhuma evidência disso — eu digo, rindo.

Ele ri também.

— Yael sabe sobre nós, é claro.

— Acho que a compra da calcinha foi uma evidência.

— Foi, com certeza, mas se minha empresária, Melissa, soubesse que estou em um encontro e escapando em um dia de folga para ir à praia? — Ele assobia. — Eu teria muitos problemas.

— Você é adulto.

Ele concorda.

— Claro, mas há algumas liberdades das quais nós, figuras públicas, temos que abrir mão. E qualquer coisa assim deve ser esclarecida. Principalmente se eu sair com uma mulher. Eu não sairia acompanhado de uma mulher em público em Londres. Melissa não gosta de ser surpreendida.

— Ela sabe sobre Seattle?

— Sabe.

— Uau, ela sabe *tudo*? Até quando você transa com alguém?

— Assim, nós não discutimos isso em termos tão explícitos — ele explica, rindo —, mas contei a ela que passei um tempo com alguém lá e que foi apenas durante a noite, então tenho certeza de que ela leu nas entrelinhas. — Ele faz uma pausa, ficando um pouco sério. — Mas ela não sabe que nos vimos de novo no hotel em LA.

Eu ergo as sobrancelhas.

— Sou sua amante secreta.

— Você é *uma amiga* — acrescenta ele, com uma piscadela. — Não é? A melhor amiga de infância da minha irmã. Faz sentido a gente se encontrar depois de tanto tempo.

— A gente vai se comportar — garanto a ele. — Eu nem vou te tratar como uma celebridade. Se você ficar com calor, você mesmo pode se abanar.

— Me abanar? Eu? — Ele finge que vai dar meia-volta com o carro.

— Vai levar sua própria toalha também — eu continuo. — Não vou passar a mão em você em público.

Alec ri, mudando de pista para sair em Long Beach.

Eu fico surpresa.

— Você vai mesmo voltar?

— Precisamos de suprimentos.

Nós saímos da estrada e, quando estacionamos em frente a uma Walgreens, eu olho para a entrada sem entender.

— Tá, eu sei que você é famoso, mas está me levando a uma farmácia? Acho que o encontro está chique demais para mim, Alec.

Ele abre um sorriso.

— Dá aqui — diz ele. — Antes de sair do carro.

Eu estou prestes a perguntar o quê, quando ele se inclina sobre o encosto, segura meu rosto nas mãos e me beija suavemente. O primeiro beijo é um breve arrastar de lábios, e então ele me beija ainda mais suave, depois inclina a cabeça, mais intenso e demorado na minha direção, chupando o meu lábio inferior. Ele agarra a parte de trás do meu pescoço, me segurando para fazer o que quiser comigo. Se ele soltar um gemido sequer, eu o arrasto para o banco de trás.

Por sorte, ele parece abafar o gemido, mas solta uma risada feliz e ofegante na minha boca quando passo os dentes em seu lábio. Eu me lembro desse jeito de beijar; me lembro de pensar no alívio que foi encontrar alguém que beija exatamente como eu pela primeira vez na vida.

Meu cérebro fica alarmado com esse pensamento. É uma situação extremamente volátil. O que estamos fazendo, seja o que for, está começando a ganhar um rótulo fácil. Na verdade estamos apenas ficando, e nós dois sabemos que tem uma data de validade muito evidente. Porra, ele me deu um iPhone secreto!

Mas ficantes não passam todo tempo livre juntos, não roubam beijos sempre que podem. Certamente não pensam sobre como é bom ter encontrado a alma gêmea dos beijos.

Meu coração se enche de estrelas, expandindo.

Alec se afasta, olhando a minha boca.

— Pronta?

— Pronta. — Faço uma pausa, desorientada. — Pronta pra quê?

Ele ri, acha que estou brincando e me beija com suavidade de novo.

— Vamos lá.

Na loja, compramos garrafas de água, barras de granola, o protetor solar que ambos esquecemos, cadeiras de praia baratas e várias boias engraçadas. Ele compra um boné horroroso do Post Malone para mim, e eu compro para ele um par de óculos de sol aviador com lentes cor-de-rosa furta-cor.

De volta ao carro, cada um usando os respectivos presentes, ele aumenta a música. Nós baixamos o vidro das janelas e dirigimos em um silêncio de satisfação, com a mão dele na minha coxa.

Na verdade, ele fica com a mão parada por pouco tempo. Logo seu polegar acaricia o tecido do meu short no ritmo da música, fazendo pequenos movimentos circulares que se alargam e se estreitam. Finalmente, ele me dá um momento para respirar, quando usa a mão para ajustar o volume, mas depois volta e agora é mais intenso, porque as pontas dos dedos brincam com a bainha desfiada do meu jeans. Aos poucos, os dedos se esgueiram por baixo, me tocando como uma pluma, dançando sem rumo na pele da minha coxa, quase como se estivesse fazendo isso sem saber, mas por dentro eu me sinto em chamas, com o calor crepitante da fogueira estalando debaixo da minha pele. Ele sabe o que está fazendo comigo? Está tocando a pele que beijou, a pele que o sentiu deslizar com os quadris, que sentiu seu rosto. É a pele que parece marcada pelo desejo que ele mesmo está provocando.

Eu pego a sua mão e levo aos meus lábios, beijo o seu polegar. Quando arrisco olhar para ele, vejo que está reprimindo um sorrisinho. Filho da mãe. Ele sabia o que estava fazendo.

— Vai me provocar o dia todo? — pergunto. — Você sabe que estava, tipo, muito perto de fazer eu me jogar no seu colo.

Ele começa a rir, olhando para mim e depois desvia o olhar.

— Você é muito macia. Eu não percebi o que estava fazendo até você tirar minha mão. — Ele faz uma pausa e expira lentamente. — Acho que ir à praia foi uma péssima ideia.

— Eu não disse isso mais cedo?

Ele ri novamente e aperta a minha mão. Mas nós estamos saindo da rodovia, em direção às cidades litorâneas, e ele tem essa percepção — que expressei vocalmente assim que entramos no carro — um pouco tarde demais. Pelo menos a beleza do dia pode me distrair do meu cérebro libertino. É um daqueles dias ridículos de tão lindos do sul da Califórnia em abril: uma manhã cheia de nuvens e vento, a temperatura em torno de dezoito graus, mas, quando a névoa marinha se dissipar, será perfeito para um dia na praia.

Disparamos pela Pacific Coast Highway, praticamente sozinhos no longo trecho da costa, e então Alec vira por uma rua sinuosa em um bairro de belas casas empoleiradas precariamente em um penhasco. O acostamento está lotado de carros estacionados frente a frente, e eu nos imagino andando um quilômetro e meio carregando todas as bugigangas que compramos na Walgreens. Então, avistamos ao mesmo tempo: um ponto diretamente ao lado das escadas que levam à praia Crescent Bay.

— É — ele diz, presunçoso. — Muito fácil.

Mas esse é exatamente o problema, eu penso. Tudo parece fácil *demais*. O jeito como ele acariciou minha perna sem pensar, como, ao sair do carro, passei para ele a minha bolsa sem pensar, e como ele pegou e guardou na mochila dele também sem pensar, o modo como descarregamos o carro, como pegamos as nossas coisas em um silêncio fácil, como se tivéssemos feito isso milhares de vezes. Mas a realidade é que hoje é a nossa primeira vez juntos à luz do dia.

— Quando você esteve aqui pela última vez? — pergunto.

Ele nos conduz aos degraus estreitos e íngremes.

— Deve ter sido uma ou duas semanas antes de nos mudarmos.

— Para Londres?

Ele assente, atravessando cuidadosamente as ripas de madeira, ainda úmidas do orvalho da manhã.

— Você já veio aqui?

— Sabe como é — eu digo. — É a uma hora de distância de carro, mas Orange County é tipo Nova York.

Isso o faz rir, e eu vejo suas pernas tonificadas descerem, os músculos se contraindo e relaxando debaixo da bermuda. Eu desvio minha atenção, olho para o céu, para a extensão do azul do Pacífico. Parece infinito.

Entre em um barco, penso. *Vá viver com esse homem, por aí, para sempre. Nós poderíamos nos alimentar de barrinhas de granola.*

Quando chegamos ao final da escada, ele vira à esquerda, caminhando em direção a um trecho de areia branca e lisa que margeia o limite sul rochoso e escarpado da praia. Ele anda com determinação, em direção, presumo, a um lugar favorito. Mas podemos escolher. São apenas oito e meia da manhã. A praia está movimentada, mas não com pessoas querendo se preparar para passar o dia na areia; são surfistas pegando as agitadas ondas matinais, casais caminhando, pessoas passeando com os cachorros, ou correndo. A rebentação é alta, a água desaba com uma bravata vistosa, pintando meias-luas cambaleantes na areia molhada.

Paramos perto do despenhadeiro, numa área que estará sombreada ao meio-dia. Depois que Alec arruma nossas cadeiras, nossas toalhas e o guarda-sol barato que comprou, ele se vira para examinar o nosso novo terreno, e eu tiro a camiseta, derramando um pouco de protetor solar na mão para passar no peito e na barriga.

Está um silêncio profundo, e quando olho para Alec ele

está observando o meu corpo. Eu começo a contar uma piada sobre ele e os meus seios, mas ele está tão focado que as palavras evaporam na minha língua. Ele estende a mão para ajustar o fecho do meu colar que deslizou para a frente, mas, depois que conserta, seus dedos ficam lentos e tudo parece embaçado ao nosso redor, enquanto seu olhar segue focado no meu pescoço.

— O que foi? — Eu olho para baixo, tentando ver o que ele vê. Não tem nada lá, só o brilho vago do protetor solar.

— Só estou pensando — diz ele, arrastando o toque para baixo sobre meu busto, entre os seios.

— Pensando em quê?

Ele expira lentamente.

— Que eu senti você aqui. Que eu meti aqui.

Essas palavras acionam um fogo sob minha pele, e tenho certeza de que ele pode senti-lo com a ponta dos dedos. Ele inclina a mão para baixo, como se pudesse simplesmente enfiá-la inteira no bojo do meu biquíni, mas, em vez disso, fecha o punho ao redor da alça.

— Tá bom. — Eu passo a mão em seu peito, e ele levanta a cabeça. — Acho que precisamos de umas regras básicas hoje. Tipo...

Ele engole em seco enquanto espera que eu termine a frase, e agora é minha vez de ficar distraída com a longa linha de seu pescoço. Finalmente, ele pergunta:

— Tipo?

— Bem, para começar, você não pode dizer essas coisas.

Ele abre um sorriso.

— Não?

— Pelo menos não se não pudermos ficar sozinhos em algum lugar mais tarde.

Ele suspira, baixando a cabeça antes de se endireitar e dar

um passo à frente. Alec me cerca nas sombras, contra a lateral do penhasco. O calor de seu corpo me aquece na parte da frente, e eu olho para o lado. Ninguém está prestando atenção em nós, mas, mesmo assim, sinto que estamos em um aquário.

— O que você está fazendo? — eu sussurro.

— Pensando.

— Você está pensando dentro do meu espaço pessoal.

— Quer que eu me afaste?

Eu passo a mão em seu abdômen.

— Não. Eu gosto quando você invade meu espaço pessoal.

Ele levanta o rosto, me olhando nos olhos.

— Vou ser sincero.

— Bom. Gosto de sinceridade.

— Muito franco, na verdade.

— Melhor ainda.

Um blefe. Meu coração está na metade da minha garganta, saindo do meu corpo agora.

Ele lambe os lábios, me examinando.

— Eu não costumo fazer sexo casual — ele admite, baixinho. — Para falar a verdade, nunca dormi com ninguém fora de um relacionamento de longa data. Acho que não sou muito bom nisso.

— Entendi. — Essa confissão é devastadora. Seria muito mais fácil se um de nós soubesse como conduzir uma relação descomplicada e momentânea.

— Eu acho que posso me apegar se passarmos mais uma noite juntos.

Ele desvia o olhar da minha boca e me encara.

É isso, eu penso. *Esta é a sensação de se apaixonar.*

— Bem — eu respondo com cuidado. — Tudo bem se não passarmos a noite juntos, se é disso que você precisa. — Eu levanto o dedo e traço a linha de sua camiseta por sua clavícula. — Mas tenho certeza de que, a essa altura, já vai ser difícil pra mim quando você for embora, independentemente do que a gente faça. E acho que seria mais difícil saber que você está aqui e não poder vê-lo do que estar com você e lembrar a mim mesma do que vai acontecer.

— Então nós dois concordamos que será apenas isso? Só essas duas semanas?

— O que mais poderia ser?

Quando eu digo isso, ele murmura um "certo" e se inclina para me beijar. Meu primeiro instinto é afastá-lo com delicadeza, lembrá-lo de onde estamos, mas um instinto mais forte me faz pender para a frente, para mais perto dele. Alec envolve a minha cintura, me aproximando ainda mais. Quando ele para de me beijar — afinal, nós estamos em público, e a praia está enchendo aos poucos —, me segura contra si, levantando os meus pés sobre os dele em um abraço.

Estendo meus braços sobre seus ombros.

— Achei que não íamos nos beijar em público hoje.

— Nós estamos escondidos.

— Não estamos nem um pouco escondidos, seu palhaço.

Ele solta um grunhido quando se curva e finge que vai morder o meu pescoço. Mas, em vez disso, me dá um beijinho e sussurra:

— Talvez eu possa ficar na sua casa hoje à noite.

— Sério? — Me afasto e sorrio para ele.

— Sério.

Oito

Depois dessa conversa, sinto como se certa tensão se dissipasse entre nós. Deixamos as nossas coisas na areia e caminhamos até uma formação rochosa a alguns metros de distância, observando a água do mar baixar, expondo as famosas poças de maré locais. Na hora seguinte escalamos as rochas, compartilhando cada descoberta: anêmonas esvoaçantes, pequenas cracas que parecem pedras, peixes prateados e corais. Quando o sol está alto voltamos para o nosso canto e estendemos as toalhas embaixo do guarda-sol para observar o interminável ciclo de ondas.

Ele pega na minha mão e a segura em seu colo, girando o único anel que uso no meu dedo anelar direito. É um simples anel de safiras.

— Quem te deu?

— Os meus pais.

— É bonito. — Ele toca os meus dedos, então vira minha mão, passando a ponta do polegar no meu pulso. — Pedra do mês do nascimento?

Eu confirmo.

— 6 de setembro. E você?

— 18 de abril.

Olho atentamente para ele.

— Era seu aniversário no dia que pegamos o avião para LÁ?

Ele faz que sim com uma risada.

— Eu não costumo dar muita importância para isso. Sunny sempre exagera, sem exceção.

— Ah, então é bom você ter uma irmã para fazer você comemorar essa data.

Ele beija meu pulso antes de soltar a minha mão.

— Você queria ter irmãos?

Eu confirmo.

— Antes eu queria muito. Agora tenho Eden, e ela é como uma irmã mais nova irritante, mesmo sendo alguns anos mais velha que eu.

— Vou poder conhecê-la hoje à noite?

Eu estreito os olhos em direção ao mar para calcular se ela estará em casa mais tarde. Hoje é quarta-feira; ela geralmente trabalha às quartas e, a menos que voltemos para casa antes das quatro, não conseguiremos encontrá-la.

— Acho que não.

— Vou deixar um bilhete para ela.

Eu me inclino, encostando o ombro dele no meu.

— Ela vai morrer. Estou falando sério.

Ele sorri olhando para a minha mão.

— Qual projeto você mais gostou de fazer?

Alec ergue uma sobrancelha para mim.

— Você não pesquisou no Google?

— Foi super-rápido. Só li o suficiente pra me sentir ridícula por perguntar se você ainda andava de skate.

Ele ri, aquela risada de boca aberta que eu amo.

— Acho que essa foi a minha parte favorita da nossa conversa no bar.

Dou um tapa em seu braço.

— Eu falo sério quando digo que amei tudo o que fiz —

revela ele. — Mas realmente adoro *West Midlands*. É divertido estar em um ambiente em que desenvolvemos uma relação com colegas de elenco ao longo do tempo, e esse elenco é incrível. — Ele pega a minha mão novamente, entrelaçando os nossos dedos e pousando em sua coxa. — Eu me lembro pouco dos primeiros trabalhos. Foi empolgante, mas muito intenso. Consegui o papel em *Redentores* e, sei que as pessoas sempre dizem isso, mas tive a sensação de que tudo mudou da noite para o dia.

— Mas você gosta da fama? Deve ser legal ser reconhecido.

— Sim e não — ele admite, soltando minha mão para pegar nossa água e as barrinhas de granola na mochila. Ele me dá uma garrafa e depois toma um longo gole da sua. — No começo foi empolgante, mas também pode ser cansativo. E a imprensa em Londres é implacável.

— Ah! Eu não tinha pensado nisso.

Ele ergue uma sobrancelha.

— É difícil ter um relacionamento, por exemplo.

Cuidadosamente me afasto do aspecto pessoal deste campo minado.

— Você namorou uma colega de elenco, não é?

— Park Jin-ae? Sim. Por alguns anos. — Ele abre um sorriso para mim. — Já vi que você leu no Google com bastante atenção.

— Acho que não preciso dizer que, quando você digita "Alexander Kim" no Google, a primeira opção de preenchimento automático é "Alexander Kim namorada".

Isso o faz soltar um ruído.

— Esse relacionamento... Na verdade, nós tivemos que fazer um comunicado à imprensa — conta. — Em toda entrevista, alguém perguntava. Perguntavam até aos nossos colegas de elenco, atuais e antigos. Finalmente nós admitimos que estávamos juntos. É sempre um grande evento fazer isso e, como regra, não falo sobre a minha vida pessoal publicamente.

— Deve ser mesmo difícil confiar. — Ele fica em silêncio quando eu digo isso, e posso senti-lo me encarando, tentando me decifrar.

— Pela sua cara, você deve pensar que eu estou falando de mim mesma.

Ele ri e percebo que tenho razão.

— Você disse que terminou com o seu ex há apenas alguns meses, não é?

— Isso. Seis meses.

— Ficaram juntos por quanto tempo? — ele pergunta.

Eu faço uma careta porque já sei qual reação a minha resposta vai provocar.

— Uns seis anos e meio.

Como eu já esperava, Alec fica inerte ao meu lado.

— Nossa!

Assentindo, eu digo:

— Eu odeio ter dado tanto tempo a ele. Acho que estava de saco cheio muito tempo antes de tudo desmoronar. — Tomo outro gole d'água, diminuindo o calor na minha garganta. — Mas eu tenho mais raiva de mim do que dele.

— Por quê?

— Por ter sido enganada por tanto tempo.

Ele se inclina para chamar a minha atenção.

— Mas não foi *você* que mentiu.

— É — concordo, e finalmente olho para ele —, mas você também se sentiria assim. Imagine passar um ano com alguém que estava mentindo para você. Alguém que interpretou um papel durante um ano e, por algum motivo, você não percebeu. Você é ator. É seu trabalho saber quando alguém está atuando. Eu sou jornalista. É meu trabalho enxergar além do que me contam. E não enxerguei.

Sua boca forma um pequeno "ah" de compreensão.

— Eu entendo.

— E é difícil imaginar que nenhum de nossos amigos soubesse a verdade. Me pergunto se eles sabiam e tentaram ajudar Spence sem me dizer o que estava acontecendo.

— Caramba!

Eu concordo e digo:

— Por isso é difícil confiar no meu instinto.

Nós observamos o mar por alguns momentos em silêncio.

— Bem — ele fala —, o meu instinto me diz que está na hora de irmos aproveitar as ondas.

Só por Alec mudar o rumo da conversa sem fazer esforço algum, sinto vontade de beijá-lo. Pegamos algumas boias de macarrão e lentamente avançamos pelo Pacífico gelado, desviando com cuidado das enormes ondas, mergulhando por baixo e ultrapassando o ponto onde elas quebram, para um lugar em que o mar é reluzente e calmo. De onde estamos, as pessoas na praia parecem pequenos pontos.

Nós apoiamos os longos cilindros de espuma debaixo dos braços e flutuamos um de frente para o outro, recuperando o fôlego. Quero guardar esse sentimento em uma garrafa, para que eu possa saboreá-lo aos poucos nos próximos dias, semanas e anos. Tento ignorar essa sensação, mas o pensamento de que Alec é de fato perfeito surge em momentos inesperados, e isso provoca uma pontada de dor no meu peito.

E então ele encontra o meu olhar, e os meus pulmões perdem o fôlego com a aguda percepção de que na verdade ele me trouxe aqui para conversar. Eu gostava do nosso recanto em Laguna Beach.

— Agora tenho permissão para te contar tudo — diz ele baixinho.

— Espera... Por quê? O que mudou?

— Contei à minha fonte que estava falando especificamente com você e ela disse que eu podia te contar.

— *Especificamente* comigo?

Ele confirma.

Eu não entendo. Mas...

— Por mais que odeie te dizer isso, você não pode me contar a história oficialmente. — Eu tento sorrir. — Conflito de interesses, sabe?

— Bem, de qualquer maneira, seria um relato em off. — Ele mergulha as pontas dos dedos na água e levanta a mão, deixando as gotas refletirem a luz do sol quando caem. — Mas acho que seria bom contar a alguém que compreenderia. Talvez as informações te ajudem a descobrir mais coisa, mesmo que você não possa publicar esse relato.

Zona cinzenta. Um dia comum na vida de um jornalista.

— Pode dizer o que você se sentir confortável em compartilhar.

— Não sei bem por onde começar. — Ele olha para o céu por um instante antes de respirar fundo. — Tá bom. — Alec solta o ar das bochechas. — Eu tenho um amigo da época da faculdade, no Reino Unido, chamado Josef Anders.

Ele olha para mim observando a reação, que eu sei que não consigo esconder. Sinto um frio no estômago, consciente da expressão de choque que toma conta do meu rosto.

Ele abre um sorriso triste.

— Pela sua cara, acho que você já ouviu esse nome.

— Já. Muitas vezes. Ele é um dos proprietários. Está envolvido em tudo isso.

Alec passa a mão na testa, estreitando os olhos para mim.

— Suspeito que sim.

Um trovão. Meu batimento cardíaco parece um trovão no meu peito.

— Na faculdade, eu tinha um grupo de amigos muito próximos — conta. — E então, quando voltei a Londres depois de morar na Coreia, consegui reencontrar alguns deles. Quer dizer, estávamos todos ocupados, então não éramos tão próximos quanto antes, mas nos víamos uma vez por mês, mais ou menos.

— Eu juro que olhei todas as fotos de Anders na internet e não vi nenhuma de vocês dois juntos — eu digo, confusa. — Nunca encontrei nenhuma conexão.

— É porque a nossa amizade é mais antiga que nossas carreiras — diz ele. — Não tem fotos porque não saíamos juntos. Ficávamos nas casas uns dos outros. — Ele engole em seco, piscando, olhando para trás de mim. — Da mesma forma que minha família não é fotografada em casa, nós protegemos os nossos amigos antigos.

Sinto meu estômago se revirar. Estou ansiosa para saber, mas também sofro por antecipação sobre o que ele pode me contar em relação a esse antigo amigo.

— Na mesma época que voltei para a Inglaterra, Sunny passou a trabalhar como modelo. Ela estava começando a ficar conhecida na indústria. Meus amigos visitavam a casa da minha família. — Ele engole em seco. — E, em algum momento, Josef e Sunny começaram a namorar.

— Uau. — Percorro mentalmente meu arquivo sobre Anders. — Eu não fazia ideia disso.

— Você não tinha como saber. A vida privada de Sunny é ainda mais reservada do que a minha. — Ele balança a cabeça, mergulhando o queixo na água. — Mas isso aconteceu uns dois anos atrás. Claro, eles se conheciam desde que Josef e eu estávamos na faculdade, mas ela tinha treze anos nessa época, então achei um pouco estranho. — Alec me observa brevemente e então desvia o olhar. — No começo eles não contaram a ninguém. Nem mesmo os nossos amigos sabiam. Nós todos nos reuníamos para jantar ou assistir a um jogo, e ele nunca contou nada. Foi *ela* quem me contou, depois que estavam juntos havia vários meses.

— Você ficou bravo? — pergunto.

Ele reflete em silêncio por alguns instantes, e a água bate no seu queixo, tocando seus lábios. Ele mergulha e emerge depois de um momento, enxugando as gotas cintilantes de seus olhos. — Pra falar a verdade, acho que fiquei mais preocupado do que bravo. Eu sabia que ele era uma pessoa decente, no geral, mas já tinha tido muitas namoradas e sabia que eu não ia gostar que minha irmã se envolvesse com alguém que talvez não fosse cuidadoso com os sentimentos da namorada.

— Entendo.

— Mas, enfim, ela já era adulta — diz ele. — A escolha não era minha, né? — Alec estreita os olhos observando atrás de mim as ondas quebrando na praia. — Você provavelmente sabe que Josef estava em uma banda, The Tilts, que teve uma música de sucesso antes de se separarem. — Ele desliza os dedos na água, e flutuamos em silêncio por um minuto, no balanço suave do oceano. Alec continua a fazer desenhos na água, e me pergunto se ele está soletrando alguma coisa. De alguma forma, mesmo sendo um ator, ele parece o tipo de pessoa que primeiro escreve à mão o que quer dizer em momentos difíceis como este. — Mas ele era o principal compositor, e "Turn It Up" ainda é tocada em quase todos os grandes eventos esportivos no Reino Unido. Josef ganhou muito dinheiro com isso e investiu muito bem. Ele aplicou parte dessa renda na Jupiter.

É uma informação que eu já tenho, mas ainda parece um soco no estômago.

— Entendi.

Ele olha para mim e acaricia distraidamente a minha mão, os arrepios atingindo o meu braço.

— Depois que a boate ficou mais conhecida, ele passava o tempo todo lá.

Meu estômago já está revirado. Quero ouvir isso — a curiosidade mórbida e o interesse profissional me mantêm fascinada —, mas também quero que Alec termine logo para desfazer a expressão de medo sombrio de seu rosto.

— Josef e Sunny ficaram juntos pouco mais de um ano, talvez, antes de ela terminar com ele, e grande parte do relacionamento aconteceu durante a construção e o lançamento da Jupiter. Tem muita coisa que Sunny não quer contar, principalmente agora. Acho que a separação teve a ver com o tempo que ele dedicava à boate. Mas eu tive a impressão de que ele não queria terminar. Todos nós notamos que ele estava perturbado.

Ele se endireita na boia e inclina o rosto para o céu. Observo seu perfil, o relevo das maçãs do seu rosto que contrasta com os lábios cheios. Sinto seu rosto carimbado no meu cérebro.

— Há uns quatro meses, Sunny conseguiu seu primeiro grande contrato de modelo, com a Dior — diz ele. — Foi como se um dia ela estivesse contando moedas e de repente passasse a ser escalada para todas as passarelas, até se tornar uma modelo de elite. As fotos dela estavam em estações de metrô, outdoors e revistas. Ela tem tido muito sucesso. — Por um momento, sua expressão suaviza, e ele olha para mim, sorrindo. — É muito legal.

— Eu imagino — eu digo. — É *incrível*.

— É. — Alec se move novamente, inquieto, jogando os

braços sobre o macarrão flutuante, apoiando o queixo nele. — Mesmo que tenha terminado com Josef, ela ainda o considerava um amigo da família, sabe? — Ele engole em seco, e depois mais uma vez, apertando a mandíbula. Então volta a me encarar e diz baixinho: — Estamos conversando em off mesmo?

— Completamente. — Eu forço a voz além do nó na minha garganta. — Eu prometo.

Ele volta a olhar para a água.

— Há alguns meses, um outro amigo desse grupo, Lukas, estava na minha casa. Ele tinha se mudado para Berlim, mas, enquanto estava na cidade, queria dar uma olhada na Jupiter para ver o que Josef estava fazendo. Eu não estava com muita vontade de ir, mas ele e alguns dos nossos amigos foram. Um tempo depois, Lukas me ligou e disse que Sunny tinha ido também, mas ele a perdeu de vista por algumas horas e, quando a viu de novo, ela já parecia bastante bêbada. Ele pediu para ir buscá-la.

Eu sinto como se tivesse levado um soco.

— Não...

— Sunny não costuma beber muito porque não sabe lidar com álcool. — Ele fica quieto por um bom tempo, e eu me aproximo e passo a mão em suas costas, esfregando com delicadeza.

— Podemos fazer isso mais tarde.

— Não. Está tudo bem. Preciso contar. — Ele passa a mão na boca, e o resto das palavras sai mecanicamente. — No começo, eu não estava preocupado. Como falei, era estranho ela ter bebido tanto mas, enfim, a carreira dela estava deslanchando. Talvez só quisesse comemorar com Josef. Eles ainda eram amigos. Ainda assim, fui até lá para ver como ela estava. Eu liguei para Josef. Ele não atendeu. Liguei para Sunny. O celular dela estava desligado, então nem consegui localizá-la.

— Ele esfrega o rosto novamente. — Liguei para o Lukas. A gente se encontrou e começou a procurar em todas as salas VIP.

— Que merda — eu solto, baixinho.

— É. Nós a encontramos. A festa estava lotada, mas meus olhos imediatamente identificaram Sunny desmaiada num sofá. Ela estava... — Ele se detém, balançando a cabeça. — Todos fugiram como baratas quando entrei. Eu a segurei no colo, peguei suas roupas e a levei ao banheiro. Ela estava completamente inconsciente. Eu coloquei... — Ele engole em seco, cerrando os olhos sem ver as ondas, incapaz de terminar a frase, mas entendo que ele quer dizer que teve que ajudá-la a se vestir. — Joguei água no rosto dela. Ficamos sentados lá por um bom tempo. Não sei quanto, mas as pessoas bateram na porta. Eu desliguei o celular. Só fiquei falando com ela. Disse que ela estava segura e que tinha que acordar. Finalmente, ela ficou consciente o bastante para andar, mas com muita dificuldade. Eu vesti o meu casaco nela, a acompanhei até a saída dos fundos e a levei para o hospital.

Mais uma vez, ele fica quieto, movendo o maxilar para os lados.

— Ela não lembrava nada daquela noite. Por um lado é bom, mas, a menos que existam vídeos, talvez a gente nunca saiba exatamente o que aconteceu. Será que é melhor assim? — Ele passa a mão trêmula pelo rosto. — Ela fez um exame, é claro. — Alec faz uma pausa por um angustiante segundo, e então balança a cabeça em confirmação.

Mais uma vez, sinto como se tivesse sido atingida no estômago.

— Meu Deus, Alec!

Então compreendo por que ele quis fazer isso aqui, onde ele pode dizer em voz alta e deixar as palavras serem engolidas pelo oceano.

— Ela passou muito mal no dia seguinte — diz ele. — Encontraram um coquetel de várias coisas no organismo dela, com certeza nada que ela pudesse ter pedido no bar. Josef ligou pela manhã. — Alec olha para mim, e a dor profunda em seus olhos é devastadora. — Ele parecia muito preocupado. Disse que não sabia onde Sunny tinha ido parar. Eu fui ingênuo e contei a ele o que tinha visto naquela sala, e ele ficou chocado. Foi muito convincente.

Me sinto enjoada.

— Para falar a verdade, não consegui pensar em mais nada nem ninguém quando vi Sunny naquele sofá. Nunca pensei que ele a tivesse visto naquele estado. Porque, se tivesse, é claro que ele a teria ajudado, certo? A ex dele? A minha irmã?

— Alec...

Alec balança a cabeça e pisca olhando para trás de mim.

— Mais tarde naquele dia, Lukas me ligou para saber como eu estava. Precisava conversar. Também estava traumatizado com tudo. Quando contei sobre minha conversa com Josef, ele ficou furioso. Ele disse: "Alec, cara, Josef estava bem ali. Ele fugiu assim que você entrou". Ele *estava lá*, Gigi.

Eu sabia que era isso que tinha acontecido. Sabia. Mas, ainda assim, não é fácil de ouvir.

— Então, quando Josef te ligou, ele estava tentando descobrir o que você tinha visto? E o que Sunny sabia?

— É o que eu acho.

Deixamos essa terrível constatação se dissipar.

— Sunny quer prestar queixa?

Alec faz um gesto negativo com a cabeça.

— Isso aconteceu há dois meses. Mas ela não se lembra do que ocorreu, não quer ser perseguida pelos tabloides. É compreensível que esteja preocupada com o modo como isso afetaria sua reputação, e ela foi até lá por vontade própria. Por isso, está muito hesitante.

— Aposto que você quer quebrar a cara dele.

Ele ri soltando um ruído agudo.

— Você não faz ideia.

Essas palavras são ditas com violência, os sons escapam por entre os dentes. Ele vira o rosto e respira profundamente.

— Que tipo de monstro faz isso? Ele no mínimo testemunhou o que aconteceu com Sunny e muito provavelmente foi o responsável por isso. E me ligou no dia seguinte fingindo ser inocente? Eu me senti muito idiota.

— Você deu ao seu amigo o benefício da dúvida. Isso não é ser idiota. É o que as pessoas boas fazem.

— É, acho que sim.

— Ninguém da boate comunicou a polícia sobre ele?

Ele balança negativamente a cabeça.

— Gigi, várias pessoas devem ver mulheres entrarem e saírem drogadas toda semana e não dizem nada.

É a única coisa que eu ainda não consegui entender: como isso pode acontecer em um estabelecimento daquele tamanho sem que alguém seja descoberto.

— Eu me senti sem saída. Não quero forçar Sunny a fazer uma denúncia, mas tenho medo de que essa história continue encoberta se ela não fizer isso. Eu estava bastante cético até ver seu empenho no hotel naquela noite. — Alec encontra o meu olhar e o encara. — Acho que você sabe aonde quero chegar com isso. A única coisa que você pode fazer com o meu relato é continuar procurando, continuar investigando Josef Anders.

Sinto o meu coração se partir por ele.

— Eu prometo que vou.

Ele fecha os olhos e, quando abre novamente, tenta sorrir.

— Isso é tudo que eu sei.

— É muita coisa.

Eu me aproximo dele, com cuidado, tiro o cabelo de sua testa.

— Você está bem?

Alec apoia a cabeça na minha mão.

— Não vou fingir que isso não foi a coisa mais difícil com que eu já tive de lidar.

— Tenho certeza.

— Eu fico preocupado e, só por saber o que aconteceu com ela naquela noite, tudo que eu quero é apoiá-la como ela precisar. Será que tem vídeos? Quem mais estava naquela sala? Fico feliz que ela não se lembre do que aconteceu, mas também me pergunto se em algum momento vai lembrar.

Mordo meu lábio enquanto decido se devo ou não contar a ele a próxima parte. Não porque seja um segredo — vai sair no meu artigo amanhã de qualquer maneira —, mas porque sei que vai afetá-lo bastante.

Alec lê minha expressão.

— Pode dizer.

— Tá. Bem, uma das mulheres que aparentemente foram filmadas recebeu uma proposta de acordo financeiro para ficar calada, e, antes disso, ela nem sabia que tinha sido abusada. — Espero enquanto ele processa o que eu disse, com os olhos bem fechados. — Então, embora a polícia tenha confiscado todos os arquivos de vídeo da boate, alguém de dentro está fornecendo informações a esses caras. Mesmo que as acusações sejam apresentadas em algum momento, os agressores conseguem todas as evidências primeiro.

— Que merda. — Ele solta o ar com força na água. — Então provavelmente existe um vídeo da Sunny?

— Sinceramente, eu não sei. Mas é possível.

— Nas últimas semanas, eu tenho me preocupado com tudo — ele diz. — É uma das razões de eu só ter viajado alguns dias depois do restante do elenco. Eu nem sabia se poderia ficar longe dela agora.

— E tem alguém com ela? — pergunto.

— Sim, ela está com os nossos pais.

— Como ela está?

Ele inclina a cabeça de um lado para o outro.

— Ela está bem. Óbvio, ela sabe que estou falando sobre isso, em off. Deixar eu fazer isso é um passo importante pra ela.

Ao vê-lo nessa situação, nado para mais perto, para ficar de frente para ele.

— Eu sinto muito.

Ele assente, ajeitando o macarrão para que possa me puxar para si. Alec pressiona o rosto no meu pescoço, e minhas pernas envolvem sua cintura, mas não de uma maneira sexual. Nós nos abraçamos, flutuando sem rumo, em silêncio.

Até que seus lábios se movem no meu pescoço quando ele fala.

— Obrigado por ouvir tudo isso. E que bom que não fomos devorados por tubarões.

Eu solto uma risada.

— Obrigada por plantar esse medo na minha cabeça. Mas, falando sério, obrigada por compartilhar essa história comigo. Eu sinto muito por você e por Sunny.

— Eu ainda não tinha falado sobre isso com ninguém.

Me afasto para olhar para ele.

— Ninguém?

Ele balança a cabeça negativamente.

— Meu bem, — eu digo, segurando seu rosto — você não pode lidar com isso sozinho.

Alec faz uma pausa, e então um sorriso surge devagar em sua expressão.

— O que foi? — pergunto.

— Você me chamou de "meu bem".

— Eu chamo todo mundo de "meu bem" — minto.

Ele franze a testa, cético.

— Você definitivamente não me parece o tipo de pessoa que chama todo mundo de "meu bem".

Eu beijo seu queixo.

— Bem, não pense muito sobre isso. Lembre, temos apenas duas semanas.

Ele ergue a mão e acaricia meu pescoço, enfiando os dedos no meu cabelo. Na minha bochecha aquecida pelo sol, sua mão está fria. Ele se inclina para a frente, salgado e úmido, e cola a boca na minha.

Minutos depois — muitos, muitos minutos depois —, quando estamos enrugados por causa da água e apertados de vontade, nadamos de volta até a praia e adormecemos em nossas toalhas sob o guarda-sol, debaixo do céu azul-claro e reluzente, a dezenas de quilômetros de distância do estresse, da responsabilidade e dos olhos de qualquer um que quiser nos encontrar.

Nove

Está na cara que Eden fica totalmente sem ação quando eu entro no apartamento com Alexander Kim atrás de mim. Ela arregala os olhos castanhos e depois fecha, e então faz a última coisa que eu esperaria da destemida e pronta para qualquer batalha Eden Enger. Ela se vira e simplesmente... vai embora.

Eu caio na gargalhada.

— Eden!

— Não dá — ela grita por cima do ombro.

— Volta aqui! — Olho para Alec, que está sorrindo em um pedido de desculpas divertido, e o puxo para dentro antes de ir atrás dela pelo corredor.

Enganchando a mão em seu braço, consigo virá-la para me encarar. Suas bochechas estão coradas, os olhos agitados.

— George — ela sussurra. — Você deveria ter ligado para me dizer que estava trazendo... — Ela aponta impotente para o corredor. — Aquilo!

— É quarta-feira! Achei que você estivesse trabalhando. Desculpa!

— As pessoas pegam prisão perpétua por delitos menores que esse.

Eu me inclino e levo seus dedos aos meus lábios, rindo e beijando a mão dela ao mesmo tempo.

— Desculpa. Na verdade, achei que ele ia perceber que não poderia vir e desistiria. Não quis te contar e te deixar ansiosa pra fazer faxina nem nada.

— Alexander Kim está no nosso apartamento — diz ela. — E eu nem tomei banho, estou vestindo uma camiseta do Lakers e essa calça velha. O estado de nossa sala de estar sempre impecável é a menor das minhas preocupações.

— Você está ótima. — Ela está mesmo. Seu cabelo preto e grosso está preso em um coque bagunçado, seus olhos escuros brilham. Todo mundo que conhece Eden a ama porque ela é extremamente autêntica. — Vamos lá. De qualquer maneira, nós dois estamos suados, cansados e cheios de areia. — Eu lanço um olhar de cachorro pidão para ela. — E ele é tão gentil. Não fique desconfortável. Talvez ajude se pensar nele como Alec.

Ela pressiona as pontas dos dedos nos lábios, como se mais uma vez se desse conta de quem está em sua sala de estar.

— Juro que uma parte de mim ainda achava que você tivesse inventado tudo e que não era ele.

— Eu sei disso.

Ela aponta para o corredor e sussurra:

— Mas ele está bem ali, Gigi.

— Ele vai ficar por um tempo. Tudo bem por você? — Inclino a cabeça e lanço um sorriso de vitória para ela. — Vamos lá. Fica com a gente?

Eu retorno à sala com Eden atrás de mim. Alec está parado usando o jeans preto que vestiu antes de irmos para casa, as mãos tranquilamente enfiadas nos bolsos, olhando ao redor. Ainda bem que Eden e eu somos um pouco maníacas por organização e costumamos manter o apartamento arrumado, mas ainda assim é difícil não imaginar como o lugar é visto por ele.

É um apartamento pequeno, mobiliado com uma variedade aleatória de móveis que nós duas adquirimos ao longo dos anos. Um sofá amarelo. Uma grande e aconchegante poltrona azul. Uma mesa de centro baixa que nós decoramos com azulejos algumas semanas antes da minha viagem ao Reino Unido. As paredes são cobertas com uma miscelânea de pinturas de artistas locais e fotos emolduradas de nossas famílias e de nós mesmas. Tenho certeza de que a casa de Alec em Londres dá de dez no nosso apartamento. Me pergunto o que ele pensa enquanto olha para o nosso espaço, se consegue sentir o que está faltando, se percebe os fantasmas da nossa colagem de arte e fotos da época da faculdade em diante, aquelas que guardamos em caixas e concordamos que não mereciam ilustrar nossas paredes.

— Eden, este é Alec.

Ele se vira e abre um grande sorriso — aquele que provoca outro sorriso instintivo em resposta, mesmo através da tela da TV. Eu a vejo tentando manter a compostura quando as covinhas dele aparecem.

Eden basicamente precisa fazer cara de séria para evitar que seu rosto se abra num sorriso. Ela estreita os olhos, murmurando de forma vaga.

— Alex, né?

— Para com isso. — Dou um tapa no braço dela, e Alec começa a rir ao meu lado. — Alec, esta é minha colega de quarto, Eden.

— É um prazer conhecê-la. — Ele estende a mão para apertar a dela. — Gigi falou maravilhas sobre você.

— Mentira — eu digo sorrindo para os dois. — Eu disse a ele que você é o capeta em pessoa.

Eden aperta a mão de Alec, e, pelo que conheço dela, sei que cada molécula de sangue subiu à superfície de sua pele e está prestes a sair pelos poros. Sua mão deve parecer um pedaço de carvão em brasa na palma dele agora.

— Eu tenho que dizer — comenta ela com a voz tensa — que vou dar tudo de mim para manter a calma, mas eu já assisti a tudo o que você já fez e vai ser difícil não surtar um pouco por ter você no meu apartamento.

Ele abre um sorriso gentil.

— Entendo. Ainda fico nervoso perto de atores de quem eu gosto também.

Ela produz um ruído hilário — meio gemido, meio latido — enquanto cobre o rosto.

— O que eu posso fazer pra você se sentir mais confortável? — ele pergunta.

Eden ri por trás das mãos.

— Provavelmente nada. — Ela se vira bruscamente no lugar, sem saber o que fazer com seu corpo. — Na verdade, acho que vou beber.

— Bem — ele diz —, eu vou beber também. — E, se isso faz você se sentir melhor, já fiz coisas incrivelmente ridículas e constrangedoras na frente da Gigi.

Eu deixo escapar uma risada.

— Ah, por favor. Quando?

— Uma vez você me viu dançando Eminem de cueca.

Eu fico boquiaberta.

— Quando foi isso?

— Acho que você tinha... uns sete anos? Eu tinha treze. Foi péssimo.

— Eu não me lembro disso — digo a ele, impressionada. — Estou muito desapontada com meu cérebro abaixo da média.

Alec ri.

— Eu achei que tivesse te deixado traumatizada.

— Óbvio que não.

— E o hip-hop no show de talentos de Larchmont? — ele diz, fazendo uma careta.

Minha memória é preenchida por uma imagem, e cubro a boca com a mão.

— Como esqueci isso?

— Hip-hop? — Eden repete, finalmente.

Alec assente, olhando para ela.

— Eu e uns amigos tínhamos certeza de que éramos os próximos grandes astros de hip-hop em LA quando tínhamos... — Ele olha para cima. — Meu Deus, talvez dezesseis anos? Gigi e Sunny assistiram aos nossos ensaios depois da escola por meses.

— Eles eram muito ruins — eu confirmo, me lembrando da coreografia que inventaram, com muitos movimentos agressivos de quadril, espaços vazios preenchidos com "io, ei, ei" e tentativas duvidosas de break dance. — Uau, continue, isso é ótimo!

— Acho que é o suficiente por enquanto.

— Isso ajudou bastante. — Eden respira fundo. — Posso permanecer consciente a partir de agora, mas acho que não consigo te chamar de Alec.

— Tudo bem. — Ele reprime um sorriso encantador, e isso não ajuda em nada na situação das covinhas. — Vai me chamar de quê?

Ela o examina.

— De Frank.

Ele ergue uma sobrancelha.

— Tenho cara de Frank?

Eden faz que sim. Vejo que está se soltando.

— Você é Frank, o amigo da minha colega de quarto.

— Beleza — assente de forma decisiva. — Frank pode pedir uma pizza para a colega de quarto da Gigi, a Lucy?

— A Gigi também vai ganhar um novo nome? — pergunto.
— Não — diz Eden.
Alec concorda rapidamente:
— Muitos nomes novos pra lembrar.
Eu me viro e caminho até a cozinha.
— Vocês dois parecem lembrar. Quem quer cerveja?
Eden grita da sala:
— Traz todas as cervejas pra cá. Acho que vamos acabar com elas muito rápido.

Ela tem razão. Nós bebemos as seis cervejas apenas no tempo de quatro rodadas de pôquer, que eu perco. Bebemos tudo não só porque cerveja combina muito bem com pizza, mas porque os dois engraçadinhos na minha frente parecem ainda estar na faculdade e transformam tudo em jogos etílicos.

Ninguém pode pôr o cotovelo na mesa.

A cerveja deve ser bebida apenas em goles únicos.

O último a tocar o nariz quando a palavra *amor* é cantada em qualquer música da playlist do Spotify tem que beber.

Descubro que quem pergunta inocentemente se voltamos a ser calouros na faculdade também tem que beber.

E, claro, quem usa os nomes Alec ou Eden precisa beber também. Considerando que eles nunca passaram tempo juntos e, portanto, não têm o hábito de se chamarem pelos nomes verdadeiros, eu bebo muito mais do que qualquer um dos dois.

Mesmo assim, acabo percebendo que Alec está dissolvendo, com maestria, a tensão de fã da Eden, e, sem saber, ela está conseguindo distraí-lo do peso de tudo o que discutimos na praia hoje. Eu adoro os dois por isso.

Alec apoia a sua terceira garrafa vazia na mesa e suspira.
— Acho que faz anos que não bebo tanta cerveja assim.

— Como poderia beber — pergunta Eden — e manter essa barriga de tanquinho? — Ela aperta os olhos e percebo que está contando os gominhos mentalmente. — São doze?

— Tá, Lucy. Pode beber. — Eu fecho um olho para me concentrar nela do outro lado da mesa. — Nova regra: toda vez que Lucy for indecente, tem que beber.

Eden ri, levando a garrafa à boca.

— Agora você está pegando o jeito.

— E se *eu* for indecente? — Alec pergunta.

— Frank — eu digo, apontando para ele. — Pode ser indecente, mas só comigo.

Ele para e então se inclina para me beijar, mas mantém a boca parada na minha. Ele abre os olhos e se afasta lentamente, percebendo o que fez. Do outro lado da mesa, Eden está de queixo caído.

— Você... — ela começa, e então leva a garrafa aos lábios, dando outro gole preventivo para não falar mais alguma coisa indecente.

Com as bochechas coradas por causa da cerveja ou do beijo — ou ambos —, Alec pega as cartas e começa a embaralhá-las.

Ele vira o boné, e o movimento chama minha atenção. Alec Kim, agora, é fatal. Camiseta e calça jeans preta, com o boné virado para trás. As covinhas são de matar e aparecem o tempo todo porque ele está meio bêbado, e Alec, pelo jeito, é um bêbado encantador. Continuo observando enquanto Eden se dá conta: *Alexander Kim. Bem aqui.* Mas a maneira como ele ri dela por trás das cartas, como canta desafinado com a música, a forma como o ator famoso bebe em nossa casa umas cervejas e não consegue blefar no jogo... há algo perfeitamente comum nele também.

— Vamos jogar lixo agora — diz ele, distribuindo dez cartas para cada um.

— Não sei jogar lixo — eu admito.

— Então você vai perder bastante. — Ele abre um sorriso para mim, e Eden solta uma risada, encantada. — E este é o Lixo Rápido. As regras são assim: se você demorar mais de dois segundos para jogar, você bebe. O vencedor de cada rodada está isento de regras na rodada seguinte. Qualquer palavrão resulta em uma penalidade que é escolhida pelo vencedor da mão anterior. Entendeu?

Não consigo parar de sorrir para eles.

— Nada — admito, mas Eden está balançando positivamente a cabeça, então seguimos em frente. Esses dois são farinha do mesmo saco.

Alec tamborila os dedos na beirada da mesa. Eden estala os dedos. Eles se encaram e brindam com garrafas. Então começamos. Não tenho ideia de quais são as regras ou o que devemos fazer, mas não importa. Mesmo quando o jogo acelera, para mim o tempo fica mais lento e a música parece mais alta, e observo minha melhor amiga e esse cara que é meio desconhecido e meio amante resolverem algum desentendimento sobre as cartas com "pedra, papel e tesoura". Eu o vejo dar risada de boca aberta quando ela bate nele e se levanta fazendo uma dança da vitória. Eu o vejo jogar as cartas na mesa mais rápido do que ela e cair para trás rindo. Eu a vejo esquecer, por momentos cada vez mais longos, quem ela pensa que ele é enquanto está na companhia de quem ele realmente é.

Então eu penso: *Vou me lembrar deste momento pelo resto da minha vida. Não importa o que aconteça depois disso, vou arquivar esta noite na minha memória dentro da pasta Felicidade.*

Nós procuramos por mais bebidas na cozinha. Eden tira a massa de biscoito da geladeira, e Alec se inclina no balcão, puxando minhas costas para si, e pega um monte de massa de biscoito da colher dela. Ele dá uma mordida, me dá um pouco e, depois, me dá um beijo de biscoito no pescoço.

— Ainda é esquisito — Eden diz, colocando mais colheradas na assadeira. Mas ela não parece estar mais em terreno instável. Na verdade, ela fala isso de forma provocante, como se estivesse resolvido e ordenado: Alec-e-Gigi não é mais esquisito.

Mas não é esquisito? Tudo isso? Eu posso contar nos dedos de uma mão há quantos dias estamos nisso, seja lá o que for que estamos fazendo, e nem uma vez senti que tinha que impressioná-lo. Talvez seja porque eu espero que termine, porque resolvemos abertamente hoje que teria um fim — e de forma sincera. Então por que fingir? Se ele não gosta do que vê, então a pior coisa que pode acontecer é terminar tudo um pouco antes. Não é como se eu não fosse ficar arrasada de qualquer maneira — eu vou. Sei disso agora.

Voltamos para a sala com um prato de biscoitos quentes e chá, e Eden liga a TV no programa do John Oliver. Eu me sento no sofá, e antes que possa colocar as pernas cruzadas na almofada, Alec docemente invade meu espaço e deita a cabeça no meu colo. Ele morde o biscoito e mastiga enquanto examina onde vai dar a próxima mordida, e, por instinto, enfio a mão no seu cabelo, penteando para cima. Parece seda nos meus dedos, e eu me lembro de tocar o seu cabelo quando fizemos amor em Seattle, quando ele me beijou entre as pernas ontem, quando eu acariciei hoje, na água.

Ele cantarola baixinho, dando a segunda mordida, e nossos olhares se encontram. "Quer um?", ele pergunta, embora eu seja perfeitamente capaz de alcançar o prato sozinha.

Eu balanço a cabeça, recusando. É difícil afastar o mundo fora do apartamento, onde a realidade dele, nossas circunstâncias e a impossibilidade de um Nós parecem um peso no meu peito. Em vez disso, tento lembrar o que ele quer, por que está *aqui*. Ele está aqui para ser apenas um cara com a cabeça no colo de uma mulher.

Eu ouço a voz de Eden, que está deitada no chão.

— Frank, como alguém como você consegue um dia inteiro de folga em uma viagem como essa? Se algo for cancelado eles não têm um milhão de outras coisas esperando para ocupar seu tempo?

Eu posso sentir no meu colo que ele concordou.

— Pedi pra eles não marcarem nada — responde ele. — Eu precisava muito de um dia de folga. Não tinha um há... — Ele faz uma pausa, pensativo. — Eu nem lembro a última vez que não tinha algo agendado.

Seu primeiro dia de folga em sabe-se lá quanto tempo e ele passou comigo. Meu coração parece grande demais para o meu corpo.

— Seu pessoal sabe que você está com ela? — pergunta ela, inclinando a cabeça para mim.

— Não — responde ele. — Mas eles sabem que cresci aqui. Então provavelmente acham que estou com velhos amigos.

— É o que você é — eu digo.

Ele me olha, e uma videira cresce dentro de mim, envolvendo meu coração batendo descontroladamente.

— É o que eu sou.

Dez

Eu abaixo para procurar uma escova de dente para ele debaixo da pia e, quando levanto, ele está parado bem atrás de mim. Seus olhos alegres encontram os meus através do espelho, e nós escovamos os dentes sorrindo com a boca cheia de espuma. Será que ele também se sente assim? Será que sente essa vertigem de antecipação? É mais ou menos como ter dez anos e ganhar uma nota de vinte dólares em frente a uma loja de doces. Há algo delicioso no meu futuro e eu nem sei onde vou cravar meus dentes primeiro.

Quando me inclino para cuspir e enxaguar, sinto a sua mão na minha cintura, debaixo da minha camisa, os dedos procurando a minha pele. Nós trocamos de posição, e ele se inclina para cuspir e enxaguar. Então enlaço a sua cintura e esvazio a minha mente. Eu apenas o seguro e sinto suas costas rígidas na minha bochecha.

No quarto, ele tira a minha roupa sem pressa, como se eu fosse um presente desembrulhado de maneira provocante. Não é a primeira vez que nos tocamos e nos olhamos desse jeito, mas é a primeira vez que eu não estou correndo contra o tempo.

Mas talvez ele esteja.

Eu puxo a sua camisa para cima.

— Que horas você tem que ir de manhã?
Ele para de explorar o meu peito para olhar o relógio.
— Umas seis. — Eu olho para o relógio na mesa de cabeceira. Faltam alguns minutos para as onze. Está bom pra mim.
Ele se move para sentir o gosto do meu pescoço, as mãos acariciando os meus seios.
— O que você vai fazer amanhã? — eu pergunto.
— Umas fotos publicitárias. — Ele belisca meu mamilo de leve. — Um encontro de fãs e autógrafos por volta de uma e meia, eu acho. — Ele se endireita, olhando para mim, e finalmente me deixa tirar sua camisa. — Você trabalha em um escritório?
Faço um sinal negativo com a cabeça.
— Eu tenho uma mesa, mas raramente fico por lá.
— Vai trabalhar amanhã?
— Acho que vou fazer umas ligações — respondo. — Vou atrás de umas pistas. — Não digo o nome de Josef Anders, mas ele penetra no espaço entre nós como uma mancha escura em uma fotografia. Meu coração começa a acelerar de ansiedade. A pressão para fazer um bom trabalho é imensa.
Ele desabotoa a calça, me distraindo do meu pânico iminente, e então me puxa para a cama, para eu ficar em cima dele.
Eu olho para ele, traçando seu queixo com o dedo. De olhos fechados, ele começa a gemer, e desse ângulo percebo o quanto eu gosto de estar por cima dele, porque posso observar como ele se entrega ao prazer de forma tão absoluta. Os olhos de Alec se abrem, ele me olha observando-o, e o momento silencioso de compreensão me deixa comovida. Ele se inclina e se move embaixo de mim para tirar a cueca.
Sinto como se estivesse faminta por isso desde que o senti ficar duro em mim debaixo d'água, arqueando-se em

uma leveza infrutífera enquanto boiávamos nas ondas profundas do oceano. O desejo aumentou quando eu o observei dormindo silenciosamente ao meu lado na areia quente, e no caminho tranquilo para casa, quando ele continuou com as carícias nas minhas coxas — às vezes fazendo pressão entre as minhas pernas e depois deslizando para longe, para me provocar —, e de alguma forma chegou ao auge quando vi a facilidade com que ele se integrou à minha vida com Eden.

Eu subo em cima dele e começo a deslizar. Sem penetrar, apenas me esfrego nele.

— Passei o dia excitada assim.

Novamente com os olhos fechados, ele sorri quando digo isso, sussurra baixinho "eu também" e começa a acariciar os meus seios. Quero capturar essa visão em filme, gravá-la na minha memória de longo prazo: Alec na minha cama, Alec embaixo de mim. A longa linha de seu pescoço, a ponta afiada de seu pomo de adão, a curva viril de suas clavículas. Ele tem um pequeno hematoma no peito que parece uma marca de mordida, pode ser de ontem ou da outra noite. Eu já nem sei. Seria facilmente escondido com uma camisa por cima, mas está ali na minha frente como nosso segredinho perfeito, e saber disso me ilumina por dentro como o nascer do sol.

— Gigi — diz ele, abrindo os olhos. — Me deixa entrar em você.

Ele lambe e chupa o meu peito quando me inclino por cima dele para mexer na minha mesa de cabeceira. Percebo que ele fica imóvel por um segundo quando me ouve abrir uma caixa de camisinhas. Eu o vejo sorrir com os olhos quando rasgo o papel da embalagem. Ele ainda está olhando para mim quando eu desvio minha atenção e ponho a camisinha nele com menos destreza e rapidez do que quando ele mesmo colocou na primeira vez em que transamos.

— Por que você está sorrindo?
— Você sabe por quê — ele sussurra.
Eu não consigo evitar. Adoro segurá-lo na minha mão. Se eu não estivesse tão ansiosa para tê-lo, brincaria, provocaria e tocaria com os dedos e a língua, mas estou impaciente e ele também está, arqueando os quadris, me empurrando para a frente, para ele.

É apenas a segunda vez que ele está dentro de mim, e no momento em que penetra tenho que cobrir sua boca com a mão por causa dos gemidos e morder o meu lábio para não gritar.

Ele joga a cabeça no travesseiro, os músculos do pescoço saltando, e parece que cada parte do meu cérebro acende. Todo o meu corpo se torna uma máquina de precisão, enquanto eu deslizo sobre ele várias e várias vezes, fazendo movimentos em sua direção, descobrindo o que é gostoso pra mim. Depois que encontramos um ritmo juntos, ele olha para mim, os olhos escuros, a boca se movendo sem emitir som algum. Sua boca forma um mudo *assim?*. Um *cacete!* silencioso falado através de um sorriso. Observo seus lábios enquanto me movo, e o vejo lambê-los. Vejo quando solta suaves ruídos de prazer. Observo quando os suprime para sussurrar alguma safadeza.

Desse ângulo, sinto o prazer vir acelerado, subindo como um navio saindo da escuridão até tocar a parte mais profunda de mim, escalando pela minha espinha e preenchendo meu peito com um grito que eu abafo com os lábios selados e a cabeça jogada para trás. Por um segundo, perco a noção do que ele está fazendo enquanto desabo; tudo o que posso fazer ou sentir é meu próprio alívio e o que parece ser um raio prateado selvagem me rasgando em duas.

Assim que saio de cima dele, ele se senta, como se não

aguentasse mais, enfiando a mão no meu cabelo e procurando a minha boca. Alec nos rola na cama, assumindo o comando novamente, e eu tenho um pensamento que parece quase presunção, uma traição, de que se alguém o visse assim iria à loucura sabendo que ele é exatamente o que o mundo quer que seja entre quatro paredes.

Eu amo sua risada ofegante — o som que agora reconheço como alguém incrédulo de felicidade.

— Shh — Alec sussurra para mim, e então me dou conta do que o fez dar aquela risada, do que o deixou feliz: eu me derretendo toda debaixo dele, a maneira como comecei a soltar uns gritinhos ritmados, esquecendo onde estamos, e a colega de quarto a apenas duas paredes de distância. Ele cobre a minha boca com firmeza e dá um beijo na minha bochecha, reduzindo os movimentos em estocadas mais suaves e provocantes. — Quer acordar os seus vizinhos?

Eu viro o rosto para o seu pescoço, onde pressiono a boca, sussurrando um pedido de desculpas que não é verdadeiro, um pedido de desculpas que ele não quer.

— Gosto de ver você tentando ficar quieta tanto quanto gosto de fazer você gritar — diz ele, e então, me testando, se apoia nas mãos me encarando com um aviso brincalhão antes de começar a se mover em estocadas profundas e fortes.

Mas, em algum momento, nós passamos para um ritmo mais lento. Com ele em cima de mim, me segurando, sua boca aberta junto ao meu pescoço, eu caio em um transe de prazer. Isso é fazer amor sem objetivo, apenas nos movendo juntos, perdidos na mesma coisa. Nunca na minha vida me senti tão conectada a alguém, como se estivéssemos compartilhando a mesma sensação. Eu envolvo seu corpo e foco em cada movimento: o deslizar delicado de seu peito no meu, os sons suaves de sua respiração no meu pescoço, a fricção quente e leve de seus quadris nas minhas coxas, e no toque grosso dele para dentro e para fora e para dentro de novo, mais fundo.

Muito tempo depois, quando para ofegante em cima de mim — suado e exausto —, ele desaba ao meu lado, acende a luz e passa as pontas dos dedos na linha do meu cabelo, depois pelo meu queixo, olhando para mim. Ele acaricia as minhas costelas, traçando a marca que seus dentes deixaram no meu peito. Deslizando a mão na minha barriga, ele para suavemente entre as minhas pernas.

— Você é tão quente! Você está dolorida?

— Não. — Sonolenta, arrasto meu dedo ao longo de sua clavícula. — Acho que vou ficar amanhã.

Ele desvia o olhar do meu rosto e para onde seus dedos descansam sobre mim. Meu pulso febril ainda bate lá.

— Não consigo parar de te tocar.

— Eu sei. — Fecho os olhos. Não acho que estou vivendo no mesmo mundo que vivo durante o dia. Se satisfação é isso, nunca mais quero sair desta cama. — Eu gosto disso.

Ele passa a ponta do dedo no meu clitóris, com lentos movimentos circulares.

— Eu gosto dessa sua parte pequena e macia. Eu gosto do que acontece com o seu rosto quando eu te toco aqui.

Minha voz é lenta e sonolenta.

— O que acontece?

— Vou ter que inventar uma palavra para isso. É como se implorasse aliviada. — Solto uma risada quando ele se apoia em um cotovelo para dar uma olhada melhor no meu rosto. Eu ficaria constrangida se estivesse mais acordada. Ou se não fosse Alec. — Você é tão linda que me faz sentir um tipo bom de angústia. Estou desesperado por você, Gigi.

— Desesperado por mim? Por favor. Eu sou toda sua.

Ele abre um rápido e distraído sorriso.

— Antes de voltar para Londres, gostaria de deixar registrado que este lábio inferior é meu. — Ele toca outro lugar. — Mas esta sarda solitária no seu ombro também. Eu andei observando e é a única que você tem.

Ele olha para mim pensativo.

— Seus olhos, quando você ri. Também são meus. A curva da sua coluna quando você goza. A pele macia de suas coxas no meu pescoço. — Ele volta a passar a mão entre as minhas pernas. — E isso, bem aqui. Eu quero só pra mim todas essas coisas.

— Minha vez. — Estendo a mão, acariciando sua boca. — Eu reivindico o *seu* lábio inferior.

Ele solta um suspiro na minha mão.

— Você tem que escolher algo diferente.

— Shh. Você não faz as regras. — Movo os dedos para baixo e toco seu queixo, acariciando um pouco mais baixo. — Seu pescoço. Tenho uma queda por pescoços, e o seu é perfeito. A sua nuca. — Minha mão percorre o corpo dele. — Clavículas. Este músculo aqui. — Eu acaricio sua entrada na barriga, e ele se afasta, sentindo cócegas. Puxo sua mão para cima, beijando a palma. — E as suas mãos.

Ele ri.

— Claro, as minhas mãos.

Eu olho para ele.

— Eu diria que as suas covinhas também, mas todo mundo diz isso.

— Todo mundo quem? — ele pergunta, já sabendo.

— Existe uma conta no Twitter chamada AKovinhas que tem uns trezentos mil seguidores e quase todas as fotos são das suas covinhas quando você está sorrindo.

Ele ri mais uma vez.

— Você tá inventando isso.

— Você sabe que não.

— Como sabe disso? — pergunta. — Você nem assiste à minha série.

— Eden me mostrou. — Eu respiro fundo, acariciando seu peito. — Ela segue a página e perguntou se elas têm mesmo gosto de bala.

Ele leva um segundo para processar isso.

— Perguntou se minhas *covinhas* têm gosto de bala? — Sua próxima risada sai como um sopro de ar silencioso, e ele parece levemente horrorizado. — As pessoas pensam isso?

— Essa é provavelmente a coisa mais inocente que elas querem provar, Alec.

Ele franze a testa, e eu beijo seu doce beicinho.

— Bem, elas têm esse gosto? — ele finalmente pergunta, sorrindo.

— Que gosto?

— De açúcar.

— Não.

— Têm gosto de quê?

— De felicidade.

Ao meu lado, ele fica imóvel. Acho que fui esquisita; estávamos brincando. Terei que me esforçar mais para esconder esses novíssimos sentimentos, porque eles são muito exuberantes. Eles querem explodir no céu.

Por fim, ele diz:

— Vou abrir a conta Lábio Inferior da Gigi.

Uma risada de alívio escapa da minha garganta.

— Você terá um seguidor.

— É claro que não. Espere até ver a foto do perfil.

— Você sabe usar o Twitter?

Seu *shhh* quer dizer que não, mas ele gesticula com a mão de um jeito que parece dizer "isso não importa".

— Vou ter mais seguidores do que aquele cara do boné que eu te dei.

— Você só precisa de um seguidor: AKovinhas. Eles já se conhecem bem.

— É verdade — diz ele, beijando o meu queixo. — São melhores amigos, até.

Algo estranho agarra meu coração, torcendo-o em suas garras.

— Você já se apaixonou de verdade? — pergunto do nada.

Mas a pergunta não parece surpreendê-lo.

— Não sei. — Ele olha para a mão que percorre minha cintura e a encosta no meu seio. — E você?

Eu fecho os olhos, acomodando sua cabeça no meu pescoço, e respondo pouco antes de o sono se apoderar de mim.

— Também não sei.

O alarme de Alec toca às cinco, e nós abrimos os olhos com dificuldade, um contraste com a noite anterior. Nós nos tocamos e ficamos abraçados por alguns minutos sonolentos, sem dizer nada, com mãos lentas e pesadas de sono. Na pia do meu banheiro, escovamos os dentes, fazendo caretas através do espelho com a espuma da pasta de dente. E depois vamos para a cozinha, onde insisto em fazer um café antes de ele ir.

— Você ainda pode ficar na cama — ele sussurra, tomando cuidado para não acordar Eden, que está a apenas duas portas do corredor. — Não precisa se levantar também.

— Mas eu não teria mais tempo com você — eu digo — e você não provaria o meu café.

— É bom, então?

Penso melhor enquanto encho a chaleira.

— Talvez eu não devesse me gabar. Aposto que você tem um robô que escolhe seus grãos a dedo e depois torra antes de prepará-los.

— Eu costumo beber o que Yael me traz ou o que estiver no set. Na verdade, não sou tão exigente.

Eu aponto para um banquinho no balcão da cozinha, coloco a chaleira para esquentar e pego minha vasilha de grãos.

— Você tem que devolver o carro hoje? Posso fazer isso pra você.

Ele balança a cabeça em negativo.

— Acho que Yael pegou ontem à noite.

— O quê?

Alec obviamente não entende meu espanto.

— O que foi?

— Ela veio enquanto você estava aqui ontem à noite e, sem falar nada, devolveu o carro alugado?

— O que mais ela ia fazer ontem? — ele pergunta, rindo. — Ela ficou mais aborrecida por eu ter ido embora do que por ter algo para fazer às... o quê? Sete da noite? Não é como se eu tivesse ligado às três da manhã pedindo pra ela dirigir até San Diego e voltar.

— Pode ser. — Eu meço alguns grãos, despejando-os no moedor. — Tape os ouvidos.

Ele obedece, muito fofo, levantando os ombros como se o som dos grãos moendo pudesse ser realmente ensurdecedor. O estalo agudo e zumbido metálico interrompem o silêncio, e então despejo a borra no filtro e olho por cima do ombro para ele.

— Yael — eu começo, com cautela. — Como ela é?

Alec cantarola, puxando uma caneta de uma caneca no balcão e rabiscando no verso de algumas correspondências inúteis.

— Ela é incrível — diz ele, com cuidado. — Ela é bem reservada. Tímida. Demora um pouco para conhecê-la, mas ela é muito leal. Ela simplesmente não se esforça para agradar alguém que não conhece.

Bem, isso com certeza explica o silencioso trajeto de elevador no outro dia.

— Há quanto tempo ela trabalha para você?

— Há uns cinco anos — diz ele e, em resposta ao meu olhar, dá mais detalhes: — Ela se mudou para a Coreia depois que eu terminei o serviço militar. Mas eu a conheço desde que ela tinha catorze anos.

— Uau.

Ele assente.

— A mãe dela trabalhava na casa dos meus pais. Ela passava muito tempo lá também.

— Ela tem mais ou menos a minha idade e a de Sunny, então?

— Por aí. — Ele faz uma pausa, pensando na próxima informação. — Yael foi modelo por um tempo quando ela e Sunny tinham dezoito e dezenove anos, mas não gostou. Ela é organizada e mandona, mas é tímida. — Alec desenha uma série de círculos concêntricos ao redor do encarte do mercado e diz: — Acho que é melhor nos bastidores do que na frente das câmeras.

— Ela sabe que a gente se conhece daquela época?

Ele confirma.

Minha próxima pergunta parece presa na minha garganta, mas eu tenho que perguntar.

— Vocês já...?

Alec encontra o meu olhar, e quando entende o que eu quis dizer, solta uma risada curta e tranquila.

— Não. Nunca foi assim com a gente. — Ele sorri e acrescenta: — Yael é lésbica.

A chaleira apita e eu me viro para pegá-la, derramando a água com cuidado no café moído enquanto o observo escorrer para a jarra. O silêncio parece profundo, como se ele estivesse engolindo suas próximas palavras.

— Parece chique — diz ele.

— E é mesmo. Fique impressionado e agradecido.

Alec ri.

— Mas eu estou. — Quando entrego a ele uma caneca fumegante, ele a segura, mas a deposita no balcão e estende a mão para mim, me puxando entre suas pernas. — Obrigado, Georgia Ross, barista incrível.

— De nada. — Dou um beijo nele, lutando contra o desejo de um contato mais intenso. — Como você quer?

Alec passa a mão por dentro da minha camiseta.

— Como você quiser.

Eu bato em sua testa de leve.

— Quero dizer o seu café.

— Com creme e açúcar. Quanto mais tiver gosto de sorvete, melhor.

Eu solto um grunhido e abro a geladeira.

— Estou desperdiçando café com você.

— Não está, não — ele protesta, rindo enquanto pega o creme que ofereço e derrama com cuidado na caneca. — Prometo aproveitar.

— Se você não está de carro, como vai para o hotel?

Alec levanta o braço.

— Estão vindo me buscar em dez minutos.

— Yael?

Ele balança a cabeça em confirmação.

— E vai ficar ocupado o dia todo?

Ele assente mais uma vez.

— Você podia vir para a sessão de autógrafos.

— Eu não assisto a série — digo, acrescentando rapidamente: — *Ainda!* Eu prometo começar. Mas me sentiria mal usando o ingresso de uma fã.

Por alguma razão, isso o faz rir.

— Você não precisaria de ingresso, Gigi. Não estou sugerindo que você fique na fila para um autógrafo. Você viria como convidada. Traga a Eden.

Eu cubro sua boca.

— Cuidado com o que você oferece. Por um milagre ela conseguiu se conter ontem à noite. Se você convidá-la hoje, pode ser que apareça vestindo uma camisa com a sua cara estampada. Ou pior: uma camisa com o seu peitoral estampado.

— Não tem problema — diz ele — desde que ela saiba que as covinhas têm dona.

Eu seguro seu rosto, beijo as bochechas dele.

— O lábio inferior de Gigi aprova isso.

Onze

Recebo uma mensagem de texto curta de um número desconhecido cerca de uma hora depois que Alec sai da minha casa, e sei que é de Yael pela brevidade: Esteja na entrada lateral do Ace Hotel, perto de Blackstone, à uma em ponto. Envie uma mensagem para este número quando chegar.

Com essas informações em mãos, vou até o quarto de Eden dançando e a encontro deitada na cama, com o laptop apoiado no joelho. Eu ouço a voz de Alec pelos pequenos alto-falantes, e é surreal.

— Está vendo o quê?

— *West Midlands.* — Ela me olha de relance e abre um sorrisinho. — Seu homem vai sofrer um acidente de carro.

Eu me deito ao lado dela.

— Vou ficar traumatizada?

— Com o acidente? — Ela olha para mim. — Não, mas com o beijo sim.

— Ah! — Eu faço um gesto para descartar essa possibilidade. — Eu já vi vários desses gifs no carro na volta para casa.

— Eu sabia, sua cara de pau.

Pego um travesseiro dela e coloco debaixo da minha cabeça.

— Tá — eu me rendo. — Resume pra mim.

— Você quer assistir *agora*?

— Bem — eu digo com um sorrisinho. — Nós vamos a uma sessão de autógrafos hoje como convidadas do Alec, então eu deveria pelo menos saber um pouco sobre a série.

Ela me encara sem piscar.

— O quê?

— É no Ace Hotel. Ah — eu digo, me dando conta —, você precisa ligar para o trabalho e dizer que está doente. A assistente ciborgue de Alec me mandou instruções para entrar pela porta lateral. — Aponto para mim mesma. — Tenho contatos em Hollywood agora, sabe.

Eden solta um grito ensurdecedor e me ataca. O seu laptop vai parar longe e acerta a parede.

— Vou poder conhecer todos eles?

— Acho que sim.

Ela grita de novo, e eu abraço seu corpo magrelo.

Que bom que ela está feliz agora, porque não tenho chance nenhuma sem a ajuda dela. Eu preciso de um resumo completo da série, porque até o momento só consigo apontar para alguns atores e dizer: "Ele parece familiar", ou "Ah, ele estava naquele filme em que vimos um pouquinho do pau dele, né?".

Mas, no fim desse resumão superficial, posso afirmar três coisas com absoluta tranquilidade: (1) essa série parece dramática e viciante; (2) entendo perfeitamente por que o mundo inteiro quer acreditar que ele está dormindo com a coprotagonista, Elodie Fabrón — tipo, a química deles é genuinamente abrasadora; e, por isso mesmo, (3) sem dúvida, preciso encontrar uma maneira de garantir que Alec Kim vá para a minha cama esta noite.

Nós chegamos cedo ao evento — estacionamos na rua logo após o meio-dia e ficamos do lado de fora da porta lateral. Está fazendo um calor infernal, e Eden insiste que eu mande uma mensagem para Yael antes do horário marcado. Eu não sou íntima de Yael, mas, pelo que sei dela, mando Eden ficar quieta; vamos enviar uma mensagem exatamente à uma da tarde e nem um minuto antes.

Mas, de onde estamos, podemos ver a fila que serpenteia todo o quarteirão e volta para o início. Eu sei que muitos fãs estão aqui para ver o famoso ator de *Doctor Who* que interpreta o primeiro galã de *The West Midlands*, ou a beldade da franquia de super-heróis da DC, mas alguns fãs — muitos, imagino — estão aqui especialmente para ver Alec.

Eu ainda tenho que responder a vários comentários da revisão antes do meu artigo ser publicado, e preciso ligar para Ian para saber o que ele anda investigando em Londres, então aproveito esse tempo livre. Mesmo assim, é muito estranho fazer meu trabalho cercada de centenas de pessoas — talvez milhares — que provavelmente tiraram um dia de folga do trabalho para verem esses famosos de perto. Assim que envio o meu último e-mail, Eden e eu ficamos quietas e meio fascinadas com a proporção do evento, ouvindo conversas aleatórias e ofegantes. Eu amo essa parte da personalidade de fã da minha melhor amiga, adoro como Eden ama as coisas de forma plena e assumida. Mas eu nunca tive esse ímpeto, mesmo nos momentos em que a observava e parecia que ela estava se divertindo muito. A menos que seja para o trabalho, não consigo mergulhar de cabeça em algo e passar horas sem pensar em mais nada.

Mas observar as pessoas aqui — ouvir as conversas dos que ficam de braços cruzados na fila que se estende pela Blackstone e passa por nós — me faz perceber que esses fãs facilmente sabem mais sobre a vida de Alec do que eu. Algumas mulheres perto de nós falam sobre as canetas que trouxeram da sua cor favorita (vermelha) e se questionam se ele vai assinar suas camisetas (ao que parece, Alec é o único do elenco que nunca assina um item no corpo de alguém). Elas falam sobre o sorriso dele, sobre como leva alguns minutos para parecer confortável, como sempre demora mais na fila de autógrafos porque fala com todo mundo. Elas debatem se ele estará na Comic-Con e fazem umas piadas internas que só posso presumir que sejam diálogos de alguma série que ele fez.

Preciso ignorá-las quando pegam o celular e começam a ver suas fotos e gifs favoritos. Tenho certeza de que ele está sem camisa na maioria deles. Uma sombra obscura ocupa minha mente quando penso nelas olhando para o corpo dele nu.

— Isso é estranho para você? — Eden pergunta em voz baixa, lendo minha mente.

Eu acho graça da sua precisão.

— Bastante.

— Fãs são pessoas intensas.

— Eu não me importo com isso — digo a ela, com sinceridade. — Adoro ver você empolgada com as coisas. Só me sinto como um peixe fora d'água. Sei que essas mulheres devem saber mais sobre ele do que eu.

Percebo que ela me observa, concordando em silêncio, e me afundo ainda mais em desconforto. Quero ver Alec no trabalho dele, mas uma parte de mim — embora saiba que ele não é assim — teme que eu desapareça na multidão. Temo que ele me veja aqui e perceba que eu não sou nada especial. Nunca me senti assim, nunca me preocupei com isso nem por um segundo até estar cercada por centenas de fãs dele. Por que estamos misturando nossas vidas assim?

Mas é tarde demais para desistir: Eden está eufórica ao meu lado.

Nem em sonhos eu tiraria isso dela. Apenas faça o que tiver que fazer, eu penso.

À uma da tarde, finalmente mando uma mensagem de texto para Yael: Estamos aqui.

Não recebo uma resposta, mas alguns minutos depois uma porta se abre e Yael põe a cabeça para fora, os olhos encontrando os meus por apenas um segundo antes de gesticular para nós entrarmos. Ouço algumas mulheres murmurarem na fila — "Leva a gente também!" — e então a pesada porta de aço se fecha atrás de nós e entramos por um corredor longo e vazio.

Com suas enormes pernas, Yael marcha depressa pelo corredor e para diante de uma porta simples.

— Fica por aqui, tá? — ela diz, secamente. — Alexander virá dizer um oi quando puder.

Acho que isso quer dizer para eu não incomodar, mas ela nem precisava ter se dado ao trabalho. Assim que entramos no que percebo ser o camarim do elenco, imediatamente me arrependo de ter vindo. Cerca de quarenta pessoas circulam, conversando, e todo mundo aqui parece ter nascido num spa. Eden está vestida — não de maneira irônica — com uma camiseta de *Meu ano de sorte* com o rosto de Alec estampado, e eu estou toda de preto, de calça jeans e regata, tentando passar despercebida. Meu cabelo está preso em um coque no alto da cabeça, e eu resolvi usar pouca maquiagem, imaginando que ninguém prestaria atenção em mim.

Puro engano. Todos olham para nós quando entramos, boquiabertos em silêncio, por um instante, com a entrada de duas mulheres que obviamente são apenas fãs. A conversa continua com certa dificuldade até que decidem que não somos nada interessantes e nos esquecem na mesma hora. De alguma forma, isso me deixa ainda mais desconfortável. Qualquer movimento que fizermos pode trazer a atenção de volta para nós. Eu reconheço alguns rostos do cinema e da TV, incluindo a namorada de Alec na série, Elodie Fabrón. Finalmente, vejo Alec perto da parede, conversando com alguém que não reconheço. Está tão absorto na conversa que ele e o outro homem talvez sejam as únicas pessoas que não ergueram os olhos quando entramos.

Eden e eu contornamos o salão, tentando encontrar um espaço onde não vamos atrapalhar ninguém. Minha melhor amiga está claramente no paraíso das fãs, e parece que tudo o que viveu antes de hoje é irrelevante, mas estou tão desconfortável que sinto como se estivesse nua em uma cidade estrangeira. Percebo que todos ali estão de alguma forma conectados à série — todos menos nós. Paramos perto de uma mesa de petiscos, mas alguém chega para pegar alguma coisa, então nós nos deslocamos para a parede oposta, mas é onde o elenco deixou seus itens pessoais, e pedem para a gente não ficar ali. Alec ainda está ocupado conversando com o homem, que aparenta vagamente ser um diretor, e ainda nem nos viu.

Por que estamos aqui? É o que eu quero enviar para Alec com o Batcelular, que, coincidentemente, parecia um divertido aparelho de agente secreto antes, mas agora me faz sentir um pouco insignificante. Eu ficaria muito mais confortável ouvindo ele falar sobre esse evento mais tarde, na privacidade do seu quarto ou no meu apartamento, mas sei que se eu tentasse puxar Eden pela camisa com o rosto de Alec e convencê-la a ir embora ela viraria um monstro e arrancaria a minha cabeça.

De repente há uma agitação perto da porta, e uma mulher está de pé em uma cadeira, batendo palmas.

— Ei, pessoal — ela chama. — Prestem atenção um minuto. — A sala lentamente começa a fazer silêncio. — Já começaram a deixar as pessoas entrarem. Nós vamos em dez minutos. A ordem é: Dan, Alexander, Elodie, Ben, Gal, Becca e depois Dev. Faremos um quadro de perguntas e respostas, e o apresentador é — ela aponta para o lado e sorri — esse cara aqui.

Não consigo ver "esse cara aqui", mas todos irrompem em aplausos, assobiando e ovacionando, então devo presumir que ele seja alguém interessante. Somente quando Eden se inclina e sussurra "Trevor Noah" é que começo a sentir o impacto de quantas celebridades estão conosco.

Quando a mulher termina o discurso, desce da cadeira e todos voltam às conversas de antes, mas há uma nova energia na sala. Posso ouvir ruídos vagos vindos do corredor: aplausos, gritos, a cacofonia vibrante de muitos corpos em um espaço pequeno. Eu olho em volta e, assim que meus olhos passam pelo canto onde Alec estava, seu olhar encontra o meu.

Eu observo sua boca formar um surpreso *aí está você*, e ele imediatamente pede licença para abrir caminho em nossa direção. Ele está vestindo uma camisa preta justa, de botão, e uma calça jeans escura, mas seu melhor acessório é o sorriso que se espalha pelo rosto com os olhos se enrugando nos cantos. Meu coração se derrete.

Algumas pessoas nos observam de novo, e sinto a minha pele coçar com essa atenção. Resisto à vontade de me esconder atrás de Eden. Alec vem até nós e aperta as nossas mãos — o que também é muito esquisito — e sorri calorosamente para nós.

— Vocês vieram!

Eden solta um som agudo e ininteligível em resposta, e Alec a leva para apresentá-la a algumas pessoas próximas. Que ótimo! Agora estou sozinha.

Mas, depois de um minuto apenas, ela está muito entusiasmada numa conversa com uma atriz americana famosíssima, e vejo Alec voltar para mim com um sorriso diferente dessa vez. Um que parece um presente só para mim.

Eu ignoro as pessoas que olham para Alec enquanto ele se aproxima, para que sua expressão e esse segredo entre nós seja a única coisa que eu veja e sinta. Alec para perto de mim e, de costas para as outras pessoas, se dá ao luxo de dar uma longa e sedutora olhada no meu corpo.

— Oi.

Tento esboçar um sorriso educado nos lábios.

— Oi.

— Por que não mandou mensagem dizendo que estava aqui?

— Você é... — Eu me atrapalho. — Aqui você é o Alec famoso.

Ele morde o lábio inferior e estreita os olhos, me examinando.

— Você está odiando, não tá?

— Um pouco.

Alec dá risada.

— Eu queria você aqui, mas você parece desconfortável. Foi egoísta.

Eu olho para a sala atrás dele.

— Eu estou bem, prometo. É que... — Volto a olhar para ele e dou uma risada. — Só temos talvez um minuto antes de você ir.

— Eu só gosto de saber que você está aqui — diz ele. — Faz sentido?

Eu concordo. Faz todo sentido. Tudo nele simplesmente *faz sentido*.

Parece que ele quer me beijar. Suas bochechas estão

coradas, os olhos iluminados. Na minha visão periférica, vejo a mulher que estava na cadeira levar Trevor Noah para fora do camarim, e, apenas alguns segundos depois, nós ouvimos o som. Ouço pessoas gritando. *Mulheres* gritando. Parece uma nuvem de abelhas, o estrondo de um enxame.

    Acho que ainda não estou pronta para enfrentar a realidade de sua fama. Em todos os nossos momentos até agora — exceto a parte do aeroporto em LA — éramos apenas nós. Ele como homem, e eu como mulher. Os dois descobrindo algo que nenhum de nós pode rotular. Eu não sou o tipo de pessoa que sempre quis algo assim. Ficar com uma celebridade não está na minha lista de fetiches. Eu quero o hotel de Seattle, o hotel de Los Angeles. Eu quero nosso dia de praia. Quero ontem à noite, curtindo com Eden. Quero o momento na minha cama, com ele me dizendo como precisa encontrar uma nova palavra para descrever minha expressão quando me toca. Quero ouvi-lo mais uma vez dizendo que está desesperado por mim.

    Alec segura o meu queixo com o polegar e o indicador, redirecionando minha atenção para que eu encontre o seu olhar.

— Não fique assim.

— Como não? — Eu balanço a cabeça, rindo. — Eu sabia que seria assim, mas não tinha me dado conta.

— Olha pra mim.

Ele me encara, e seu foco é tão intenso que, aos poucos, o som de gritos diminui. A minha visão periférica fica branca e leitosa.

— Preciso te perguntar uma coisa importante.

Eu seguro um sorriso.

— Tá.

— Não precisa responder agora, mas acho que não terei outra chance de perguntar hoje.

— Tá.

Ele se inclina, e seus lábios estão tão próximos que os sinto se movendo contra a concha da minha orelha.

— Acho que você deveria ficar comigo na minha suíte, enquanto eu estiver aqui.

Sinto um estalo nos meus ouvidos enquanto meu cérebro se reequilibra. Alec se afasta, com os olhos atentos, avaliando minha reação antes de voltar para trás.

— Você pode trabalhar lá. Não teremos que nos preocupar com a imprensa ou ficar indo e voltando. Podemos aumentar o tempo que temos.

— Pra ser ainda mais difícil quando você for embora? — Eu digo sem querer. As palavras simplesmente escapam de mim, sem controle.

Ele franze a testa e olha nos meus olhos antes de mudar o foco para os meus lábios. Então lambe os próprios lábios, como se estivesse pensando em me dar um beijo, e, instintivamente, lambo os meus também.

— Bem — ele diz, por fim. — É por isso que você não precisa responder agora. É só me enviar uma mensagem. Se a resposta for sim, eu posso te dar uma chave.

O elenco é levado para fora, e nós que permanecemos formamos um grande e desorganizado aglomerado de conhecidos. Eden e eu não temos instruções de onde ficar ou do que fazer, mas, assim que saímos para o espaço do evento, paro de me preocupar com isso. Porque só consigo me concentrar na polifonia dos ruídos, no mar de pessoas.

O salão é imenso, com fileiras e mais fileiras de assentos, e não deve haver nenhum bombeiro civil por perto, porque corpos em pé se alinham nas paredes laterais e dos fundos.

Na parte da frente, há uma longa mesa com cadeiras para os convidados, e pequenas placas com nomes cuidadosamente apoiadas na toalha de mesa branca. Quando todos entram e os atores de *The West Midlands* se sentam cada um no seu lugar, o salão treme com o barulho. Trevor leva um tempinho fazendo com que todos se acalmem para que ele possa começar as apresentações. Depois disso, há uma breve sessão de perguntas e respostas antes da sessão de autógrafos.

Nenhuma das perguntas faz muito sentido para mim. São sobre temporadas anteriores ou teasers do que está por vir. Uma ou duas são de natureza pessoal, embora os fãs tenham sido orientados a não perguntar sobre isso. Ben está namorando aquela cantora? Ele lembra ao público que é casado. Alexander e Elodie estão juntos na vida real? Ambos dão respostas vagamente pouco convincentes, mas eu entendo: o boato mantém os espectadores interessados.

Presto menos atenção nas respostas do que na maneira como Alec se sente confortável na frente de uma multidão desse tamanho. Eu estaria inquieta e atrapalhada, gaguejaria bastante; mesmo quando está respondendo a algo talvez muito íntimo, ele parece desacelerar, ajeitar a coluna. Sua voz profunda e tranquila assume um tom animado e sedutor.

Alec quer que eu fique no hotel com ele. Isso seria loucura? Já estou faminta por cada segundo que posso ficar com ele, mas vê-lo assim me faz sentir como um monstro ganancioso, planejando como me esgueirar pelos bastidores e arrastar sua cadeira para trás da cortina da bbc-Netflix para agarrá-lo.

Assim que tenho esse pensamento, uma voz se ergue ao meu lado.

— Essa viagem é uma novidade para ele.

Eu olho, surpresa ao encontrar Yael de pé a menos de meio metro de distância.

— Como disse?

— Alexander. — Ela levanta o queixo, indicando Alec, que agora dá as boas-vindas ao primeiro grupo de fãs na mesa de autógrafos. — As coisas não costumam ser assim — diz ela. — O tempo que ele passa com você? — Ela olha para mim, as sobrancelhas arqueadas como se eu não entendesse o que ela quis dizer. — Ele geralmente não tem tempo para relacionamentos.

Eu raramente fico sem palavras, mas agora não tenho ideia do que devo responder.

— Ele deve ser mesmo muito ocupado.

— Ele é. — Ela faz uma pausa e entrega sua tese. — Não quero que você crie expectativas, Georgia.

Ainda sem palavras, só posso dar um pequeno aceno de cabeça para que ela saiba que eu a ouvi. Expectativas? Não sei o que isso significa. Ele acabou de me convidar para ficar no seu hotel pelo resto da viagem. Talvez ela devesse falar com ele primeiro, e não comigo.

Yael se afasta, e olho para Alec enquanto ele se inclina para ouvir melhor uma fã adolescente. Ele se abaixa até o nível dela, fazendo contato visual. Sei exatamente o que ela sente agora com aqueles olhos castanhos e calorosos fixos nos dela: aquela adolescente se sente a única pessoa aqui. Mas, para mim, o salão inteiro gira. Alec me convidou para vir aqui, me pediu para ficar com ele em sua suíte, e sua assistente está me dizendo para deixá-lo em paz. Claro que quero estar perto dele, mas também quero fazer o que é melhor para ele.

— Devo fingir que não ouvi isso? — Eden pergunta do outro lado.

— Não.

Ela suga o ar por entre os dentes.

— Caramba.

— Acho que nunca dei a entender que acredito que isso vai virar alguma coisa.

— Eu acho — diz Eden — que ela está tentando te dizer que está preocupada que Alexander Kim queira que isso vire alguma coisa.

Digerindo isso, eu o vejo aceitar de uma fã um presente feito à mão. Um auxiliar tenta pegá-lo para guardar em uma caixa, mas Alec balança a cabeça e fica com o pacote na mesa.

— Ele pediu para ficar no hotel com ele.

— Sério?

Eu confirmo.

— Você vai?

— Eu quero, mas acho que é o mesmo que enfiar um espeto quente no meu coração daqui a nove dias.

— Como você é dramática!

Eu olho para ela.

— Você iria?

— Você sabe a resposta. Mas eu provavelmente também aceitaria o trabalho de lustrar os cintos de Alexander Kim se me oferecessem.

Mordo o lábio, olhando para o longo pescoço de Alec enquanto ele se inclina sobre a mesa para apertar a mão de outra fã em uma cadeira de rodas. Posso facilmente imaginar sua expressão doce e atenciosa, as covinhas profundas quando ele sorri e agradece por ela ter vindo.

Mas também posso imaginar o som que ele fará quando tirar os sapatos mais tarde. Quando ele desabar exausto e satisfeito no sofá de sua suíte. Posso imaginar como ele me puxaria para seu colo e soltaria um grunhido feliz no meu pescoço.

Talvez pedíssemos serviço de quarto para o jantar. Ele me ofereceria um pouco de sua comida, balançando a cabeça alegremente quando percebesse que gostei. Ele perguntaria o que eu queria assistir na TV. Me distrairia de qualquer maneira, com as mãos, com a boca. E, em vez disso, desistiríamos e faríamos amor.

Meu cérebro trava com essa expressão. *Fazer amor.*

Não é isso que estamos fazendo, mas mesmo que fosse... Eu quero isso. Mesmo por apenas alguns dias, eu quero.

Tá bom, escrevo para ele pelo Batcelular e tento ignorar a forma como meu estômago se contrai quando imagino a reação de Yael ao restante da mensagem. Eu fico no hotel com você.

Doze

Eu sabia que seria hoje, mas, quando Billy me manda uma mensagem às 15h30 dizendo que meu artigo vai ser publicado on-line antes da edição impressa da manhã, sou consumida por uma tremedeira e uma náusea que senti apenas algumas vezes na vida. Eu estou em um Uber a caminho do Waldorf Astoria em Beverly Hills, com uma chave do quarto 1001 queimando como um fósforo aceso no meu bolso, e minha primeira grande reportagem no *LA Times* vai ser publicada em meia hora.

Alec provavelmente ficará na sessão de autógrafos por pelo menos mais duas horas. Eu não consegui captar todos os detalhes — pulseiras azuis, verdes e vermelhas, pacotes VIP — mas, quando fizeram uma pausa para trocar os grupos de pulseiras, ele me encontrou, colocou uma chave na minha mão e me disse para ir quando quisesse, que me encontraria mais tarde. Por alguns segundos pensei em dizer que Yael não ficaria feliz, que, do jeitinho dela, me pediu para baixar a bola, e basicamente me mudar para o hotel dele seria o oposto disso. Mas ele a conhece há quase quinze anos. Sem dúvidas sabe o que Yael pensa a respeito.

Durante todo o caminho pelo reluzente saguão do hotel até o elevador, espero ser abordada e questionada se preciso de instruções ou ajuda. Eu cresci em Santa Mônica; estudei com filhos de celebridades. Não me sinto deslocada nos espaços mais elegantes de Los Angeles, mas também fui criada por pais que ajudam quando preciso, mas não me sustentam mais. Eu me sustento sozinha, e isso significa que me mantenho em LA ganhando por mês o que muitas pessoas neste hotel estão pagando por um único final de semana na Califórnia. Minha mala deve valer menos do que uma caixa de canudos que eles usam no bar, e ainda estou usando o que vesti para a sessão de autógrafos. Depois de um dia abafado e suado, as alças da minha regata preta — previsivelmente — seguram muito menos do que as alças do meu sutiã, e parecem se revezar para cair dos meus ombros.

Mas entrar na tranquila e bem refrigerada suíte de Alec é como sair da Los Angeles que conheci a minha vida inteira. Quer dizer, em nenhum momento da minha vida adulta eu experimentaria um hotel dessa maneira, a menos que estivesse aqui para uma entrevista. Uma suíte villa, como diz a placa dourada do lado de fora da porta. O corredor leva a uma ampla sala de estar redonda com mobília verde-água, almofadas douradas e brancas, luminárias e uma mesa de centro que devem custar mais do que meu aluguel. Uma sala de jantar é separada do espaço por uma estante vazada, apinhada de itens de bom gosto: um vaso art déco em preto e branco, a estátua de um cavalo em latão escovado, livros de arte, gravuras em preto e branco emolduradas.

Deslizando a mão pela mesa de jantar, observo o aparador em estilo asiático, as delicadas pinturas douradas nas paredes, as cadeiras brancas de pelúcia — seis delas, como se pudéssemos oferecer um jantar. As janelas abrangem a parede dos fundos da sala de jantar e da sala de estar, que seguem o desenho do edifício, apresentando uma vista surreal do enorme terraço, do Hollywood Hills e além. É a visão que as pessoas imaginam quando pensam em Los Angeles. Não são os trechos engarrafados e cheios de outdoors da avenida Sepulveda ao norte do aeroporto nem o emaranhado de rodovias no meio da cidade. Não, as pessoas pensam nisso: céu aberto, colinas verdejantes, palmeiras perfiladas em ruas amplas.

Eu pego o celular e envio uma mensagem de texto para Eden. Me sentindo em Uma linda mulher.

Seja mais específica, ela responde. Você foi expulsa de uma loja ou está tomando banho na banheira?

Nenhum dos dois. Mas esta suíte é surreal.

É claro que é.

Eu abro um sorriso por sua adoração por Alexander Kim, guardo o celular na bolsa e a penduro numa cadeira da sala de jantar enquanto exploro o resto da suíte.

Esse homem esteve dentro de mim, eu beijei praticamente cada centímetro de seu corpo, e ainda assim começo a suar frio quando vejo a enorme cama com dossel arrumada de modo impecável com almofadas brancas de pelúcia. É um quarto tão pitoresco que chega a ser absurdo, e só consigo pensar que é uma cama para lua de mel. Feita para consumar alguma coisa, e nós vamos dormir aqui. Em quatro noites, Alec e eu já passamos duas juntos, e agora *esta* é a nossa cama. Penso na minha cama em casa — um colchão relativamente pequeno; com certeza não era longo o suficiente para ele, mas não tinha importância. Eu sei agora que, pelo Alec, ele se encolheria sobre mim, dormiríamos de conchinha a noite toda. Melhor ainda, ele dormiria em cima de mim.

Assim que entro no banheiro e avisto a enorme banheira com vista para o Hills, meu celular começa a explodir com mensagens de texto e e-mails. Por alguns minutos, esqueci que, fora daquele cômodo, minha vida também estava mudando.

O artigo foi publicado.

Eu ouço o barulho da chave, a porta sendo destrancada e Alec caminhando pelo pequeno corredor.

— Gigi? — ele me chama.

Alívio e excitação me atingem com precisão exata bem no centro do peito. Eu estava lendo um livro — distraindo a cabeça dos comentários da internet, as reações da imprensa e da equipe do *LA Times* —, mas deixo-o largado na mesa de centro assim que ele aparece na sala de estar da suíte.

Um sorriso de alívio surge em seu rosto.

— Você está aqui.

Mordo os lábios para conter a minha vontade de gritar de felicidade. Ele está vestindo a mesma roupa da sessão de autógrafos, mas parece diferente; seu aspecto está de alguma forma mais relaxado. Aliviado, talvez.

— Oi.

Seu olhar percorre a sala enquanto observa os meus sapatos no final do corredor, a minha mala encostada na parede e o meu livro virado para baixo na mesa.

— Que bom — ele murmura. — Você trouxe suas coisas.

É uma sensação muito estranha. Nós vamos ficar juntos. Vamos *morar* juntos, nesta suíte. Vamos fazer refeições, dormir, tomar banho e trabalhar. Não podemos nos comprometer com nada além disso, mas nos comprometemos com isso, pelo menos. Com essa coabitação temporária, mas uma paixão ilimitada.

Ele se aproxima, apoiando as mãos no encosto do sofá enquanto se inclina para me beijar.

— Já volto.

Ele se afasta e vai até o banheiro, então eu ouço barulho de água. Alec Kim nunca sonharia em me tocar com as mãos sujas.

Mas, quando ele volta, nós não nos despimos imediatamente. Em vez de agirmos com pressa e desejo, a energia no ar é intensa, repleta de oxigênio, espaço e tempo. Ele atravessa a sala até o frigobar e se abaixa para pegar duas garrafas de água.

— Como foi sua tarde?

— Meu artigo foi publicado.

Ele se vira, com os olhos arregalados.

— Espera... Hoje?

Eu confirmo, radiante.

Alec puxa o celular do bolso.

— Me manda o link. — Quando envio, vejo seus olhos examinarem o artigo todo antes de voltar ao início para começar a ler de novo. — Está bom.

O orgulho é como uma lufada quente da luz do sol.

— Obrigada.

— Quero dizer — ele diz, chegando mais perto —, é uma história muito bem escrita sobre o assunto. É informativo, mas não de um jeito sensacionalista.

Eu luto contra o desejo de recusar o elogio, e apenas digo:

— Que bom!

— Como está a repercussão?

— Ótima até agora. Meu celular estava disparando e eu comecei a me sentir inquieta, então parei pra ler um pouco no terraço. — Não digo que resolvi entrar sabendo que ele chegaria em breve.

Alec olha para cima.

— É legal, não é?

— O terraço? — Eu dou uma risada. — "Legal". Sim, é legal.

Ele desaba ao meu lado no sofá, abrindo a tampa da garrafa d'água e jogando-a na mesa.

— Em uma escala de "foi perfeito" a "por pouco você não desistiu de mim" — diz ele —, o quanto você odiou a sessão de autógrafos hoje?

Eu me aproximo dele e pinço um pequeno pedaço de confete de papel de sua gola.

— Eu não odiei.

— Mentirosa.

— É sério — insisto. — Estou acostumada a estar perto de pessoas importantes, mas em contexto profissional. Lá eu me senti um pouco... — Tento encontrar a palavra certa. — Me senti um pouco escanteada porque estava ali "apenas" como fã. Foi uma experiência estranha.

Alec toma um longo gole e balança a cabeça enquanto bebe.

— Entendo. Acho que isso é o que menos gosto nesse meio.

— Vamos apenas dizer que seu status de celebridade *não* é o motivo de eu estar com você.

Seus olhos escuros se iluminam quando ele olha para mim, sorrindo.

— Por que você está comigo?

Enfio um dedo em sua covinha, depois o arrasto para os seus lábios e desço por seu pescoço.

— É claro. — Sua risada vibra na ponta do meu dedo e ele se senta, pegando meu livro da mesa. — O que é isso?

Não respondo, porque ele já está verificando sozinho.

— É bom?

Dou de ombros.

— Só li umas cinquenta páginas, mas até agora estou gostando.

Enquanto ele lê a capa, eu estendo a mão, penteando o cabelo em sua têmpora com os dedos.

— Como foi o restante do evento?

— Bom. Muito material para a mídia.

Ele solta o livro e começa a massagear as próprias bochechas.

— Muitos sorrisos?

Ele confirma e dá risada, e então deita com a cabeça no meu colo. Alec olha para mim.

— Estou tão feliz que você tenha aceitado — diz, por fim. Observo enquanto ele respira fundo e leva um tempinho para soltar o ar completamente.

— Eu também. — Perceber que a minha presença é um alívio para ele é um pouco como beber champanhe. Começo a formigar por toda parte.

— Acho que eu não sabia o quanto queria você aqui até te ver.

— Bem — eu digo, e me inclino para beijar a sua testa —, eu fico feliz.

— Você vai poder trabalhar daqui?

Eu confirmo.

— Vai ser mais silencioso aqui do que na minha casa. Essa semana vai ser agitada, então posso trabalhar enquanto você estiver bancando o gostosão da Inglaterra.

— Ah! — Isso desperta seu interesse. — O que está acontecendo?

— Billy está investindo na história — conto. — Ele antecipou essa repercussão toda e pediu ao nosso correspondente de Londres para fazer o trabalho pesado nos próximos textos, o que significa que vamos compartilhar a autoria, mas eu sinceramente não poderia fazer isso daqui, de qualquer maneira. Esse cara, Ian, costuma cobrir a área de política, então ele é ótimo. Ele voltou lá na boate e olhou os registros de clientes e os vídeos, e descobriu o que eu já sabia: não tem registro de quem entrou ou saiu da Jupiter nas noites em que sabemos que os vídeos da sala de bate-papo foram gravados. Ou na noite em que você foi buscar Sunny.

Alec franze a testa.

— Sério?

— Esses registros foram "perdidos" — eu digo, fazendo aspas no ar. — No entanto — levanto meu dedo indicador e sorrio com orgulho —, tem um hotel ao lado da boate, o Hotel Maxson. O estacionamento onde os clientes que não são hóspedes estacionam para acessar a boate não é anexo ao hotel. É uma estrutura separada que fica mais próxima da entrada externa da Jupiter. E a empresa que administra a segurança lá é independente da segurança da boate, que você deve lembrar que é comandada pelo pai de um dos proprietários. Acontece que esse outro grupo de segurança mantém as filmagens por seis meses e ninguém se deu ao trabalho de pedir isso a eles.

Alec se senta e vira para mim. Sua voz é baixa, mas ele pronuncia cada palavra de maneira clara:

— O que isso significa, especificamente?

— Significa que, ainda que a gente não tenha um registro dos clientes da Jupiter para as datas correspondentes aos vídeos, Ian conseguiu as imagens do estacionamento que a maioria dos clientes da boate usa para estacionar. Não é o ideal. Claro que o vídeo de todos entrando ou saindo da boate seria melhor para fins de registro de data e hora, mas, se Josef ou qualquer um dos outros proprietários ou afiliados vips estacionaram nessa estrutura, teremos um mapa de datas e horários em que eles poderiam ter estado dentro da boate.

— Isso é ótimo — ele diz soltando o ar.

— E — eu acrescento, radiante — embora a vigilância da boate forneça informações duvidosas, o Hotel Maxson está cooperando para cruzarmos as imagens do saguão com as imagens de vigilância do estacionamento. Então, por exemplo, se virmos Josef estacionando lá mas ele não for para o Maxson, ele não pode simplesmente dizer que estava visitando o bar do hotel.

— Tem quantas horas de filmagem para analisar?

Solto uma risada.

— *Muitas* horas. — Penteio o cabelo de Alec com os dedos mais uma vez e digo: — Bem-vindo ao jornalismo. Mas nós temos várias datas para começar, e Ian tem alguns estagiários trabalhando nisso. Eles vão nos enviar possíveis segmentos para revisar amanhã e verificar os nomes. Daqui em diante, serei apenas um suporte para poder me concentrar mais silenciosamente nas imagens de Josef Anders.

Ele olha para mim e balança a cabeça, concordando. Eu sei — sem precisar perguntar — o que isso significa para ele, que eu possa ajudar assim.

— Então você terminou de trabalhar por hoje?

— Eu terminei de trabalhar por hoje.

Ele se senta e estende a mão para mim, me puxando para cima dele.

— Está com fome?

— Bem, agora estou.

— Fome de comida — ele diz, rindo. — Desde o café na sua casa hoje de manhã, só comi a metade de um muffin. Eu poderia comer tudo do frigobar agora.

— Serviço de quarto?

— Leu a minha mente. — Alec passa por mim para tatear o cardápio na mesa de centro. Ele posiciona o cardápio entre nós dois, e o vira para o lado para que possamos ler juntos, mas eu ataco o seu pescoço.

— Escolhe algo com salada para mim — eu digo.

— Tipo uma caesar ou... legumes grelhados com arroz integral?

— É. Esse aí.

Ele geme, e o som vibra nos meus lábios enquanto beijo o seu pescoço.

— Parece gostoso. Se eu pedir uma pizza margherita e te der uma fatia, você vai me dar um pouco do seu?

— Vou.

— Pronto. — Ele me coloca de volta na almofada, vai até o telefone e faz o pedido. — Tudo bem se eu tomar banho? — Quando eu confirmo, ele me joga o controle remoto. — Escolhe um filme para a gente assistir.

Nós vemos um filme. Jantamos na mesa de centro, sentados lado a lado de pernas cruzadas no chão e rindo das mesmas partes estúpidas do *Como enlouquecer seu chefe*. Olhando para a frente, com a boca aberta e dando risada, Alec pega um pouco da comida do meu prato sem pedir, e eu adoro isso. Ele enche a minha taça de vinho e distraidamente beija meu ombro quando termina de comer, como se fosse obrigação dele me dar um beijo sempre que estiver perto o suficiente.

E, quando o filme termina, colocamos *Spotlight* — não acredito que ele nunca viu — e nos sentamos no sofá.

Alec se estica e me puxa para cima dele, alinhando nossos corpos, nossas pernas e envolvendo minha barriga com seus braços.

— Você é o colchão mais confortável que existe — eu murmuro deitada no seu peito.

Ele ri.

— Isso é um elogio?

— Gosto de camas firmes.

Ele me dá um beijo doce e sereno e descanso em seu peito, ouvindo o filme por um ouvido e seu batimento cardíaco pelo outro. Assim, adormeço.

Acordo na cama, com os resquícios de um sonho presos nos meus pensamentos como um negativo de foto. Encontrei Spence em algum lugar — um café; eu estava saboreando um scone com chá gelado — e ele ficou surpreso por eu não estar feliz em vê-lo. Não tinha ideia do que eu estava falando; havia mágoa, choque e depois raiva em sua voz, até que comecei a sentir que talvez eu tivesse inventado tudo. Como se tivesse inventado toda a dor, o isolamento e a traição.

A cena de mágoa perdura, e levo alguns segundos nebulosos para perceber que não estou na minha cama, que Alec está encolhido atrás de mim, seu braço pesado ao meu redor, seu tronco pressionado contra as minhas costas.

Ele parece estar usando apenas cueca, mas ainda estou de calça e regata e não me lembro de ter sido carregada até aqui. Alec respira lento, dormindo profundamente, e quando olho para o relógio fico surpresa ao ver que ainda é meia-noite. Eu não estava dormindo há tanto tempo. Capotei com força, rápido e, no meu sonho, estava sendo descaradamente manipulada pelo meu ex — e meu cérebro adormecido se preparou para resistir de modo estoico — mas não era real.

Estou segura no círculo apertado dos braços de Alec.

Algo se desfaz de forma brusca no centro do meu estômago, como se eu fosse um papel sendo rasgado em dois. A madrugada é sempre um momento delicado para mim, mas isso é algo bem diferente. Uma coisa é ter uma noite de serviço de quarto e filmes, mas isso, o que nós temos, é apenas sexo. Pelo menos é a mentira que tenho que contar a mim mesma se quero manter minha cabeça no lugar e as emoções bem presas dentro de mim.

Mas, se fizermos isso, vivermos juntos e ocuparmos o mesmo espaço como duas pessoas que gostam da companhia uma da outra para coisas além do físico, o que vai acontecer? Por que estou abrindo espaço para a dor mais uma vez?

Com cuidado, deslizo para fora de seu abraço e caminho em silêncio até o banheiro.

Escovo os dentes e jogo água no rosto. Depois fico abaixada no chão, com a cabeça nas mãos e a mente girando enquanto tento acalmar as batidas selvagens do meu coração. Já é um órgão quebrado; o que estou fazendo expondo-o assim? Eu acabei de remendá-lo. Raramente penso naquele último dia, o dia em que meu coração foi partido em pedaços, quando decidi contar a Spence que estava lá, no parque, e saí de trás da árvore no meio do dia de trabalho. Mandei uma mensagem perguntando sobre seu dia, e o vi responder ali mesmo, no banco, com uma história inventada sobre uma reunião interminável e um colega de trabalho irritante. Fiquei na frente dele por dez segundos completos antes que percebesse a minha presença, antes que eu por fim visse a compreensão em sua expressão.

Tínhamos muita coisa para conversar depois disso. Separar as nossas vidas era como subir uma colina carregando a água do oceano em baldes furados. As nossas contas e todos os nossos pertences estavam misturados. Fizemos a mudança do apartamento em momentos alternados, deixando anotações sobre o que precisava ser resolvido. Não ouvi a voz dele de novo depois daquele dia no parque. Ainda não. Eu mal conseguia ficar perto dele depois disso. Tocar em todas as coisas dele quando tinha que afastá-las para pegar as minhas — eu odiava isso. Cada ponto de contato com um prato, um travesseiro, um jeans dele, parecia uma facada, alguém gritando no meu ouvido: *Como você não sabia?*

Eu não sei como não percebi. Spencer não mentiu apenas uma vez; ele mentiu todas as vezes que falou comigo. *Estou bem* era mentira, e *boa-noite* era mentira, e *eu te amo* era a maior mentira de todas. Eu disse a Eden, no auge da minha dor — e é verdade até hoje —, que teria sido mais fácil se ele tivesse dormido uma noite com outra mulher. Mesmo que tivesse feito isso uma única vez e nunca mais voltasse, decidindo imediatamente que eu era a pior opção, teria doído menos do que a capacidade que ele tinha de mentir na minha cara dia após dia.

Mas nós não podemos escolher as nossas mágoas e nunca conhecemos de fato os caminhos que poderiam ter sido ainda mais terríveis. Tudo de que temos certeza é que nunca saberemos o que está por vir. Então, o que estou fazendo aqui? Arrancando o meu coração do corpo para colocá-lo na tábua de corte? Alec não vai me devastar com mentiras — eu sei profundamente que ele não vai me machucar com esse tipo de traição —, mas esse é o problema. Essa mágoa é uma incógnita e sua magnitude já é assustadora. Sim, isso é novo, mas dor é dor.

Eu sou tão estúpida.

Apenas uma fração de segundo depois que percebo uma sombra passando na luz, um corpo quente se agacha atrás de mim. Suas pernas ficam ao lado das minhas, e ele se inclina sobre minhas costas, me envolvendo em seus braços, me prendendo docemente.

— Oi.

Eu engulo um soluço denso.
— Oi.
— Está tudo bem?
Está escuro aqui; a madrugada paira embaçada e espessa ao nosso redor. À luz do dia consigo me manter em negação. Não posso fazer isso agora.
— Só estou surtando aqui quietinha.
Ele dá um beijo no meu pescoço, perguntando contra a minha pele:
— Por quê?
— Você sabe por quê.
Alec fica em silêncio por um longo tempo.
— Eu sei. — Ele dá um suspiro longo e profundo. — Na verdade, pensei que você tinha ido embora.
— Não tenho certeza se posso fazer isso — confesso.
— Por quê?
— Porque era pra ser só sexo.
— Gigi... — ele sussurra. — Quer dizer, acho que nunca foi só sexo.
Sinto alívio e constrangimento ao mesmo tempo com essa verdade óbvia.
— Acho que não tinha percebido até hoje à noite que não estamos nem fingindo.
— Eu entendo.
— Só se passaram — eu digo, pensando — quatro dias desde Seattle. Sentimentos não nascem assim.
Ele fica em silêncio.
— Quatro dias não é nada — eu digo. — Nem faz sentido. É... Quer dizer, parece bom demais para ser verdade.
Atrás de mim, ele fica de pé, segurando os meus ombros.
— Vamos voltar para a cama.
Ele me ajuda a levantar, e encontramos o caminho de

volta na escuridão. Eu subo na cama, entre os lençóis, e observo a sua sombra me seguir. Ele estende a mão para mim, me indicando a solidez quente de seu corpo, posicionando minha cabeça debaixo do seu queixo e deslizando a mão debaixo da minha blusa, pousando-a bem ali na minha lombar.

— É provavelmente o pior momento para qualquer um de nós dois se envolver com alguém — ele admite, e a vibração de sua voz dança na raiz do meu cabelo. — Você acabou de sair de um relacionamento que acabou mal. Eu estou completamente envolvido com o que está acontecendo com Sunny. Yael e eu quase não fizemos essa viagem.

As palavras dela deslizam entre nós. *Ele geralmente não tem tempo para relacionamentos. Não quero que você crie expectativas.*

— Tem isso também — eu admito, não querendo dizer muito, mas precisando ao menos expressar as preocupações dela sobre nós. — Ela não... — Não sei como concluir o pensamento. Não quero que ele pense que estou falando mal dela, ou fazendo fofoca. — Yael não parece achar que isso é uma boa ideia.

— Bem — ele diz, e beija o topo da minha cabeça. — Não é decisão dela.

— Eu sei, mas ela é importante para você.

— Ela é, mas nesse caso... Yael, quero dizer... é complicado. — Ele inspira e expira, e ficamos em silêncio por alguns instantes. Por fim, Alec admite: — Ela está apaixonada por Sunny faz um bom tempo.

Meus olhos se fecham com o peso dessa informação.

— Ah!

Ele engole em seco.

— Não sei se Sunny já... — Ele faz uma pausa para escolher as palavras com cuidado. — Não sei se elas têm uma história mais íntima. Às vezes eu acho que sim, mas não tenho certeza e na verdade não é da minha conta. De qualquer forma, Yael queria que eu ficasse em Londres. Para cuidar de Sunny e descobrir o que aconteceu de fato com Josef naquela noite. Eu não podia perder essa viagem, mas o plano era que viéssemos, resolvêssemos as responsabilidades de publicidade e voltássemos para casa. — Ele faz uma pausa. — Ela disse alguma coisa para você?

— Disse, mas não tem problema. Tudo faz muito sentido agora.

Felizmente, ele não me pede para contar os detalhes. Ele apenas diz:

— Na visão da Yael, você deve ser uma complicação emocional para a qual não temos tempo.

Eu engulo a bola emaranhada de sentimentos na minha garganta.

— Compreendo.

— Mas eu não vejo dessa forma — diz ele. — Faz apenas alguns dias, e é verdade que tem muita coisa que não sabemos um do outro, mas o sentimento profundo que tenho por você não mudou desde Seattle. E não sei bem o que fazer em relação a isso. — Devagar, ele desenha círculos nas minhas costas. — Em geral eu entendo bem as pessoas, mas também não costumo me envolver da mesma forma que me envolvi com você. — Ele esboça um sorriso. — Essa combinação é um pouco surpreendente.

— É — eu concordo, e sorrio colada em seu pescoço.

— Acho que meu instinto é continuar dando um passo de cada vez até sermos obrigados a tomar uma decisão, mas o que vamos fazer se, no final da minha viagem, sentirmos mais do que agora?

Eu balanço a cabeça, pressionando meu rosto no dele. Essa possibilidade é o melhor e o pior cenário.

— Preciso dizer que acho que não sou capaz de lidar muito bem com um relacionamento à distância — confesso. — Embora você não tenha nada a ver com Spence e eu me considere uma pessoa bastante sensata, acho que a distância não funcionaria para mim agora. Eu ficaria muito ansiosa.

Essa verdade se instala como um outro corpo entre nós.

— Eu entendo. — Alec se afasta um pouco para olhar para mim na escuridão. — E, se você quiser ir para casa esta noite, eu vou entender. Foi um dia emocionalmente intenso para você. Mas prefiro que fique. Estou... quer dizer, é óbvio que me sinto muito atraído por você, mas, além disso, eu *gosto* de você. Quero estar perto de você o máximo que puder até ir embora. — Ele tira a mão da minha blusa e segura meu rosto. — Também entendo por que você entrou em pânico agora à noite. Parece muito cedo para esse tipo de conversa, mas considerando como estamos juntos, como isso é natural, talvez não seja. Provavelmente é bom que estejamos conversando sobre isso.

Eu concordo, olhando para seus olhos escuros e brilhantes na luz fraca que se esgueira entre as pesadas cortinas. Penso em pegar um táxi, ir para casa, dormir sozinha na minha cama sabendo que ele também estará aqui sozinho. Mas meu sangue azeda com o pensamento.

— Eu vou ficar esta noite.

Ele beija a minha testa.

— Que bom.

Dentro de mim há uma pilha de sentimentos e pensamentos, amontoados de palavras desencontradas. Isso envia um arrepio caótico através de mim; uma confusão de emoções pressiona as minhas costelas, por baixo da minha pele.

— Desculpa por ter te acordado. Sei que seu dia amanhã vai ser agitado.

— Não precisa se desculpar. — Ele põe a mão no meu quadril e aperta. Seu dedo pousa no trecho de pele onde minha blusa subiu do cós da calça, e ele traça longas e lentas formas ovais ali.

Seu pescoço está muito perto da minha boca. Quente e convidativo. Eu pressiono os lábios em seu ponto de pulsação e ouço como ele ofega; ele me toca, me agarrando instintivamente. No fundo da minha barriga, a fome familiar queima, afastando todo o resto.

— Você quer? — pergunto.

— Eu sempre quero. — A voz de Alec é tão baixa que faz meu sangue ferver. — Mas você se sentiria melhor ou pior?

Eu não tinha pensado nisso.

Apoio a mão em seu peito e ele afasta os quadris. Na palma da minha mão, as batidas do seu coração são um *tum-tum-tum* constante.

Não são apenas as batidas do coração; *tudo* nele é estável. Ele não deixa as coisas por dizer, ele quer me conhecer, ele me encontrou no banheiro e sabia por que eu estava lá. Ele sabia, porque se deu conta de que eu poderia ter ido embora.

— Vem cá — diz ele, e me desloca para que eu deite em cima dele. Mas não é um convite para sexo. É para ficar como estávamos no sofá, com seu corpo como meu colchão firme, seu ombro como meu travesseiro e ele gemendo baixinho com o alívio de uma conchinha de corpo inteiro. — Vamos dormir.

— Eu tive um pesadelo — admito após alguns instantes de silêncio.

Sua voz profunda vibra contra a minha têmpora.

— Com o quê?

— Não importa.

Ele acaricia as minhas costas e diz baixinho:

— Eu nunca vou mentir para você, você sabe.

Fecho bem os olhos e pressiono meu rosto em seu pescoço. Não sei onde colocar tudo o que sinto, mas vou ter que descobrir. Acho que não terei mais lugar para esconder as minhas desculpas e esses sentimentos intensos e urgentes, porque a luz suave de Alec ilumina cada um dos meus cantos sombrios.

Treze

O quarto do hotel parece enorme e estranhamente silencioso sem Alec. A luz do sol invade, pintando uma faixa dourada na metade inferior da cama. Eu estico as pernas para que meus dedos alcancem a faixa de calor.

As janelas são de qualidade tão boa que bloqueiam todo o barulho da rua lá fora. Os lençóis ainda têm o cheiro do sabonete de Alec do banho de ontem à noite. Eu rolo para o seu travesseiro, me fechando em uma câmara de isolamento com o cheiro dele.

Tentei ler um pouco, e tentei escrever. Mas estou sem foco, agitada. Por que não o agarrei ontem à noite? Por que nós fomos dormir? Preciso começar a escrever outra matéria nos intervalos entre as novas informações de Ian, preciso preencher melhor os meus dias. Ficar nesta suíte sem Alec o dia todo vai me deixar agoniada e impaciente.

Passo a mão na minha barriga, desejando que fosse a dele.

O Batcelular vibra ao meu lado no colchão.

Meu coração se expande nas costelas, e eu levo o telefone ao ouvido, dizendo:

— Você só deveria terminar o trabalho tarde hoje.

Ele cantarola.

— O que você está fazendo? Parece sonolenta.

— Você acabou de me flagrar relaxando nesta cama enorme.

Ele ri e depois solta um grunhido.

— Sinto muito — eu murmuro. — Sou uma idiota.

— Por que diabos você está se desculpando?

— Porque você está se deslocando por toda Los Angeles — eu digo — enquanto estou descansando no seu quarto de hotel no meio do dia. — Se não me falha a memória, Alec se levantou às três para uma entrevista via satélite para o *Good Morning America*, foi de carro até Burbank para uma gravação com James Corden e depois fez uma sessão de fotos com o elenco completo para a *Vanity Fair* antes de um jantar de gala.

— O quarto é seu também — diz ele —, e eu com certeza ficaria na cama se pudesse.

— Exato — eu rio. — Por isso lamentei.

— Por favor. Com tudo o que aconteceu nas últimas semanas, você deve estar exausta.

Eu me alongo, os membros tremendo de euforia.

— Você tem razão.

A conversa fica silenciosa. Estou com saudade, eu penso.

— Você está bem hoje? — ele pergunta. — Desculpa, não pude ligar antes.

Rolo de volta para o meu lado na cama e olho pela ampla janela. Como esperado, todo grande sentimento é muito mais fácil de controlar à luz do dia. Eu ficaria constrangida por causa da minha crise de ontem à noite, mas talvez esse seja o superpoder de Alec. Ele não faz *emoções* parecer um palavrão.

— Estou bem. — Ajusto o travesseiro debaixo da cabeça. — Que bom que você ligou. Eu estava com saudade.

— É mesmo?

— Queria não ter voltado a dormir ontem à noite. Parece uma oportunidade desperdiçada.

A linha cai em uma pequena poça de silêncio.

— Você está pensando em mim na cama — ele diz, ao mesmo tempo questionando e afirmando.

Seu tom mudou, está baixo e calmo. E em um instante meu corpo está acordado.

— Estou. Onde você está?

— Caminhando para o carro — diz ele. — De um lugar para o outro. — Outra pausa e, em seguida, em um tom divertido: — Está vestindo alguma coisa?

Olho para o tecido felpudo enrolado na minha barriga.

— Eu terminei o trabalho e tomei um banho. Estava pensando ficar na cama por uns dez minutos. Então... — eu digo — estou meio de toalha.

— E nada por baixo?

Eu passo a mão na barriga. A ansiedade se forma sob a palma da minha mão.

— Não.

Posso ouvir seu gemido baixinho e o som dele andando, o ruído de algum veículo.

— Está sozinho? — pergunto.

— Por enquanto. Estou andando até os fundos do prédio para encontrar o motorista.

— Ah! — Mordo meu lábio inferior imaginando seus passos longos e decididos enquanto ele se move por um corredor, andando por um beco até um carro particular. Lembro-me do que ele vestiu esta manhã: uma calça preta, uma camisa branca simples de botão. Eu estava meio adormecida quando o observei se olhando no espelho, enfiando e depois tirando as mãos dos bolsos.

— Quando você está sozinha — ele começa, interrompendo os meus pensamentos —, sozinha e... excitada... você pensa em quê?

Eu sorrio, e minhas bochechas esquentam.
— Sério?
— Sério.
Eu fecho os olhos, pensando.
— Faz tempo que eu não faço isso.
— Então pensa em mim — ele pede baixinho. E depois acrescenta: — Me fala sobre a nossa transa que você mais gostou.
— Isso é impossível.
— Escolhe. Não pensa.
Sua boca cheia aparece na minha mente.
— Aquela vez no outro quarto de hotel em LA.
— Por que aquela vez? — Posso ouvir seu sorriso, como se ele já soubesse a resposta.
Deslizo a mão no meu peito. Eu ainda estava um pouco brava com ele, irritada e ríspida. Lembro do beijo dele na curva do meu peito, a maneira como gemeu. O movimento úmido circular e tranquilo de sua língua no meu mamilo. E então o calor avassalador de seus lábios descendo pelo meu corpo.
— Você colocou a boca em mim.
Eu ouço a voz de outro homem cumprimentando-o, e então a porta de um carro se fecha.
— Estou no carro agora — diz ele em voz baixa. De maneira formal. — Você vai precisar me explicar o passo a passo.
Minha mão ainda está no meu peito.
— Eu... — Abro os olhos, pisco para o teto. — Você quer que eu me masturbe enquanto você só escuta?
— Sim.
Um calor preenche as minhas bochechas.
— Eu geralmente não falo nada.
— Para falar a verdade, estou muito feliz com essa colaboração — diz ele com uma risada na voz.

— Cacete. — Eu solto uma risada no telefone. — Está falando sério?

— Muito sério.

Eu engulo em seco bem alto.

— Estou com um pouco de vergonha.

— Tudo bem — diz ele. — Sem pressa.

Estou mesmo fazendo isso? Eu fecho os olhos e deixo a calma reverberação de sua voz me levar a um lugar onde posso começar a fingir que minha mão é a dele, que ele não está em um carro por aí ouvindo cada som que eu faço.

— Lembra de quando eu sentei no seu colo naquele dia? — pergunto.

— Sim.

— Eu fiz você ficar parado para que eu pudesse beijar seu rosto todo. — Ele confirma com um ruído. — Acho que queria me convencer de que você era real.

— É?

— É. E você deixou. Mas você enfiou as mãos por baixo da minha blusa.

Ele faz uma pausa.

— Eu me recordo.

— Eu amo o jeito como você me segura com as suas mãos grandes.

— Qual parte, especificamente?

— Os meus seios.

— Isso. — Sua voz é contida e profissional e, de alguma forma, faz minha pele esquentar.

— Você rolou para cima de mim — eu digo, provocando. — Você adora o meu peito.

— É verdade.

— Por quê?

Ele limpa a garganta. *Ah, é.*

Mas ele responde mesmo assim.

— É a proporção ideal.

Eu dou risada no telefone.

— Isso soou pornográfico. Aposto que o motorista está ouvindo agora.

— Duvido muito. — Alec ri baixinho. — Continue.

— Você gosta do sabor da minha pele?

Em um tom enganosamente uniforme:

— Muito.

Minha mão escorrega para baixo.

— Eu queria que você estivesse aqui me beijando.

— Em qual parte do roteiro você está agora? — diz ele. — Se posso saber.

— Sua boca está beijando a minha barriga.

— Entendi. Continua.

Desço a mão um pouco mais e respiro fundo.

— Estou molhada.

Ele não consegue abafar um gemido silencioso.

— Não faço isso há... — Eu puxo mais ar, imaginando-o sentindo isso. — Desde antes de Londres. Antes de você.

— Isso mesmo.

— Imagino o que você sente quando me toca aqui.

Ele fica quieto do outro lado.

— Deve ser muito macio.

— É muito.

— Quando me toca aqui, você quer logo colocar dentro de mim?

— Sim — ele responde com a voz tensa. E depois repete baixinho: — Sim.

Eu arqueio meu pescoço, me acariciando.

— Que delícia...

— Você pode explicar, se não se importar?

— Eu estou imaginando você me beijando aqui — eu digo, e minha pele fica quente, cantarolando. — E como você começou com beijos e depois me lambeu.

— Parece uma boa progressão.

Eu amo o ressoar profundo de sua voz.

— Estava tão bom — eu digo. — Mas, quando você enfiou os dedos...

Ele está quieto, mas quase posso perceber como se esforça para ouvir cada palavra.

— Você só... — eu digo, o prazer aumentando — você me fodeu com eles.

— Georgia. — Uma reprimenda súbita e ofegante, mas isso só me faz gemer.

— Com força — eu sussurro. — Você estava frenético.

— Eu sei. É verdade.

— Caramba, você gostou, né? Quantos dedos?

— Me fala você.

— Três — Faço movimentos circulares com os dedos, a tensão aumenta na minha espinha. — Eu não conseguia abrir mais as pernas.

— Eu sei.

— Você está excitado?

— Sem dúvida. — Ouço a porta do carro bater, ouço suas curtas e fragmentadas lufadas de ar enquanto ele caminha. Muito baixo, ele consegue dizer:

— Usa a outra mão para tocar os seios.

Eu obedeço, revirando os olhos, e outro som escapa.

— Eu vou gozar.

— Ainda não. — Ele está andando pelo prédio. Eu o ouço murmurar um agradecimento a alguém.

— Está tão bom — eu sussurro.

— Continua.

— Mas não tão bom quanto você.
Uma risada baixa.
— É muito bom ouvir isso.
Nesse ponto, eu só consigo inspirar e expirar, imaginando sua cabeça entre minhas pernas, seu cabelo escuro e sedoso deslizando entre os meus dedos.
— Eu quero agarrar o seu cabelo.
— Eu concordo com esses termos.
— Quero me esfregar em você. Sentir a sua boca.
Ele ri de novo, sem fôlego.
— Eu gostaria que você fizesse isso.
— Eu vou gozar.
Um bipe baixo e então ele diz:
— Ainda não, Gigi.
Mas percebo que o bipe ecoou. Estou ouvindo em dois lugares. No telefone... e aqui.
Só me dou conta quando ouço a porta bater, e um segundo depois ele aparece, entrando no quarto. Alec já está abrindo o botão de sua camisa, e me encontra na cama, com as pernas arqueadas e abertas.
Fazendo exatamente o que estou descrevendo.
— Cacete! — Ele arranca a camisa e me agarra, me beija, a boca aberta e gemendo. Ele se afasta e encara os nossos corpos, me segurando para impedir que eu afaste a mão. — Me mostra.
Ele me observa enquanto me toco e começa a desabotoar a calça. O cinto bate na minha coxa enquanto ele tenta desabotoar o botão, o zíper abaixado, antes de ele tirar a calça. Com minha mão livre, eu puxo sua cabeça para mim, querendo sua língua na minha boca, seus sons vibrando na minha garganta. Esse movimento aproxima os nossos corpos, e seu punho encosta na minha mão enquanto ele se acaricia mais rápido...
Alec começa a beijar meu corpo freneticamente, pega a

minha mão e coloca no seu cabelo. Antes que eu consiga pronunciar seu nome, sua boca está lá, aberta e urgente, sugando a minha alma. Quando esfrego os quadris nele, ele solta um gemido desesperado e encorajador. Por alguns instantes de perfeição eu realizo a minha fantasia, sentindo aquela boca doce e carnuda me beijando e a visão de seu rosto entre as minhas pernas, então minhas costas arqueiam e um orgasmo me atinge e me torce com tanta força que Alec precisa segurar os meus quadris para me manter na cama.

Minhas pernas relaxam, exaustas, e ele pressiona a testa no meu quadril enquanto sua mão livre desliza pelo meu lado e pega no meu peito. Leva apenas alguns segundos para perceber o que ele está fazendo, e me apoio no cotovelo para ver sua mão se mover cada vez mais rápido. Eu afundo a mão em seu cabelo, e seu punho para quando ele goza com um gemido baixo.

Por alguns segundos tranquilos nós recuperamos o fôlego.

— Eu queria... — consigo articular, finalmente, imaginando que ele sabe o que quero dizer.

— Eu sei. — Seu cabelo desliza por entre meus dedos, sedoso, e ele vira o rosto, beija a minha coxa e pega a camisa que deixou cair no chão, depois limpa nós dois. — Não tenho muito tempo e sabia que, se deixasse, a gente ia querer ficar.

Depois de me ajudar a levantar ele tira a roupa e se curva para se livrar das meias, e então me leva para o banheiro. Alec se inclina para ligar o chuveiro.

— Vem comigo.

Ele entra, me puxando atrás dele, e a água está morna e perfeita para minha pele escaldante. Mas, quando ele levanta o queixo, deixando o jato de água encharcar seu cabelo, eu finjo fazer beicinho.

— Eu gostava da ideia de você ir pro evento hoje à noite com o cabelo bagunçado.

Ele dá risada e espreme xampu na minha mão, então a coloca no topo de sua cabeça.

— Eu estaria cheirando a sexo.

— E daí? — Esfrego o cabelo dele, e ele me ensaboa com sabonete líquido.

— E *daí* que eu deveria estar comendo alguma coisa rápida e me trocando para encontrar Yael às seis.

Ele está mesmo com pressa.

— Você acha que ela não sabe que você voltou aqui para isso? — Ele fica em silêncio, e percebo meu erro. — Yael não sabe que eu estou aqui, sabe?

— Tenho certeza de que ela suspeita, mas faz parte da nossa dinâmica. É uma coisa do tipo "não pergunte se não quiser saber".

— Hum. — Eu inclino a cabeça dele para trás na água novamente, enxáguo o xampu e, em seguida, pego o condicionador. — Isso me lembra, na verdade...

Sua atenção parece estar em deixar os meus seios tão limpos quanto possível, fazendo movimentos circulares com os polegares.

Eu me inclino, sussurrando:

— Você está fazendo um ótimo trabalho nisso, mas já tomei banho uma hora atrás.

Pego no flagra, ele me solta com uma risada e se joga para trás para enxaguar o cabelo de novo.

— O que você ia dizer? Lembra você de quê?

— Sunny sabe que é comigo que você está falando?

— Sabe — ele confirma, e me vira para enxaguar a espuma da minha pele. — Eu contei que encontrei com você e que você estava trabalhando no artigo. E tenho certeza de que, mesmo que não contasse, Yael contaria.

— Verdade. — Eu mordo meu lábio. — O que Sunny disse?

— Quer dizer, não conversamos em detalhes sobre o encontro porque...

— Seria estranho.

— Certo. — Ele começa a se ensaboar rapidamente, e eu o ajudo, basicamente deslizando as minhas mãos pelos músculos dos seus ombros. — Mas ela achou estranho e ótimo.

— "Estranho e ótimo"?

— Foram as palavras dela — diz ele, rindo. — Ela mandou um oi. Queria uma atualização completa da Gigi. Eu disse pra ela te ligar qualquer dia.

— Gostei desse plano.

Eu fico olhando para a maneira como ele rapidamente esfrega as mãos com sabão em seu peito, seu abdômen, seu pau. As pernas e os ombros. Quando ele me esfregou, foi lento, quase reverente. Ele me pega observando.

— Você tá olhando como se fosse me devorar.

Muito séria, eu confirmo.

— Sinto que devo retribuir o favor.

Ele ri de novo e passa atrás de mim para desligar a água. O vapor sobe ao nosso redor, e a água escorre de seus cílios como cristais. Alec lambe os lábios molhados.

— Prometo que você pode me devorar mais tarde. — Ele me beija então, quente e escorregadio, e quando geme baixinho me suga em uma espiral de desejo. Mas rapidamente se afasta e olha para o relógio, que espero muito que seja à prova d'água.

— Merda. Tenho 45 minutos para chegar a Santa Mônica de smoking.

Sento de pernas cruzadas na cama e observo enquanto ele se arruma. Alec pega uma capa para terno no armário e a coloca sobre uma cadeira, então abre o zíper.

— Estou empolgada — eu digo.
Ele se inclina e tira o terno da capa.
— Por quê?
— Vou te ver de smoking.
Ele lança um olhar divertido na minha direção.
— Isso é empolgante?
— Nem vem. Você vai ser o mais gostoso da festa.
Alec ri disso.
— Eu só trouxe um terno, então é melhor Elodie não derramar vinho em mim. — Ele veste as calças, então se enfia na camisa. — Começou como uma brincadeira — diz ele, abotoando. — Mas ela derramou bebida em mim em três ocasiões diferentes.
— Essa mulher está tentando fazer você tirar a roupa?
— Ela é notoriamente desastrada.
Dou risada, pegando um fio do edredom.
— Que bonitinho.
— Você não está incomodada com isso, está?
Eu o encaro com os olhos arregalados. Ele se virou para mim.
— Com o quê?
— Elodie — ele esclarece. — E a nossa...
— Sua dinâmica de flertar em público? — completo. Ele confirma, voltando sua atenção para os botões. — Não. Quer dizer, eu sei que faz parte da publicidade. Além disso, suponho que se você a quisesse ela estaria neste quarto de hotel, não eu.
Ele abre um sorriso.
— Isso é verdade.
— Qualquer pessoa com quem você ficar — eu digo, observando-o enfiar cuidadosamente a camisa dentro da calça — não vai poder se importar muito com essas coisas.

Ele cantarola em concordância, pegando as abotoaduras na mesa de cabeceira.

— Precisa de ajuda? — eu pergunto, me sentindo nua e preguiçosa ao vê-lo se preparar para uma noite de bate-papo sem fim depois de um longo dia de trabalho.

Ele resmunga um "não" e então levanta o queixo, indicando a gravata-borboleta no cabide.

— Mas não sei colocar aquilo.

— A gravata?

Alec responde ao meu sarcasmo com um olhar divertido.

— A gravata-*borboleta*.

Eu me levanto e pego uma camisa social que foi jogada numa cadeira, vestindo-a e abotoando sem muita atenção.

— Eu quero ser útil.

Quando olho para cima, Alec está me observando.

— Você está tentando me impedir de sair?

O óbvio "sim" está bem na ponta da minha língua, mas na verdade não tenho ideia do que ele está falando.

— O quê?

— Vestindo a minha roupa quando preciso sair?

Ah! Até mesmo Alec tem essas fantasias previsíveis de homens de uma forma encantadora.

— Seria mais fácil para você se eu estivesse nua?

Ele abre um sorrisinho para mim.

— Não.

— Então está bem. — Eu abro o YouTube e digito "como dar nó em gravata-borboleta" na barra de pesquisa.

— O que você está fazendo?

— Vou dar o nó na gravata. — Aponto meu queixo para seu pescoço. — Só preciso ver como fazer isso no YouTube.

— Yael pode fazer isso quando eu chegar lá.

— Mas assim você vai me privar da chance de olhar pro

seu pescoço por alguns minutos. — Não estou olhando para o rosto dele, mas sei que está sorrindo. Enfio a gravata no colarinho, olho para meu celular na cama e sigo os passos cuidadosamente.

Minha primeira tentativa é... nada boa. Tento de novo.

Alec coloca as mãos na minha cintura, apalpando a camisa sobre meus quadris até encontrar a pele nua.

— Queria poder levar você comigo.

Eu franzo a testa olhando para as minhas mãos, pensando que fazer isso seria bem mais fácil se eu tivesse quatro delas.

— Eu amo esse sentimento, mas garanto a você que vou ficar bem se não for.

— Eu sei. — Alec está na minha frente, pacientemente, cheirando a sabonete e pasta de dente e emanando calor como o sol.

— O que vai fazer hoje à noite?

— Eu estava pensando em mergulhar na preguiça, mas meus pais voltaram de viagem hoje de manhã — eu digo. — Acho que vou passar lá.

Ele fica parado e eu olho para cima quando sinto sua atenção em meu rosto.

— O que foi?

— Seus pais voltaram para a cidade?

Eu me estico e beijo seu queixo.

— Alec, você não precisa encontrar meus pais.

Ele não parece tão certo.

— Não deveria dizer um oi? — Ele se abaixa para pegar o celular e abre a agenda. — Poderíamos jantar com eles na... Hum... almoço na segunda-feira?

Dou um passo para trás, inspecionando minha obra de arte e precisando de um segundo para engolir essa estranha bola de angústia. Me deixo distrair da confusão dentro de mim com a confusão mais simples na minha frente. Sem dúvida, Yael vai refazer o nó na gravata-borboleta quando a vir, mas não tenho certeza se consigo fazer melhor do que isso.

— É sério, você não precisa gastar tempo com isso — eu digo, e acaricio seu peito. — Vou dizer a eles que você mandou um oi.

Quando ele sai, sei que está interpretando minha resposta de outra maneira — pensando que não quero que ele venha, que o estou escondendo. Mas o fato é que meus pais são divertidos, acolhedores e calorosos, e Alec é charmoso, amoroso e engraçado; eles amariam tudo sobre ele. Mas eu gostaria de ter pelo menos duas pessoas em Los Angeles que não lamentassem sua ausência quando ele partir.

Catorze

Atravessamos os dias seguintes com os horários de Alec inconsistentes e dispersos. No sábado, eu mal o vejo, e passo o dia fazendo uma trilha com Eden antes de encontrar minha mãe para jantarmos em seu restaurante etíope favorito. Ela pode enfim conversar com alguém que entende a irredutível mania do meu pai de planejar demais a viagem, e sua necessidade de desabafar me permite evitar completamente a conversa sobre Alec. Com a minha mãe, eu recarrego as energias; ela é uma versão da adulta que eu espero ser um dia: responsável e amorosa, mas não a ponto de não jogar tudo para o alto se a situação pedir.

Eu a deixo em casa, dou um beijo no meu pai e depois dirijo de volta para o Waldorf, cumprimentando Julie, minha nova manobrista favorita, enquanto entro. De volta à suíte, e muito depois da meia-noite, sinto o corpo longo e quente de Alec deitar na cama atrás de mim.

— Cheguei. — Ele se aproxima, deslizando a mão fria debaixo da minha blusa. Tento libertar o meu cérebro do sono profundo. Sua mão ainda está um pouco molhada por ter sido lavada há pouco, e seu hálito cheira a pasta de dente quando ele fala no meu ombro. — Está acordada?

Eu murmuro um sonolento "não" no travesseiro, rolando

para o calor de seu peito nu. Ele beija a raiz do meu cabelo, a minha testa, a minha boca. Conversamos em fragmentos sobre os nossos dias até que ele adormece no meio de uma frase. Antes de o sol nascer, ele já saiu de novo.

No domingo, coloco o trabalho em dia e consigo uma inesperada hora a mais com Alec, quando ele entra no quarto para se trocar rapidamente para um jantar com algumas pessoas da indústria. Sigo-o pela suíte enquanto ele se despe e joga as roupas pelo chão, reclamando com uma hilária sequência de anedotas sobre uma participação especial que fez em um videoclipe que parecia um exemplo clássico das criancices de Hollywood.

Só vejo Alec de novo na segunda-feira, quando o acordo subindo nele com uma escova de dentes na bochecha.

— Por que você está aqui? — pergunto. — Está atrasado? Esqueceu de programar o alarme?

Ele esfrega o rosto e olha para mim.

— Estou de folga até hoje à noite.

Ele puxa um travesseiro debaixo da cabeça e o pressiona no meu rosto para abafar meu grito de felicidade.

Sim, nós fazemos amor, mas em vez de passar o resto do dia na cama ou transar em todas as superfícies planas da suíte, como eu teria imaginado, saímos escondidos usando bonés e óculos escuros para comer donuts, e na volta ele para por impulso em uma loja de jogos e compra um console Nintendo completo. Convidamos Eden (que aceita) e Yael (que recusa categoricamente), e nós três passamos boa parte do dia na suíte, falando besteira e revezando no *Mario Kart* com um pacote de chips aberto na mesa e garrafas de cerveja espalhadas por toda parte. Por volta das cinco, Alec se arrasta meio embriagado para o chuveiro e depois me encontra no terraço, onde Eden e eu agora estamos fofocando e aproveitando o sol do final da tarde.

— Vou sair agora. — Ele se inclina e beija a minha testa.

— Não vá. — Eden solta um grunhido em protesto. — Gigi é muito ruim no jogo.

— Acredite — diz ele —, por mim eu ficaria aqui no terraço.

Quando ele se levanta, aperto os olhos para ele, protegendo-os com a mão. Ele caminha na direção do sol e faz uma sombra em mim.

— Para onde você vai mesmo?

— Jantar com o elenco e a equipe da Netflix. — Contra a luz, ele parece uma estátua de mármore irradiando os raios solares.

— A que horas vai voltar?

Eu não disse "para casa" de propósito, mas, ainda assim, a palavra ecoa entre nós três.

— Tarde — responde ele. — Não precisa esperar acordada.

— Me acorda? — digo baixinho, e ele confirma, me beijando mais uma vez.

Alec se despede de Eden e entra, e ouço o forte clique da porta da suíte segundos depois.

Inclino o rosto para o céu, com os olhos fechados, mas posso sentir a atenção da minha melhor amiga em mim no silêncio que se segue.

— Faz *uma semana* — diz ela.

— Eu sei.

A palavra *mas* balança como um pêndulo no ar, mas felizmente ela não verbaliza o resto de seus pensamentos. Já estou ciente de todas as permutações.

Mas, observando vocês dois, parece que já faz mais tempo.

Mas ele ainda vai embora no próximo domingo.

Mas isso tudo é fingimento, Gigi. Se controle.

Em vez dessa conversa, voltamos preguiçosamente para dentro, pedimos serviço de quarto e conversamos sobre doces e os detalhes banais, não relacionados ao Alec, de nossas vidas. Quando Eden sai, a sala fica estranhamente silenciosa.

Eu limpo os resíduos da nossa maratona de jogos com as besteiras que comemos. Tomo um banho, arrumo a cama e enfio nossa roupa suja numa sacola para mandar para a lavanderia. Verifico meu e-mail do trabalho, mas Ian também tirou o dia de folga e não há nada de novo para ler. Não estou cansada, mas nada me chama a atenção nas redes sociais, e também não consigo pensar em algo interessante para assistir. Mesmo assim, ligo a TV e, como se estivesse no piloto automático, abro a Netflix para ver *The West Midlands* e aperto o play no primeiro episódio.

Quando Alec entra na suíte, bem depois da uma da manhã, já estou no sexto episódio e profundamente interessada no primeiro arco romântico do dr. Minjoon Song — que é óbvio que não vai durar, porque essa mulher não é interpretada por Elodie. Segundo o Google, essa personagem — Eleanor DiMari — morre em um acidente de avião no final da primeira temporada, e imediatamente lamento minha incapacidade de viver sem spoilers, porque fico *desolada*.

— Ela *morre*? — eu choramingo.

Ele joga o paletó nas costas do sofá e mantém as mãos ali, inclinando-se para beijar minha têmpora.

— O que você está... ah. É.

Adoro o fato de ele ter voltado no meio de uma cena de pegação em que a coprotagonista — uma mulher que, também segundo o Google, se chama Mariana Rebollini — está sem blusa.

— Essa é uma filmagem bem estratégica — digo. — *Você* vê mesmo os peitos quando está gravando?

— Ela usa uns adesivos — responde ele, e quando olho por cima do ombro ele aponta para o próprio peito e depois olha para o relógio. — Caramba, o que está fazendo acordada?

— Não consegui dormir.

Ele vai até a geladeira na pequena área da cozinha e pega uma garrafa de água com gás.

— Uau, acabamos com a cerveja hoje. — Ele tira a tampa da garrafa e se junta a mim no sofá. — Por isso estou me arrastando.

— Em uma escala de um a "nunca vamos falar dos bastidores da série" — eu digo, apontando com o queixo para a tv —, essas cenas sensuais são muito estranhas para filmar?

Alec desliza o braço atrás do meu pescoço, aproximando a minha cabeça do seu ombro.

— Depende. — Ele leva a água aos lábios e toma um gole. — Às vezes é estranho, quando alguém é novo ou está muito desconfortável...

— Você já se sentiu desconfortável?

— Na verdade, não — diz ele. E completa: — Não visivelmente, acho. Se for um dublê de corpo que você só conheceu naquele dia, pode ser. Mas em geral as cenas de amor são superficiais. Tem uma equipe mínima no set, e há um acordo tácito de que todos são profissionais e isso faz parte do trabalho. Todas as cenas são vedadas com tanto cuidado que é quase antirromântico para os atores. — Ele encosta a cabeça na minha. — Sempre me surpreendo com o modo como essas cenas parecem sexy depois da edição.

— Mas essa aqui. — Eu aponto para a tela. — Foi ótima ou terrível?

— Essa foi boa. — Ele bebe outro gole. — Fiquei chateado quando a personagem dela foi eliminada da série. Mariana era engraçada.

— Você diz isso como se certa pessoa *não* fosse engraçada. — Ele me lança um olhar irônico, e eu me inclino para beijar sua bochecha. — Elodie derramou bebida no meu homem hoje?

Ele se vira e olha para mim, olhos atentos e surpresos. Meu homem.

Eu tentaria retirar o que disse ou diminuir a importância em algo sem sentido, mas está tarde e estou me sentindo animada. Alec põe a garrafa no chão e, em seguida, me puxa para que eu fique deitada no sofá, acomodando seus quadris entre minhas pernas.

— Não, ela não derramou. — Ele descansa sua boca na minha, cantarolando.

— Que bom — eu respondo roçando os lábios nos dele.

— Estou muito cansado para falar sobre isso agora... — Ele solta palavras no meu queixo, no meu pescoço, no vazio da minha garganta. — Mas amanhã, ou quarta-feira, ou quando tivermos algum tempo... temos que conversar sobre o que vamos fazer.

— Fazer?

— Depois de domingo.

Depois de domingo.

Essas duas palavras me atingem como uma placa de mármore.

— Quer dizer... — eu falo, enquanto ele chupa minha clavícula — ... eu e você?

— Eu e você. — Ele se volta para mim e assente, me encarando. — Tá bom?

Eu aceno e me estico para beijá-lo.

— Tá bom.

Mas não temos tempo para conversar na terça-feira — tenho uma reunião pelo telefone logo cedo com Ian, e Alec vai embora antes que eu termine. Na quarta, ele acorda antes do nascer do sol — desta vez para uma transmissão ao vivo na Coreia, que ele faz da sala de estar da suíte, e concordamos que eu não poderia sequer rolar na cama para não fazer barulho. Yael passa para buscá-lo cinco minutos depois que ele termina, então tudo que consigo é um rápido beijo de despedida.

Ainda assim, digo a mim mesma que isso é mais do que eu teria se estivesse na minha casa. Pelo menos aqui eu o vejo. Penso na ideia de passar esta semana inteira sem Alec e sinto como se algo vital dentro de mim secasse. Faço de tudo para não pensar na minha vida depois de domingo.

Passo muito tempo sozinha na suíte, mas já estou acostumada; assim, consigo avançar bastante na investigação com Ian para o próximo artigo. E, no final das contas, quarta-feira é um grande dia para o jornalismo investigativo. Depois que Alec sai com Yael, descubro que Ian conseguiu a transcrição completa do fórum de bate-papo durante os dois meses em que os vídeos explícitos foram compartilhados, com os nomes de usuário de todos que compartilharam e interagiram com o conteúdo. Esses canalhas chamam as mulheres nos vídeos de "Bambis" — pelo amor de Deus — e nunca na minha vida eu quis tanto acabar com alguém. Nem mesmo Spence.

Talvez não seja uma surpresa, mas, por causa do nosso primeiro artigo, foi instaurada uma investigação sobre subornos na polícia, e o Serviço de Polícia Metropolitana de Londres, também conhecido como Met, está fazendo essa apuração. Quando cruzamos as filmagens do vídeo do estacionamento com as do Hotel Maxson, podemos confirmar que pelo menos três dos proprietários — Gabriel McMaster, David Suno e Charles Woo — estavam na boate nas datas de cada um dos vídeos. Infelizmente, ainda temos dificuldade de apanhar Josef Anders. Ele se move como um fantasma.

Mas, na quinta-feira de manhã, uma bomba gigantesca explode.

Quando Alec me liga, estou sentada na cama, olhando fixamente para a tela do computador. Minhas mãos estão tremendo — estão tremendo há quase uma hora.

— Oi.

— Oi, eu... — Alec faz uma pausa, presumo, por causa da tensão na única palavra. — Você está bem?

— Depende do que "bem" significa. — Eu me levanto e ando pela suíte, sentindo o pico de adrenalina atingir minha corrente sanguínea com tudo. Cacete, a gente conseguiu!

— Me conta.

— Tem certeza de que tem tempo?

— Sim. Eu tenho cerca de quinze minutos. Só liguei para ver como você estava.

— Ok, bem... — eu digo, e então respiro fundo para me firmar. — Há uma meia hora, o *Times* recebeu um e-mail de uma fonte anônima. Estava em branco, mas tinha um anexo: um vídeo de iPhone de quatro segundos, mas de boa qualidade, de um casal no que parece um ato sexual em um banco comprido.

— Tá bom — diz Alec devagar, interessado, mas com cautela.

Explico a ele como o vídeo parece ter sido gravado escondido por alguém na sala. Nele, a mulher não tem reação alguma; sua cabeça está virada em um ângulo agudo e desajeitado; seus braços estão inertes e dobrados perto de sua cabeça. A música pulsante cobre a maior parte do som, mas a remoção de ruído indica que ninguém na sala fala durante a breve gravação. Alguém com sapatos pretos lustrados entra em 0:02:53 na extrema direita do quadro, e um copo com um líquido transparente aparece no canto inferior esquerdo em 0:03:12; parece estar na mão livre da pessoa que está filmando. Alguns detalhes compatíveis com os interiores da Jupiter podem ser facilmente percebidos no fundo.

— Mas, Alec... você está pronto para isso?

— Preciso me sentar?

— Não é sobre Sunny — eu o tranquilizo rapidamente e aperto os olhos, o pulso retumbante. — Mas temos um rosto.

— O quê? Quem?

— Josef Anders é claramente identificado como o homem envolvido no ato sexual.

— Meu Deus!

— E uma tatuagem em seu quadril foi vista em várias capturas de tela dos vídeos no fórum de bate-papo. Esta é a primeira vez que a tatuagem pode ser ligada a um rosto. — Faço uma pausa. — Você entende o que estou dizendo? Nós o pegamos. Não sabemos quem é a mulher e não temos provas de que ela foi drogada ou se isso é consensual, mas agora temos provas de que é Josef em todos esses vídeos. — Afasto o celular para ter certeza de que não desliguei a ligação. — Alec?

— Pode escrever.

— Vamos escrever assim que conseguirmos...

— A história de Sunny, quero dizer — ele interrompe. — Você pode incluir.

Eu fico paralisada.

— O quê? Eu pensei que ela não quisesse fazer um relato oficial.

— Ela me disse outro dia que a história pode ser publicada, desde que seja de forma anônima. Eu não sabia se ou como isso seria útil, mas isso... Apenas não escreva nenhum detalhe que possa nos identificar — ele pede. — Sem nomes. Nada sobre minha amizade com Josef. Nada sobre ele e Sunny. Nada sobre Lucas. Basta escrever que um homem foi avisado por um amigo para vir buscar uma amiga em comum. Que ela foi drogada e agredida. Escreva o que eu vi. Você pode fazer isso?

— Não tenho certeza se me sinto confortável incluindo informações que recebi de uma fonte com quem estou dormindo.

— Não é ilegal, é?

Ele está certo, não é ilegal. Mas, principalmente para uma história tão importante, não é recomendado.

Mas talvez a questão seja esta: isso é importante. E com a nova evidência de que é Anders, a história de Sunny — mesmo se incluída sem identificação — sinaliza o conteúdo de todos os vídeos como possíveis abusos.

Nós desligamos, e meu coração dispara pela traqueia com a grandiosidade do que temos nas mãos. Ian e eu enviamos uma cópia do vídeo para o Met em Londres. Eu adiciono os detalhes anônimos de Alec ao artigo. Devem ser apenas cem palavras a mais, mas ele está certo — isso confirma a história. Ian e eu fazemos uma breve chamada de vídeo para ler o artigo inteiro.

É um escândalo terrível — todo centrado em uma crueldade tenebrosa, na verdade. Por mais orgulhosa que eu esteja em torná-la conhecida, ainda não é nada bom gastar tanto tempo pensando sobre o que essas mulheres passaram. Portanto, há um pequeno momento de alívio no final, quando os olhos de Ian encontram os meus, e ele balança a cabeça, apenas ligeiramente. Esta história vai estourar, e nós fizemos isso.

Por cortesia profissional, enviamos o artigo para Alec — não é uma prática comum, mas, neste caso, sinto fortemente que ele deveria aprovar o texto antes de ser publicado. Mas, mesmo que ainda precise passar pela produção, está pronto, e está bom.

Desabo na cama, deixando meu laptop deslizar para o lado, e olho para o teto. Pela primeira vez me sinto muito foda no meu trabalho; sinto que finalmente estou levando minha vida na direção certa; e, apesar da ansiedade em relação a um romance à distância, tenho esperança de que Alec e eu podemos fazer dar certo.

Meu celular normal toca, e eu o atendo e vejo o rosto de Billy na tela.

— Está ligando para me dizer que eu sou incrível?

— Não, estou ligando para perguntar o que você vai fazer hoje à noite.

Eu franzo a testa, pensando. Não me lembro de Alec ter mencionado o que vai fazer mais tarde, mas presumo que não estará em casa porque não me disse especificamente para ficar aqui.

— Acho que vou sair com os meus pais ou ir correr. Ou as duas coisas.

— Meredith não está se sentindo bem, e ela seria minha acompanhante na festa de gala da AP. Você quer ir?

Uma festa de gala da Associated Press? Com o meu chefe? Só consigo pensar "com" e "certeza". Dou um pulo.

— Espera, é sério?

— Você tem um vestido formal?

Eu olho fixamente para a parede. A coisa mais bonita que eu tenho é o vestido de jérsei vermelho que Alec e eu apelidamos de "o vestido da peladona".

— Que horas é o evento?

— Vou passar na sua casa às seis.

Afasto o celular para olhar a hora. São quase duas.

— Estarei com um vestido formal às seis.

— Você está tendo um dia ótimo, jovem. — Ele ri. — Algum dia você pode até conseguir algo incrível. Vejo você hoje à noite.

Eu rolo no travesseiro e dou um grito.

Alec volta para a suíte no momento em que estou arrumando minha bolsa para sair. Ele chega falando comigo:

— Vi seu e-mail com o artigo e posso ler mais tarde, no caminho. — Ele deixa a carteira e a chave do quarto no prato ao lado da porta e paralisa quando me vê prestes a sair... — Aonde você está indo?

— Billy me convidou para um evento — digo, ainda ofegante e exultante. — Ele vai me buscar em casa, e eu tenho que comprar um vestido bonito primeiro.

O rosto de Alec desaba.

— Tenho algumas horas até precisar estar na festa de gala da AP. Eu esperava que nós...

Eu começo a rir.

— Não pode ser.

Alec franze a testa.

— Pode... sim?

— É para lá que eu vou com Billy.

— Estaremos no mesmo evento? — Seus ombros caem e eu imediatamente compreendo.

— Sem poder falar um com o outro — eu digo, assentindo. — Ou dar uns amassos no canto.

— Use um vestido bem feio — ordena ele.

— É claro que não. Vou comprar um vestido bem piriguete.

— Com gola alta de lã.

— Tão curto que vai parecer um guardanapo. — Sorrio

para ele. — Pensa no sexo que a gente vai fazer depois de se ignorar completamente a noite toda.

Ele caminha até mim, me puxando para um abraço.

— Você é uma tentação terrível.

— É por isso que você gosta de mim. — Inclino meu rosto e ele me dá um beijo ruidoso.

— É uma das muitas razões. — Outro beijo e então: — Vai lá. Vou ler o seu artigo agora.

Quinze

Por fim, chego a um meio-termo na batalha de look recatado versus indecente. Eden e eu encontramos um vestido longo de chiffon preto na Neiman Marcus, com um decote cavado em V que vai até meu plexo solar. O vestido é tão decotado que fico grata pelo forro ser bem aderente. Sem dúvida alguma, escolhi essa roupa cem por cento por causa da apreciação de Alec Kim por tudo relacionado ao meu decote. Eden e eu decidimos que vou usar brincos pendentes, cabelo solto e nenhum colar. Treino meu andar com os saltos de sete centímetros de Eden. Não está ruim, mas eu não ousaria participar de um desfile.

— Essa é a sensação de ter um metro e setenta e cinco? — pergunto a Eden. — Estou embriagada de poder. O ar é mais rarefeito aqui em cima.

Ela dá risada.

— Vou pegar uma bolsa pra você. Você não vai levar essa baguete enorme.

— Dá licença — digo a ela —, essa baguete é uma imitação muito convincente da Burberry.

Eden retorna segundos depois com uma elegante — e também muito convincente — clutch falsificada da YSL, e abre o fecho para eu guardar meus celulares, minhas chaves, a chave do quarto de hotel e um batom.

— Não se esqueça das regras.

Eu balanço a cabeça, concordando obedientemente.

— Achar uma boa iluminação. Não beber demais. E se o Chris Evans estiver lá, vou dar o seu número para ele.

— Tente não olhar para Alec a noite toda.

— Não prometo nada.

Ela dá um beijo na minha bochecha e me leva até a porta quando uma buzina toca no acostamento.

Billy faz um grande esforço para não olhar para os meus seios quando sento no banco do passageiro. "Bom", é tudo o que ele diz — presumo que seja seu modo de indicar que meu vestido é formal o bastante —, e dá a partida e saímos do acostamento.

No carro, eu o deixo a par sobre o essencial do artigo, e sua empolgação aparece nos nós dos dedos enquanto segura o volante com mais força.

— Quando poderemos publicar?

— Gostaria do ok do sr. Kim para a parte relacionada às informações que ele nos deu.

Ele concorda.

— Por mim, tudo bem.

Meu estômago se contorce. Esse lance entre mim e Alec... cada dia que passa parece menos passageiro. Uma coisa é explicar um conflito de interesses temporário; é fácil justificar que Alec se apresentou como fonte somente depois de já termos dormido juntos. Mas, nessa altura, deveria contar a Billy a respeito.

Ele olha para mim e, com esse contato visual, o espaço no carro se reduz a um dedal. Seu olhar é perceptivelmente afiado, duro e intimidador. A dúvida se instala no meu sangue como água gelada, e minha confissão morre na garganta.

— E, na verdade, ele estará lá hoje à noite — ele continua sem saber, olhando para a frente. — Se ele der um sinal positivo, podemos publicar amanhã. Pode mandar para mim.

Demora alguns segundos para que eu crie coragem suficiente para reconsiderar a ideia. O aperto no estômago é o instinto que preciso seguir, não apenas porque Alec é meu amante secreto. É uma questão de etiqueta.

— Acho que não posso abordar o sr. Kim assim em um baile de gala. Não para falar de uma história relacionada ao abuso de sua irmã.

Billy me encara outra vez e depois volta a olhar para a estrada.

— Ah, você não é insensível. — Não sei dizer pelo tom dele se é uma simples observação ou uma crítica. — Mande para mim como está, George.

Percebo que ele não vai pedir com educação outra vez, então abro meu e-mail e encaminho o artigo para ele.

— Não publique antes de eu confirmar. — Essas palavras saem antes que eu pense melhor nelas.

Billy deixa minha exigência no ar por alguns instantes e então olha para mim lentamente, como se eu fosse muito estúpida. Ele poderia me repreender por ser uma idiota insubordinada, mas não faz isso, ainda bem. Apenas diz, em um tom seco e divertido:

— Não vou.

— Desculpa — eu murmuro.

Sem dúvida, Billy vai ler o texto no telefone e refletir sobre ele a maior parte da noite, e eu estarei ao seu lado tentando beber meu vinho bem devagar e encontrar o melhor momento para mencionar casualmente que dormi com a minha fonte. Mas pelo menos também terei a chance de observar as pessoas e espionar Alec sendo sexy em seu ambiente natural.

Assim que estacionamos, contornamos a área de fotos do tapete vermelho e entramos. A festa em si é tão reluzente e sofisticada quanto seria de esperar de um baile de gala realizado em Beverly Hilton. Há uma música pulsante e animada que não abafa a conversa. Um bar cuja venda das bebidas é destinada à Human Rights Watch. Os assentos separados em grupos preenchem o perímetro do salão. Billy e eu pegamos umas bebidas, e então ele aponta para um lado do salão que nos dá uma boa visão da entrada e do bar, onde a maioria das pessoas se reúne quando chegam. Eu aprovo a escolha, também porque a iluminação ali é ótima. Minha Eden imaginária também aprova.

Ele dá um gole na bebida e pega o celular, exatamente como eu esperava.

— Eu sabia.

Billy não tira os olhos do celular.

— Sabia o quê?

— Que você não seria capaz de resistir a ler o texto assim que estivéssemos aqui dentro.

— Você também não seria. — Ele passa os olhos pelas palavras e solta um assobio baixo. — Surreal. Surreal. — Ele para de ler e toma um gole da cerveja. — Quem escreveu a parte sobre Sano, o cara da TI?

— Eu.

Ele balança a cabeça, fazendo um gesto para mim com a garrafa.

— Está ótimo. Detalhou a linha do tempo com precisão afiada. Esses caras estão ferrados.

Abro a boca para responder, para agradecer ao meu chefe por esse raro elogio, mas meu olhar esbarra em Alec entrando com Yael ao seu lado. Pelo tempo que levo para observá-lo da cabeça aos pés, paro de respirar. Ele deve ter comprado um novo smoking hoje. Este é moderno — as linhas são finas, preto azeviche. Sua camisa também é preta e aberta apenas no colarinho, expondo a pele lisa de seu pescoço. Sem gravata. Pernas longas e esguias. Cabelo penteado para trás. Ele parece ter sido projetado por cientistas para fazer as fêmeas ovularem espontaneamente.

— O que você está...? — Billy faz uma pausa e segue o meu olhar. Alec entra no salão, e as cabeças se voltam para ele. — Ah! — Sinto que meu chefe olha para mim. Percebo que estou fazendo um silêncio estranho e me esforço para voltar a controlar conscientemente o meu rosto.

Eu aponto o óbvio:

— O sr. Kim está aqui.

Billy solta um "uhum" baixo na garganta e acrescenta:

— Estou vendo.

Por que não contei a Billy no carro? É uma omissão evidente agora, e intencional.

Um membro do conselho da AP se aproxima de Alec, que abre um sorriso radiante, mas eu reconheço a formalidade nos detalhes, a maneira como ele mantém distância física, como aperta as mãos mas não abraça. Meu cérebro imagina uma imagem do futuro, atraído por ela com urgência exultante: Alec me carregando em seus braços na nossa suíte, dizendo que sou uma tentação, me dando um beijo ruidoso e divertido.

Meu olhar fica distante.

— Tem algum conflito de interesse acontecendo aí no seu cérebro? — Billy questiona, e a pergunta injeta uma dose de adrenalina na minha corrente sanguínea, imediatamente esfriando o meu desejo.

Sinto o calor da ansiedade rastejando nos meus braços. Não é como se eu não tivesse pensado sobre isso toda vez que falei com Billy sobre Alexander Kim, mas até hoje não estávamos usando as informações de Alec na história.

E, se Alec e eu continuarmos juntos, Billy acabará descobrindo. Ele não me demitiria por causa disso, mas dormir com um informante de uma história tão importante — principalmente porque estou escondendo isso agora — pode mudar a dinâmica entre nós, afetar quais histórias ele me deixará investigar de agora em diante.

Eu engulo em seco, decidindo que é agora ou nunca.

— Billy — eu começo, mas ele dá um soco leve no meu braço, rindo.

— Vamos, George. Estou te provocando.

— Não, mas, para falar a verdade...

— Você não é a única pessoa aqui apaixonada por ele. — Billy revira os olhos meio exasperado, me lembrando que nossas matérias não são de cunho pessoal. — Relaxa, jovem.

A brecha para revelar o segredo é fechada com força. Volto a olhar para Alec enquanto meu coração hesita de nervoso e percebo que Billy não está errado: há pelo menos cinco pessoas diferentes paradas perto dele, esperando uma abertura para se aproximar, fingindo estarem absortas em algo próximo, mas na verdade observando-o como um falcão. Um tipo estranho de adrenalina fervilha no meu sangue, o de ciúme. Quero atravessar a multidão como um personagem de desenho possessivo e colocar o longo braço de Alec em volta dos meus ombros. *Ele não é lindo? Ele gosta de mim. Nós transamos.*

Como se pudesse sentir o peso do meu olhar sobre ele, Alec vira na minha direção e nossos olhares se encontram. Não consigo evitar um sorriso; em resposta, ele luta contra o dele. Eu o vejo observar meu vestido, vejo seus olhos fazerem o circuito completo pelo meu corpo até que sua atenção passa lentamente para a minha direita, para onde Billy está um pouco perto demais. Perto para que eu possa ouvi-lo na sala movimentada e barulhenta, mas ainda assim. Perto demais.

Nesse momento, meu chefe segura meu ombro e me vira de brincadeira para que eu dê as costas para o salão — sugerindo de forma provocativa que preciso de ajuda para redirecionar meu foco. Por isso, nunca saberei se a chama brilhante de calor que passou pelo rosto de Alec foi apenas coisa da minha imaginação.

Billy imediatamente entra no modo de contador de histórias e, quando alguns de nossos colegas se juntam a nós, logo estou rindo tanto que me permito esquecer que Alec está do outro lado do salão, sendo presenteado com bebidas e paquerado.

Mas então uma mão fria toca o meu braço e me vira com delicadeza.

É Yael, e de perto vejo como ela está deslumbrante esta noite. Elegantíssima. O cabelo que ela geralmente prende em um coque está solto e volumoso. Nos lábios, uma faixa carmesim.

— Alexander Kim pediu um momento do seu tempo.

Imediatamente, sinto o coração bater na minha boca.

— Ah... claro.

Billy praticamente me expulsa, murmurando:

— Peça a autorização dele.

Eu sigo Yael enquanto ela me conduz pelo salão, pelo saguão e por um corredor, me perguntando se a autorização é tudo o que vou pegar.

Nós caminhamos em silêncio para longe do burburinho da multidão e viramos num canto.

— Está tudo bem? — pergunto.

— Eu suponho que sim.

Yael é mesmo impressionante. Se tivéssemos um prêmio de Pessoa Que Mais Apertou o Botão do Foda-se no final desta viagem, ela certamente venceria, e é difícil não respeitar uma mulher que não se mataria para fazer amigos em LA. Ela me leva a um lavabo privado que parece ser usado por noivas e madrinhas e não é utilizado em outros eventos. Em duas paredes há penteadeiras e espelhos, e no fundo, de frente para a porta, está Alec.

Yael estica o braço, gesticulando para que eu vá em frente, e fecha a porta assim que entro.

Ando devagar, apreciando a vista. Tão perto dele, naquela roupa... talvez eu caia dura.

— Você está solicitando uma entrevista oficial do *LA Times*?

— Eu li o artigo.

Batidas enchem meu peito.

— E?

— É brutal. — Seus olhos escuros brilham com orgulho. — Encaminhei para Sunny, mas devo conseguir uma resposta amanhã cedo.

Sei que essa não é a notícia que Billy quer, mas ninguém mais tem a parte de Alec na história, e, considerando que ele só decidiu nos deixar publicar hoje, não tenho o direito de apressá-lo. Espero que Billy tenha a cortesia de dar mais doze horas à família Kim.

— Está bem.

Alec estica um braço e me puxa para perto, passando a mão nas minhas costas nuas. Eu me sinto desperta imediatamente. Não percebi o quanto estava me segurando até que ele põe as mãos em mim.

— Você está incrível — ele diz.

— Você também.

Ele arrasta o nariz no meu pescoço.
— Este vestido...
— Gostou?
— Uhum. — Ele beija o meu queixo. — Desta vez, vou deixar passar a falta da gola alta.

Algo em sua voz parece diferente. Está mais baixa, mais rígida.
— Tudo bem? — pergunto.

Alec se afasta e ajusta o colarinho.
— Quem era aquele homem com quem você estava?

Ah!
— Lá fora? — Ergo o polegar por cima do meu ombro. — É o Billy. Eu deveria apresentar vocês dois.
— Claro. — Ele arrasta as pontas dos dedos de maneira possessiva na minha clavícula. No meu ombro. Me provoca com um toque no decote do meu vestido. Ele direciona a pergunta para o meu decote. — Ele é seu chefe?
— É. — Eu me estico e beijo seu queixo. — Ele é rabugento, é perfeccionista e nunca dorme, mas é ótimo. — Sinto a presença das palavras que ele está guardando como um elástico cada vez mais apertado. — Alec?
— Hum?
— Você me chamou aqui porque está com ciúmes?

Ele me olha diretamente nos olhos.
— Um pouco, eu acho.

Não posso evitar uma risada.
— Sério? Estou surpresa que você tenha me notado na festa.
— Eu vi você em menos de um minuto, mas demorou um pouco para você olhar para mim.
— Não é verdade — eu digo. — Eu te vi assim que você entrou com Yael.

Ele passa o dedo no meu lábio inferior.

— Me dei conta de que esta história vai atrair muita atenção para você, e há uma festa cheia de homens com quem você pode ficar quando eu for embora.

Eu seguro seu rosto com as mãos. Ele está falando sério? Não consigo imaginar como qualquer outro homem poderia estar à altura dele agora. Antes de Alec, esse tipo de conexão teria parecido inventado, absurdamente fictício. Agora me preocupo todas as manhãs com a possibilidade de que este seja o último grande romance da minha vida — ainda mais devastador se terminar em alguns dias. Tento verbalizar esses pensamentos mas não consigo. Me sinto como um recipiente de vidro fino, carregando muitas emoções agitadas aqui dentro.

Então, em vez disso, volto a provocá-lo.

— Como você ousa ficar com ciúmes? Já se olhou no espelho?

Mas Alec não entra na brincadeira.

— Você já se olhou? — Ele segura os meus ombros e me vira para que veja meu próprio reflexo no espelho.

Então sinto o ar sendo sugado do meu peito.

Nós já ficamos lado a lado na pia, escovando os dentes. Já passamos juntos na frente do espelho ao sair do quarto do hotel, seguindo em direções diferentes. O terraço é cercado por janelas reluzentes; obviamente, eu sei como é o nosso reflexo juntos. Mas aqui, com nós dois vestidos de preto, com espelhos na nossa frente e atrás de nós, refletindo mil versões do casal em traje a rigor em quadros cada vez menores, nós ficamos... *tão bem* juntos. Alcanço o ombro dele, e, com a mão grande e possessiva, ele enlaça a minha cintura. Sua pele é dourada; a minha é bronzeada. Seu cabelo está meticulosamente penteado para trás; o meu cai escorrido e sedoso pelas costas. Seus olhos são escuros e intensos, e os meus castanhos-claros e elétricos. Juntos, nós somos perfeitos. E por um instante, talvez apenas alguns segundos, sei que experimentamos a mesma coisa: podemos nos ver lado a lado em uma variada coleção de momentos futuros. Na porta da nossa casa recebendo amigos. Passeando em LA de mãos dadas. De pé ao lado da cama de um ente querido. De pé no altar.

Eu pisco, e tudo se foi. Somos apenas nós dois diante de mil reflexos, em um espelho cercado de luzes douradas, mas, pela expressão no rosto e Alec, sei que aconteceu com ele também.

Ele empurra meu cabelo para o lado e se inclina para chupar o meu pescoço; não consigo tirar os olhos do nosso reflexo. Observo sua mão deslizar pelo lado, no meu peito, no V profundo do meu decote, segurando o meu seio.

— Eu garanto que não sou possessivo — ele diz, calmo. — Não costumo ser. — Nós dois olhamos para o reflexo dos seus dedos lentamente desenhando círculos no meu mamilo, por cima do vestido. — Então, por que eu me sinto assim?

— Eu não sei. Por quê?

— É loucura sentir isso depois de apenas onze dias?

— Eu quis dizer... — começo. — *Por que* você se sente assim?

Nossos olhares se encontram.

— Você não está vendo?

— Por favor. — Seus dedos ainda seguram o meu peito. — Eu não tenho problemas com a minha aparência, mas tem mulher bonita em todo lugar. Não é por isso que você se sente assim sobre mim especificamente. — É estranho como a pergunta cresce em minha mente até parecer um balão de ar quente, levando todos os outros pensamentos para longe. Por que eu? Por que agora? E, meu Deus, por que é assim?

Ele fecha os olhos e se inclina para beijar meu ombro.

— Tá bom. — Ele assente e parece refletir sobre isso. — Além da química entre nós? Eu sei que você é incrível de verdade. Você foi a Londres investigar uma história que viu em um feed aleatório do Twitter e faz isso sem medo, não importa o quanto tenha se tornado sinistro. — Ele levanta a cabeça, encontra o meu olhar. — Seu namorado mentiu para você sobre algo importante por um ano inteiro, e você teve a força de cortar ele da sua vida tão completamente que não apenas não falou com ele desde o dia em que contou que sabia sobre a mentira, como também abandonou todo o seu grupo de amigos que queriam que você o perdoasse. Você acabou comigo por não ter contado quem eu era e não deixa Yael intimidá-la para fazer o que ela quer. Você é engraçada, vulnerável e sincera. Você não fica encarando seu reflexo no espelho a menos que eu mostre para você. Você é sensata e confiante. Você sabe de onde venho, quem eu era antes de me tornar Alexander Kim. Você é intensa na cama de um jeito que eu nunca experimentei, e toda vez que descubro algo novo sobre você parece que... — Ele para, ajustando a boca em torno de uma palavra. — Parece que eu sinto mais.

Mordo meu lábio para esconder um sorriso.

Seus olhos brilham enquanto ele me observa.

— Acho que essa resposta é aceitável, não?

Eu rio e viro para abraçá-lo.

— É uma resposta aceitável.

— Posso te levar para Londres pelo menos uma vez por mês — diz ele, e seu olhar se move para entre os meus olhos. — Eu quero ficar com você.

— Eu também quero ficar com você.

E então, simples assim, nós resolvemos.

Dezesseis

Depois de várias horas e um número respeitável de bebidas, deixo Billy na festa conversando com alguns colegas e vou embora. Há uma fila de carros a cerca de um quarteirão do lado de fora do evento, todos parados no acostamento. Ando em direção à fila de Ubers esperando do outro lado da rua, mas uma pessoa alta vestida com um terno preto chama a minha atenção. Ela tem uma cabeleira ruiva que cai pelos ombros. Essa versão ainda surpreendente de Yael está encostada na porta do passageiro da frente, lendo algo no celular. Como se sentisse a minha presença no meio da multidão, ela ergue os olhos e faz um gesto gracioso para indicar que eu faça um desvio e caminhe em sua direção.

Eu paro na frente dela e abro um sorriso.

— Não te disse mais cedo, mas seu cabelo está lindo.

Ela assente, mas, como eu já imaginava, não diz nada. Espero ouvir um sermão, uma atualização, talvez alguma instrução sobre como voltar para a festa sem esbarrar em Alec no caminho, ou mesmo como devo ir para casa esta noite. Mas, para a minha surpresa, ela estende a mão e abre a porta de trás, gesticulando para que eu entre.

— Ele insistiu.

Vejo Alec no banco, com o rosto parcialmente escondido

na sombra. Quero perguntar o que diabos ele está pensando me chamando para o carro dele bem na frente de um evento da Associated Press. Eu não sou famosa, mas estamos em um lugar onde pessoas que queiram saber quem eu sou podem descobrir rapidamente conectando os pontos à história do *LA Times*. Mesmo que a parte do Alec ainda não tenha se tornado pública, sua privacidade é crítica e ainda há pelo menos quarenta pessoas aqui que reconheceriam Yael como assistente dele.

Yael se senta no banco da frente e diz em voz baixa ao motorista que estamos prontos para partir. O silêncio se fecha dentro do carro conosco.

Alec segura a minha mão, mas este é o único contato que arriscamos. Fora isso estamos com as costas eretas, virados para a frente. Nós não falamos nada. Acho que se eu olhasse para ele usando aquele smoking de novo, esqueceria imediatamente a presença reprovadora de Yael bem ali e que o pobre do motorista com certeza não quer me ver montada em Alec no banco de trás. Ele inclina o pescoço, olhando para o celular enquanto digita com a outra mão. Puxo meu Batcelular da bolsa quando ele vibra.

Eu não queria dormir sem você.

Eu sorrio olhando para a tela, respondendo.

Eu ficaria muito chateada por dormir sozinha sabendo que você está tão perto.

Só temos três noites. Eu não quero perder nenhuma.

Aperto sua mão em resposta, abafando a maré de tristeza que surge. Lentamente, ele puxa nossas mãos unidas para a sua coxa.

Sua voz me surpreende, surgindo do silêncio vazio:

— Você se divertiu depois que a gente se viu?

Olho para ele e depois para Yael. Ela é sem dúvida a professora severa, e eu a aluna travessa, o tempo todo quebrando suas regras enquanto o aluno estrela — meu parceiro no crime — consegue se safar sempre.

— Eu me diverti, para a minha surpresa. Eu geralmente odeio essas coisas.

Passei a maior parte do tempo com o pessoal da imprensa, trocando histórias e buscando informações. Foi divertido, cansativo e o mesmo de sempre — apenas estávamos usando roupas mais elegantes.

Ele desliza minha mão mais para cima e a deixa na parte de cima de sua coxa. Na escuridão do carro, isso é um convite.

Eu olho para ele e ele olha para a frente, oferecendo apenas um movimento divertido com a sobrancelha. Então arqueio o meu mindinho e o deslizo pelo seu pau, meio duro debaixo do zíper. Pelo canto do olho percebo o movimento do seu peito, sua arfada súbita.

Ainda estou excitada por tê-lo visto do outro lado do salão com celebridades e desconhecidos, todos querendo um pouco de sua atenção. Ainda estou excitada, também, por causa dos nossos minutos juntos roubados no banheiro.

— Eu também me diverti — ele consegue dizer depois de uma longa pausa. — Acho que porque sabia que você estava lá.

Arregalo os olhos para ele, inclinando a cabeça para a frente: *Por que está flertando em voz alta, com Yael bem ali?*

Ele sorri, mas sua expressão se apaga completamente quando volto a subir minha mão, dessa vez com três dedos agarrando seu pau. Ele está duro, e agora é ele que me lança um olhar escandalizado. Mas foi ele quem colocou a minha mão ali. Achava mesmo que eu não ia fazer nada?

Desse jeito — com a minha mão oferecendo apenas curtos e breves toques — mantemos uma conversa insípida no banco de trás enquanto o motorista segue a rota padrão de volta ao hotel de Alec. Mas, em vez de estacionar na frente, ele passa da entrada e para o elegante BMW preto em um beco estreito, escuro, exceto por um único cone de luz amarela do poste.

O motorista estaciona em frente a duas pesadas portas de aço, e depois sai, abrindo a porta traseira para Alec, contornando o carro para abrir a minha porta e, em seguida, seguindo até a entrada de serviço, que abre com o cartão de acesso.

Ele volta para o carro, mas Yael vem conosco, movendo-se com precisão pelo caminho. Essa parte do hotel tem um aspecto industrial: as paredes com as marcas dos carrinhos maiores e a falha na pintura feita pelos carrinhos menores, as colisões do dia a dia dos equipamentos de limpeza. Ela nos leva a um elevador de serviço e aperta o botão do décimo andar.

Alec pega na minha mão quando entramos, e Yael finge não notar. É claro que fico mais encantada com a insistência dele em nos comportarmos como um casal a portas fechadas do que me sinto intimidada com a desaprovação dela. Mesmo assim, seu julgamento incomoda. Nós subimos calados até a cobertura, saímos no mesmo silêncio tenso, e Yael diz apenas "cuidado" antes de seguir na direção oposta para seu próprio quarto.

Normalmente eu faria uma piada sobre o quanto ela parece gostar de mim, ou como acho que agora sim ela deve saber que estou ficando no hotel, ou como me sinto tentando conquistar um sogro rabugento, mas o ar entre nós está tórrido por causa da viagem até o hotel. Só consigo pensar no volume dele nos meus dedos no *te vejo depois* que sussurrou baixinho no meu pescoço antes de eu sair do lavabo, e em sua presença intensa e voraz agora.

Ele passa a chave no leitor e abre a porta. No segundo em que estamos sozinhos, essa tensão explode. Parecemos concordar em tirar a roupa da maneira mais conveniente possível: com os olhos fixos nos dele eu abro o fecho na nuca, deixando meu vestido cair no chão. Ele abre o primeiro botão da camisa no pescoço e desabotoa o restante com uma agilidade impressionante.

    Vou andando para trás, chuto os sapatos de Eden, tiro a calcinha e deixo pelo corredor. Com um grunhido brincalhão, ele agarra a minha cintura enquanto larga a cueca de um lado, dizendo "vem cá" e rindo com um beijo doce na minha boca enquanto me levanta. O toque de seu peito firme nas curvas macias do meu o faz parar, e ele gira, me pressionando contra a parede e enlaçando as minhas pernas na sua cintura. Com uma arfada, ele penetra em mim com uma única e longa estocada. Alec exala um som suave de alívio e sussurra:

— Cacete, você é gostosa demais.

    Como pode fazer apenas algumas horas desde a última vez que o senti? Parece uma eternidade. Quero traduzir todos os sentimentos que ele desperta em mim em toques: felicidade, segurança, desejo. Eu quero despejá-los no corpo dele.

    Depois de apenas algumas estocadas percebo que está diferente, que está tão bom que sinto uma onda paradoxal de desespero e euforia. Presa entre o corpo dele e a parede, já sinto meu mundo se expandindo e contraindo a cada respiração. Sinto Alec como veludo dentro de mim. E eu estou voraz: agarrando as suas costas, implorando de um jeito desconexo porque ele está deslizando com uma pele tão macia sobre um calor inacreditavelmente sólido. Ele já está me dando tudo, mas eu quero mais. Estamos intensos e macios, rígidos e molhados...

Encharcados. Tudo parece escorregadio e urgente...

Alec para, sua respiração fragmentada e profunda.

— Espera. *Merda*.

Nesse instante, eu me dou conta.

Somos apenas nós. Só ele dentro de mim, sem proteção. Sem camisinha. Como nos esquecemos? E como uma omissão tão pequena pode mudar cada detalhe da sensação do sexo com ele?

— Espera — ele diz novamente, mais gentil desta vez, e nessas três sílabas eu percebo um significado diferente. Este *espera* não significa *para*. É um apelo para que eu o deixe ficar aqui só mais um pouco. Ele também nunca me sentiu assim.

Alec fica parado, mas parece fazer um esforço enorme. Seus braços estão tremendo. Cada respiração profunda faz ele se mover um pouco para dentro e um pouco para fora. Com ele dentro de mim, tão quente e tão duro, sinto cada mínimo detalhe. Ele está tão fundo, tão firme onde eu anseio dolorosamente por ele. Sei que se eu fechar os olhos, me concentrar na pressão de seu corpo, bem ali, e me contrair, eu posso gozar.

Pode ser a loucura falando, o delírio da sensação de estar tão completa, mas com ele tão inchado assim, um corpo tão faminto que é quase excessivo dentro de mim, eu não tenho a sua disciplina. Enfio as mãos no seu cabelo e me movo contra ele, lentamente apertando e soltando. Arrasto minha língua no seu pomo de adão, provando o sal e a doçura de sua pele. Eu adoro o seu gosto; acho que, além de sua voz profunda e calma, sentirei mais falta do calor de sua pele nos meus lábios.

Alec geme enquanto meus dentes arranham a lateral de seu pescoço, e estou à beira de uma explosão tão grande que fico aliviada por ele me segurar; caso contrário, minhas pernas iriam ceder.

Quase. Eu o sinto mais intenso e a minha satisfação aumenta, preenchendo cada espaço vazio.

Sua voz é um aviso rouco; ele mal se aguenta.

— Gigi.

— Vou gozar — eu imploro, com a voz tremendo. — Eu vou gozar.

Ele geme, pressionando a testa no meu pescoço e segurando meus quadris no lugar.

— Você vai me fazer gozar também se continuar fazendo isso.

Eu viro o rosto, descansando meus lábios em sua têmpora. Devo fazer a gente parar? Devo dizer as palavras que estão subindo pela minha garganta?

As palavras vencem.

— Eu tomo anticoncepcional. Você sabe.

Ele viu os comprimidos no balcão, já me viu tomá-los.

— Eu sei.

Ele afasta o rosto, olha para mim por um longo tempo e me leva para o quarto. Alec me coloca na cama e puxamos as cobertas, deitando lado a lado nos lençóis limpos e engomados. Eu o puxo para mim com mãos gananciosas e necessitadas. Ele está todo quente e macio e teso.

Assim que eu o abraço e murmuro de alívio, felicidade e vontade em seu pescoço, ele estende a mão e acende a luminária. Sua pele está coberta por uma luz suave, e os músculos sombreados em ângulos perfeitos. O corpo de Alec Kim é a peça de arte mais importante de Los Angeles ou de qualquer lugar.

— Nunca transei sem camisinha — ele admite, com os dedos curvados com uma familiaridade devastadora em volta do meu seio. Ele se inclina, beijando-o.

Imediatamente, sinto meu cérebro luxurioso esfriando.

— Podemos pegar uma se você não estiver confortável. Eu não deveria ter te pressionado...

— Não — ele diz, acariciando minha cintura em torno da curva do meu quadril. — Só estou tentando desacelerar.

Observo sua mudança de expressão enquanto ele segue o caminho de suas mãos com os olhos. Ele segura a parte de trás do meu joelho, levanta a minha perna sobre seu quadril. Sua boca fica entreaberta quando se posiciona entre nós e desliza para dentro de mim.

E então não consigo mais manter os olhos abertos. Toda vez que fazemos amor, eu penso: *isso, isso é o máximo que posso sentir. Este é o ápice do desejo.* Mas tinha esquecido como é o sexo sem camisinha — já faz tanto tempo. Tudo parece tão incrivelmente mais intenso.

Ele fica parado dentro de mim o mais fundo que pode, segurando as minhas costas com força.

— Faz aquilo que você fez antes.

Com sua boca na minha, distraída e aberta, molhada e ávida, começo a rebolar contra ele, contraindo em um ritmo provocativo no início, até que começa a ficar febril e logo estou ofegante chamando seu nome, implorando por sua ajuda, me preparando para um orgasmo tão intenso que fico presa em um grito sem som. Alec observa uma vermelhidão passar pelo meu peito, no meu pescoço, inundando as minhas bochechas, e começa a se mover com estocadas longas, demorando a me dar prazer e até que o grito escape da minha garganta, rouco e desesperado.

Ele abafa o meu grito com a boca, engolindo-o, e eu paro sem fôlego ao seu lado. Rolando sobre mim, Alec afasta o cabelo da minha testa suada e me beija. Seus olhos são negros, brilhantes e selvagens, e ele segura os meus quadris com suas mãos grandes, me arrastando enquanto se levanta de joelhos, acomoda-se sobre os calcanhares e coloca minhas pernas nas suas coxas. Gentilmente, estende a mão acima da minha cabeça e coloca um travesseiro embaixo das minhas costas.

— Tudo bem?

Eu confirmo, ainda atônita, com os lábios e os pés formigando. Quando ele se abaixa, se apoiando, envolvo minha mão em seu antebraço, querendo sentir os hipnotizantes e tensos músculos ali.

Assim, ele olha para baixo com um foco impetuoso enquanto me provoca tocando a ponta inchada e apertada antes de deslizar para dentro e para fora outra vez.

— Olha só. — Ele morde o lábio, as narinas queimando de desejo. — Você está molhada até as coxas.

Ele inclina o rosto para o teto, sufocando um suspiro carregado, e volta a olhar para baixo para observar a si mesmo fazendo isso de novo.

— Será que eu preciso limpar você com a língua? — Ele vira os olhos para o meu rosto e me dá um sorrisinho. — Você vê como está me deixando molhado? Olha, Gigi.

Mas eu não consigo. Eu fecho os olhos. Meu peito está apertado e agitado de novo; como ele me transforma tão rápido em algo primitivo e indomável? Há uma besta uivante presa dentro do meu coração, dando socos, gritando por ele. *Me fode*, pensa a besta. *Com a língua, com o seu pau, a sua mão. Eu não me importo. Enfia tudo em mim*, ela implora. *Qualquer coisa*.

Em vez disso, Alec mal desliza para dentro de mim e já sai de novo. É como na nossa primeira noite, mas desta vez posso sentir a sua pele, seu calor esplêndido. Desta vez há emoção também. É crua e frágil, mas é real.

E desta vez eu sei que ele vai demorar mais. Ele vai me destruir com provocações. Vai se conter. Chegando cada vez mais perto de seu próprio ponto de ruptura.

Eu acabei de gozar. Deveria estar esgotada, ainda virada do avesso de tanto prazer, mas em vez disso me sinto vazia, inchada e pesada novamente. Tento observar o rosto dele, me concentrar no prazer que ele sente ao se conter, mas, em vez disso, estou desesperada para sentir sua força bruta me penetrando até eu sufocar. Toda vez que ele me provoca colocando só a ponta para dentro, ele desliza para fora exalando um grunhido áspero. A cada estocada, ele me dá apenas alguns centímetros, mas perco o controle por quilômetros.

Eu consigo emitir apenas um som agudo:

— Você está me deixando louca.

— Eu sei. — Ele passa o polegar no meu clitóris e depois faz movimentos circulares com a cabeça do pau. — Você é como seda molhada. Tenho que me segurar para não te foder toda.

— *Por favor.*

— Um segundo — ele fala com voz rouca —, mas agora não consigo parar de olhar para isso. Eu fico pensando — ele diz, engolindo em seco — "mais uma vez, só mais uma vez e não vou aguentar", mas depois quero ver de novo. O jeito que fica quando eu enfio...

Suas palavras são fragmentadas, e ele olha para baixo outra vez. Estou encantada com seu rosto. A expressão de Alec enquanto ele faz isso repetidamente — deslizando só um pouco para dentro de mim e depois para fora, passando a ponta por cima e ao redor do meu clitóris e depois voltando para baixo, um pouco dentro, e para fora — é hipnotizante. A curva robusta e macia de sua boca, o foco severo de sua testa. É quase demais. Eu deveria fechar os olhos — para me manter ancorada neste momento na cama e no planeta —, mas não consigo desviar o olhar.

Eu sei por que Alec não consegue parar. Na verdade, eu me tornei especialista em Alec Kim na cama. Ele gosta de fazer assim; sabe como fazer seu corpo esperar e depois explodir. Mas, ao vê-lo controlar com cuidado cada centímetro, percebo que há outra razão por trás disso também, algo mais terno e sincero: é a primeira vez. Sentir um ao outro dessa maneira sempre será fascinante, mas, depois desta noite, nunca mais teremos essa sensação pela primeira vez. Naquela noite em Seattle, passamos por muitas estreias em questão de minutos. E, assim, estou presa ao ciclo com ele: só mais uma vez quero ver aquele alívio selvagem do impulso para a frente, a bela devastação quando ele recua, a forte expectativa quando ele volta.

— Estou quase — ele sussurra firme, falando consigo mesmo. Ele suga a respiração por entre os dentes, acariciando o pau, apertando os olhos. — Gigi, você me deixou todo molhado.

Essa rachadura visível em sua determinação me quebra, e agora a besta gananciosa está de volta, mais alto, com os punhos batendo nas minhas costelas. Digo a ele repetidamente que vou gozar, *estou quase*. Deixo escapar um único apelo profano, implorando para ele me foder, mas ele nos provoca de novo e de novo e de novo até que eu enlouqueço em silêncio, sentindo uma lágrima deslizar pela minha têmpora até o meu cabelo.

Mas eu sei que, se ele parar, é aí que vem a verdadeira loucura.

Quase.

Ele deixa escapar um som abrupto e surpreso, e volto a olhar para o seu rosto. O suor brilha como poeira estelar em sua testa, seus lábios e seu pescoço.

— Caramba — ele respira, e sua voz falha em um suspiro. — Não consigo...

Ainda assim, ele enfia um pouco dentro de mim, apenas alguns centímetros — e eu preciso de tudo — e então se afasta, tentando acariciar meu clitóris de novo. Alec rosna com uma contenção estática, a mandíbula apertada, os olhos brilhando.

— Cacete. — Sua voz está mais firme agora enquanto ele pressiona para baixo e para a frente, respirações superficiais e fragmentadas, me penetrando com estocadas curtas. Ele fecha os olhos enquanto vai um pouco mais fundo em mim.
— Ai. Ai, meu Deus.

Por favor, eu imploro silenciosamente. *Por favor, enfia tudo em mim.*

Mas também: *Por favor, não para nunca.*

Um gemido agudo familiar me diz que ele vai gozar, mas ele retira, ofegando um "não" e acariciando o lugar entre minhas pernas, dando batidinhas em mim com seu pau incrivelmente duro, e eu estou no limite, sinto meu orgasmo subindo inevitável, se elevando como a lua...

Não consigo evitar o soluço que escapa e é uma onda de emoção crescendo, se espalhando pelo meu corpo. Eu desisto: ele me penetrando com força ou não, eu vou gozar — apenas com as estocadas de provocação, a antecipação, meu corpo atingiu o ponto de ruptura. Eu recebo esse forte aperto, *eu quero*, quero tanto, e quando Alec desliza para a frente, me dando só o suficiente para perder o controle, ele percebe a sua própria contenção se esgotar. Então mete fundo, deixando escapar um grito agudo de rendição enquanto eu caio. Com ele enfiando com toda a força que tem, o prazer me atinge como um trem, manchando tudo de preto no canto da minha visão.

Não vejo o momento em que ele desaba depois de mim, mas ouço a força disso em sua respiração ofegante segundos depois. Caindo para o lado, Alec me puxa para seu peito, beija as minhas bochechas molhadas e meu pescoço.

— Gigi. — Ele para e acaricia minha bochecha outra vez. — Você está chorando?

— Acabada — respondo. — Não consigo falar. — Meus braços parecem concreto quando tento levantá-los sobre seus ombros. Desisto. — Não consigo.

Ele ri sem fôlego.

— Só um segundo, e a gente vai pro chuveiro.

— Traz o chuveiro pra cá. — Minha voz parece sair debaixo d'água. — Eu disse isso em voz alta?

Ele passa a mão na minha barriga, entre os meus seios. Estou suada, ou ele está. Na verdade, nós dois estamos.

— Você acha que não gosta de ser provocada, mas goza tão forte quando eu te faço esperar.

— Isso foi crueldade.

Ele ri de novo e depois passa a mão no rosto.

— Quase desmaiei.

— Acho que eu desmaiei mesmo.

Ele beija o meu queixo.

— É, eu acho que sim.

Alec se levanta e desaparece. Ouço o barulho da água correndo na banheira, o som de sua mão na água. Nuvens de vapor penetram no quarto, e ele volta, deslizando cuidadosamente os braços por baixo de mim e me levantando.

— Eu consigo andar — digo sem muita convicção e viro meu rosto em seu pescoço. — Você vai me fazer te amar, não é?

Ele nem mesmo vacila, no passo ou na respiração. E responde apenas:

— Com certeza vou tentar.

Dezessete

Por milagre ou por intuição, meus olhos se abrem pouco depois das duas da manhã. Eu imaginava que ficaria esgotada por pelo menos quarenta e oito horas depois do que Alec fez comigo. Mas, embora o quarto esteja escuro como breu, de repente estou acordada.

Alec está deitado ao meu lado, com a bochecha pressionada na minha nuca. Sua respiração profunda e constante desliza sobre minha pele. Quando ele for embora, quero capturar esse sentimento e usá-lo em um medalhão no pescoço. Mas esse pensamento não me leva a uma espiral de tristeza. Estou confiante de que tentaremos fazer o relacionamento funcionar e que podemos até dar certo.

Uma palpitação de adrenalina remanescente desponta na minha corrente sanguínea quando lembro que podemos publicar a reportagem hoje. Sem dúvida, não importa o que aconteça na minha vida, essa continuará sendo uma das investigações mais satisfatórias da minha carreira. Mas, quanto mais profundos os meus sentimentos por Alec se tornam, mais em conflito me sinto em permanecer envolvida no caso. Me sinto tão impelida a divulgar essa história para o mundo quanto a passar tudo para Ian e Billy cuidarem daqui em diante. O jornalismo é um campo atormentado pela crescente suposição de que a moralidade está morta. Na faculdade, nós aprendemos um monte de coisas que os jornalistas não devem fazer, mas raramente nos dizem que há coisas que *de modo algum* podemos fazer. Dormir com Alec é uma das coisas que cai nessa profunda área cinzenta.

Então é isso, eu penso. *Vou terminar o artigo e enviá-lo, e vou contar a Billy sobre mim e Alec hoje. Ficarei livre.* O conflito de interesses é um sabor amargo cada vez mais intenso no fundo da minha garganta.

Sei que não deveria, mas não posso evitar: pego meu celular de trabalho na mesa de cabeceira para dar uma olhada. Não estou nem um pouco surpresa ao ver que Billy me mandou uma mensagem logo depois da 1h30. Temos a permissão dele?

Assim que leio essas palavras, parece que outra sombra invade meus pensamentos, ofuscando o brilho intenso do entusiasmo de ontem. Alec provavelmente recebeu uma mensagem com a resposta de sua empresária, Melissa. Eu poderia acordá-lo e perguntar. Poderíamos publicar o artigo a tempo de pegar os comentários matinais das redes sociais.

Mas eu trabalhei muito nesse caso. Não quero fazer nada que comprometa o artigo, e meu relacionamento com Alec faz isso. A última coisa que eu quero — a última coisa que qualquer jornalista quer — é se tornar a história que ofusca a história real. Destruir a Jupiter é muito importante.

Nós já temos conteúdo suficiente sem os relatos anônimos de Alec e Sunny. Temos a entrevista com a mulher que foi abordada com uma propina e nem sabia que havia sido agredida; as capturas de tela de vários vídeos do mesmo homem tatuado; as transcrições do bate-papo que descrevem essas mulheres como "Bambis" — como inocentes, como presas. E, finalmente, o rosto e a tatuagem de Josef Anders no vídeo que o condena.

De fato, o relato de Sunny é o prego no caixão para confirmar que esses vídeos não registram atos consensuais, mas não *precisamos* dele. Não precisamos incluí-los nisso se pudermos derrubar Anders sem eles. Depois desse artigo, vamos publicar outros sobre o caso. Nesse ínterim, Alec e Sunny terão tempo para decidir o que querem incluir quando a poeira baixar. Billy pode passar para outra pessoa escrever.

Assim, eu preservo os Kim e mantenho a minha integridade.

Confronto a minha intuição, olhando para o teto, esperando que a confiança dê lugar a uma ambivalência. Após dez, vinte, trinta batimentos cardíacos, a única coisa que sinto é alívio.

Respondo à mensagem de Billy: Pode publicar, mas tire todos os detalhes da história da fonte anônima.

Sério? Ele disse "não"?

Eu não respondo diretamente.

Não precisamos disso.

Eu guardo o celular e volto para os braços de Alec, pressionando o rosto no formato familiar de seu peito.

Me sinto bem com a minha escolha.

O alívio deixa o meu corpo pesado, e, em pouco tempo, volto a dormir.

— Não sei como explicar de outra forma — digo na manhã seguinte, me jogando de costas na cama —, mas parece real, E.

Pelos fones de ouvido, ouço Eden respirar fundo e devagar.

— Ai, amiga.

Alec já tinha ido embora antes de eu acordar, mas me deixou uma maçã, um pouco de água e um bilhete dizendo:

Ansioso para o seu grande dia. Melissa deu o sinal verde. Me dê notícias. A noite passada foi inacreditável. bj — A

O artigo foi publicado há uma hora. Mesmo sem o depoimento de Sunny, a recepção foi incrível: tem milhares de comentários na internet; #EscandaloJupiter e #JosefAnders são tendências internacionais. A boate foi fechada enquanto uma investigação é conduzida; as imagens de Anders sendo levado para interrogatório foram exibidas em quase todas as redes. Billy diz que eles estão recebendo ligações o dia todo, e esperam que eu participe das edições de noticiários matinais desta semana. Quero comemorar essa vitória com Alec essa noite, levá-lo para jantar. Talvez possamos ligar para Sunny juntos e ter um momento de reencontro tranquilo e de alívio. Talvez a gente planeje a minha primeira viagem para visitar Alec. Talvez depois disso eu possa tirar as minhas primeiras férias em anos.

O futuro se estende como uma estrada brilhante e luminosa à nossa frente.

— Eu não preciso nem terminar as minhas frases com ele — conto a Eden. — Tivemos uma conversa séria na festa ontem à noite e simplesmente... — Solto uma risada. — Acho que as duas pessoas mais emocionadas do planeta se encontraram. Faz apenas alguns dias, e nós estamos tão bobos.

Ela deixa escapar um pequeno ruído de felicidade.

— Nem te contei sobre minha primeira noite aqui. Ele foi me procurar no meio da noite. Pensou que eu tinha ido embora, mas eu estava no banheiro surtando.

— Por quê?

— Porque a gente colocou um filme e dormiu. Parecia um relacionamento.

Eden ri.

— Eu vi vocês juntos. Você *está* num relacionamento.

— Eu sei. Acho que a gente meio que decidiu isso ontem.

Eden fica quieta por tanto tempo que estou prestes a perguntar se ainda está no telefone, quando ela diz sem fôlego:

— Puta merda!

— Pois é. Somos idiotas por tentar? — Cubro os olhos com a mão. — Só temos mais duas noites e...

— George.

Eu me sento de repente. Quando Spence e eu terminamos, absorvi muita energia de Eden. Prometi a mim mesma que não faria isso outra vez e, veja só, só falo de mim agora.

— Merda. Desculpa. Estou sendo egocêntrica.

Eden solta, abrupta:

— *Georgia*. Cala a boca.

Ela nunca diz o meu nome assim. Não consigo me lembrar uma única vez, em dez anos de amizade, em que ela tenha me chamado de Georgia. Meu estômago afunda.

— O que foi?

Sua voz treme, as palavras são lentas.

— Olha o Twitter.

Meu Batcelular vibra na cama ao meu lado.

— Alec está me ligando — digo, e então uma inquietação adentra os meus pensamentos. *Ele tem um dia cheio. Por que está me ligando?*

— Depois de falar com ele, me liga imediatamente — diz Eden.

Eu franzo a testa, confusa.

— O quê?

— Só... vai lá. — Ela desliga, e eu atendo o outro celular.

— Ei, o que você...

— Preciso que você faça as malas. — A voz de Alec é

firme, tensa, como se estivesse empurrando as palavras entre respirações curtas e superficiais.

Tudo dentro de mim paralisa.

— O quê?

— Não posso falar — diz ele. Pelo som, parece que está andando. — Só preciso que você pegue todas as suas coisas e vá para casa. Vai pelo caminho por onde passamos ontem à noite. Pelo elevador de serviço. Você pode fazer isso?

Meus pulmões se apertam, comprimindo meu batimento cardíaco. Não consigo entender o que está acontecendo. É sobre o artigo? Não havia nada do que Alec compartilhou comigo. O retorno tem sido incrível e ele não foi exposto, então não pode ser sobre isso. Fico desorientada e paralisada.

— Gigi!

— O quê? — eu digo de novo, inutilmente.

— Você está de pé? Diga que está de pé e está arrumando as suas coisas.

Meu rosto fica quente, minha garganta, apertada, e eu tropeço no banheiro jogando as minhas coisas na nécessaire. Ontem à noite ele banhou minha pele com tanta delicadeza. Agora está me dizendo com tanta ênfase para ir embora?

— Não estou entendendo. Você está bem? — Tudo o que ouço é o som de passos em um corredor e o murmúrio frenético de vozes. — Alec, o que está acontecendo?

Ele fala com outra pessoa ao fundo, e ouço Yael dizer:

— Fique aqui.

Alec volta a falar comigo.

— Yael vai encontrá-la nos fundos. Ela vai levar você para casa.

— Alec, o que...?

— Por que você não incluiu as minhas informações no artigo?

Eu paraliso.

— O quê?

— O artigo. Você não incluiu nada do que eu disse.

— Porque eu não precisava — digo, sem fôlego, com um pânico inexplicável. — Eu queria proteger você. Proteger nós dois. Nós tínhamos o suficiente...

— Deixa pra lá — ele diz. — Não temos tempo. Você está fazendo as malas?

Dentro desse lugar vazio e calmo, minha cabeça está um caos. Pego minha nécessaire e volto para o quarto, olhando para a imagem das nossas roupas inocentemente jogadas nas costas de uma cadeira. Eu apanho a minha roupa e enfio na bolsa.

— Você está...

— Gigi, você está fazendo as malas?

Olho para minha mala aberta, minhas coisas caindo dela. Tem várias roupas que não usei porque eu só vivo de calcinha aqui. Uso as camisetas dele.

— *Estou*, mas não entendo...

— *Gigi* — ele grita com uma voz irreconhecível. — *Porra*. Só... Por favor. *Rápido*. Faz as malas e sai do quarto.

Rápido. Faz as malas e sai do quarto.

Meu celular começa a vibrar. Minha mão está tremendo tanto que mal consigo manter o controle. Nunca imaginei como seria ouvi-lo ficar com raiva de mim. Um tiro doeria menos.

— Tá — eu consigo dizer, mas a palavra é distorcida por um soluço confuso. — Não sei o que fiz, mas desculpa.

— Merda. — Quando ele fala de novo, sua voz falha. — Eu não sei... — Ele para de falar outra vez para responder a alguém no fundo, e então me diz: — Preciso desligar.

Ouço o barulho de uma porta, do vento, e uma explosão de vozes ao seu redor.

E, na confusão, apenas uma voz se eleva, claramente, o som agudo de uma mulher cortando o caos — "Alexander! Qual o seu envolvimento com o escândalo da Jupiter?" — antes que a chamada seja encerrada.

Dezoito

Yael já está esperando por mim quando arrasto minha mala para a garagem e, pela primeira vez, sequer tento ser simpática. Com a bolsa jogada no banco de trás, sento no banco do carona, coloco o cinto de segurança e, sem dizer nada, me debruço sobre o meu celular para descobrir o que Eden viu no Twitter, o que pode ter deixado Alec aflito.

Assim que eu entro, vejo os Trending Topics e sinto o sangue sumir do meu rosto.

Um tabloide britânico de merda postou sete fotos de Alec escoltando uma mulher pela porta dos fundos de uma boate e a postagem já teve milhares de retuítes. Em todas as fotos ele está com o braço em volta da mulher, mas é evidente que ela mal consegue andar. O ângulo faz parecer que ele a está arrastando, inconsciente e contra a sua vontade, para dentro de um carro estacionado no beco. Um casaco foi jogado sobre a cabeça dela. Poderia ser qualquer uma.

A Fox, a CNN e a BBC estão noticiando as fotos vazadas de Alexander Kim escoltando uma mulher inconsciente para fora da Jupiter. E já que a localização é tão óbvia — por causa do nome da boate JUPITER visível em tinta preta na entrada de serviço bem atrás dele, e por causa do meu artigo extremamente condenatório divulgado apenas uma hora atrás —

era inevitável que os detetives da internet logo descobrissem a ligação entre Alec e Josef. A conexão é feita pelo usuário do Twitter @AlanJ140389, que desenterrou e fotografou um antigo programa de formatura da King's College com uma imagem de Alec e Josef alegres e com os braços enganchados no pescoço um do outro.

O Twitter decidiu que, seja quem for a mulher encapuzada, ela é uma vítima. Para ser mais específica, uma vítima *de Alec*.

@rosestachio Eu estou arrasada. Eu amei AK em West Midlands, mas nunca mais vejo essa série. Olha essa foto e lê o artigo. É de dar nojo. #AlexanderKim #JosefAnders #EscandaloJupiter Link para: LA Times, Proprietários da Jupiter são gravados em escândalo sexual de salas VIP

@tacomyburrito É por isso que a gente não vai pra frente. Literalmente todo homem é um predador. Leia o artigo do LA Times também, é muito doido. #AlexanderKim #EscandaloJupiter.

@4KJules2000 Esses homens são podres. #AlexanderKim #JosefAnders #TheTilts #EscandaloJupiter

Minhas palavras estão sendo usadas para incriminar Alec.

— Mas ele estava ajudando Sunny — eu digo com os dentes cerrados.

Yael diz um simples "sim".

— Não entendo. Ele não pode aparecer e dizer que estava lá, sim, mas ajudando alguém a sair da boate? — Percorro as hashtags #EscandaloJupiter e #AlexanderKim.

— Ninguém vai acreditar nele agora, a menos que dê

um nome. É claro que qualquer um flagrado assim diria que tinha um bom motivo para estar lá.

— Então ele pode explicar que estava ajudando *a irmã* a sair da boate quando ela foi drogada. — Olho para Yael. — É muito simples consertar isso. Temos tudo escrito; podemos apenas dar *nomes*. Em dez minutos ele pode esclarecer o que aconteceu. Ele é o herói, não o vilão.

Eu pego o Batcelular e mando uma mensagem para ele: Alec, você tem que falar a verdade!!

Espero dez segundos enquanto a mensagem é lentamente enviada, abrindo um buraco no meu telefone com meu foco. Por fim, envio outra: Me deixa ajudar!

Nenhuma mensagem é enviada. Elas ficam carregando, pairando no vazio. Ele desligou o celular que usa comigo.

Mesmo assim, ligo várias vezes. Ligo para o nosso quarto — o quarto dele, agora, suponho. Com uma bolha se formando em meus pulmões a cada vez que inspiro, me pergunto se ele vai dormir lá esta noite ou se já está em um avião de volta para Londres.

Ligo para o celular dele outra vez. A cada tentativa, vai direto para o correio de voz.

Não me importo que Yael esteja ouvindo tudo, estou alucinada; o pânico consome o meu oxigênio.

— Alec — digo em um apelo final para sua caixa postal. — Liga pra mim. Deixa eu ajudar você a resolver isso.

Desligo e largo o celular no banco do carro. Depois jogo a cabeça para trás, soltando um "merda" baixinho. Agora estou desesperada. Eu olho para Yael disposta a rastejar.

— Você pode ligar para ele no outro celular para mim?

Yael finalmente tira a atenção da estrada mais uma vez para olhar para mim. Seus olhos são lindos; são do mesmo tom castanho avermelhado do cabelo dela.

— Georgia, ele poderia ter controlado a história se você tivesse incluído o relato dele no artigo. Nesse caso, ele teria simplesmente se apresentado como a fonte anônima e dito que estava ajudando uma amiga, diria que com certeza não cooperaria com o artigo se fosse uma das pessoas que cometeu os crimes. Mas não existe mais essa possibilidade; agora precisamos controlar os danos.

Nesse discurso, Yael fala mais palavras do que já a ouvi dizer nesses dias, e tudo que consigo pensar em responder é:

— Ainda podemos consertar isso.

— Talvez, mas Alec não daria o nome de Sunny com o risco de no final ninguém acreditar nele e isso acabar prejudicando os dois.

— Por que não acreditariam nele?

— Revelar que Sunny foi agredida pode não ser grande coisa para a imprensa americana, mas não é assim no Reino Unido. E não tenho certeza de como as notícias seriam retratadas em outros lugares. Na maioria das vezes, a vítima acaba sendo culpada. Dadas as circunstâncias, e tudo que está acontecendo, ele não vai forçá-la a fazer isso.

— Mas...

— Ele não vai forçá-la a fazer isso — ela repete, inflexível.

— Então ele prefere ser visto como um criminoso?

— Para proteger Sunny, sim.

— Você pode me deixar no *Times*? Preciso passar no escritório.

Ela assente e muda de faixa.

Sinto os meus órgãos revirando.

— E agora?

— Para você? Espero que ninguém associe você com Alec.

Eu cerro os dentes, com raiva e mágoa.

— Me refiro ao que vai acontecer com Alec, mas tudo bem.

Yael olha de esguelha, e sinto uma mínima suavização de sua postura ao meu lado.

— Pensa que ele está tentando proteger você também. Você trabalha para o *Times*. Vai ficar muito ruim para você se alguém descobrir que estava hospedada no hotel com ele. Você é linda e simpática. Ter uma dessas características faz uma pessoa ser notada, ter as duas torna uma pessoa memorável. Para o bem de todos, eu realmente espero que ninguém se lembre de você.

— Não podemos usar o relato dele — eu digo a Billy assim que entro em seu escritório no quarto andar. Sinto centenas de pares de olhos em mim e fecho a porta, embora tudo seja de vidro e não haja privacidade aqui. Minha mala cai pesada onde a deixei, mas eu ignoro. — Você não pode publicar.

Meu editor solta um estrondoso "porra!" no ar e se levanta, contornando a mesa para olhar para fora da porta do escritório em um silêncio de frustração por vários minutos.

— Você não pode convencê-lo? Isso limparia o nome dele.

— Não estou conseguindo sequer falar com ele. — Não me dou ao trabalho de esconder minha voz de choro, então meus joelhos cedem e eu me sento desajeitada no sofá perto da parede. Fora do carro, longe de Yael, sinto minha compostura se esvair. — Não sei o que fazer. Eu fui completamente cortada.

Do outro lado da sala, Billy fica em silêncio. Por tempo suficiente para eu contar até dez, e agora sei que ele notou minha mala.

— Merda, Georgia. Vocês dois?

— Tentei te contar ontem, mas fiquei com medo. — Cubro o rosto. Estou angustiada demais para ter vergonha. — Conheço ele desde os sete anos, Billy. Nós nos encontramos em Seattle, e eu não sabia que ele estava envolvido até depois de nós...

— Merda. *Que merda!*

— Billy, fui eu que decidi cortar o relato dele. Ele não sabia — admito, mantendo a voz o mais firme possível. — Eu estava tentando protegê-lo e evitar usar informações que obtive de alguém com quem estava dormindo. Agora que ele está sendo destroçado na internet, a equipe dele teme que, se falar a verdade, pareça que está apenas inventando desculpas, a não ser que dê um nome, mas ele não vai revelar que Sunny foi drogada e abusada.

A raiva fervilhante de Billy se espalha pelo espaço que nos separa.

— Está dizendo que *você* decidiu tirar o relato? Sem minha autorização e sem perguntar à sua fonte?

Meu Deus, que caos. Engulo um soluço porque Billy não quer me ver chorar agora.

— Sim, eu fiz isso.

— Essa história é muito grande, e você é muito inexperiente pra tomar uma decisão dessas. — A decepção na voz de Billy é devastadora. — Seu relacionamento com uma fonte primária em uma pauta assim é o tipo de coisa que você precisa contar pra mim, George. Posso ajudar se você contar. Não posso ajudar se não souber.

— Eu sei. Desculpa.

Billy volta para trás da mesa e desaba na cadeira, segurando a testa.

— Ele não é um assediador — eu digo. Me sinto enjoada. Minhas entranhas se agitam.

— Só você e eu sabemos disso, então não importa. Essa história não está nada boa.

— Ele foi tirar a irmã de lá. — Urgência, pânico, mágoa:

tudo isso enxameia o meu peito como abelhas furiosas. — Você *sabe* disso.

— Não interessa se a gente não puder publicar! — Billy bate com a palma da mão na mesa. — A associação dele com Anders é ruim. A história *toda* é ruim, George. Ele vai mesmo aceitar a culpa?

Eu confirmo com o olhar baixo, encarando as minhas mãos.

— Parece que sim.

— Caralho, isso é loucura, cara. Ele vai ser inocentado em algum momento, mas quem sabe como isso vai afetar a carreira dele?

— Eu sei. Me sinto de mãos atadas. — Mais do que isso, quero sair da minha própria pele. Quero voltar à noite passada e conversar sobre isso com Billy. Quero voltar para esta manhã no Waldorf Astoria e agarrar Alec em meus braços. Não consigo imaginar o que ele está passando agora nem posso estar perto dele enquanto passa por isso. Sequer posso me desculpar, já que não está atendendo às minhas ligações.

Você vai me fazer te amar, não é?
Com certeza vou tentar.

Meu Deus... Um soluço rasga minha garganta enquanto me esforço para segurá-lo. Quero engolir meu próprio punho e abafar essa dor.

— Não parece nada bom — diz ele novamente. Billy está começando a perceber. Posso ouvir sua convicção ganhando força. — Você vai ter que ficar bem longe dele.

— Eu sei. — Mordo os lábios até ter certeza de que posso dizer as próximas palavras sem chorar. — Acho que isso não será um problema.

A redação está um caos; todos querem me parabenizar. Ninguém entende a gravidade do que está acontecendo com Alec; até onde sabem — e pelo fato de ele não revelar a verdade —, Alec é apenas mais um lixo de ser humano, devidamente punido por seus pecados. É doloroso fazer um esforço para sair do escritório de Billy, atravessar todos aqueles cubículos e voltar à rua para pegar um Lyft. Quase todos que vêm até mim dizer algo gentil, me parabenizar, me elogiar, são meus superiores de alguma forma. Ainda sou considerada a novata cabeça-dura. Algumas dessas pessoas são jornalistas que admiro há anos. Só espero que interpretem meus olhos lacrimejantes e voz trêmula como um esgotamento positivo.

Nos primeiros vinte minutos após chegar em casa, não tenho ideia do que fazer. Quero dormir, mas não estou cansada. Quero comer alguma coisa para afastar essa dor oca no estômago, mas até mesmo o pensamento de comida me deixa enjoada. Quero me distrair com o trabalho, mas não tenho nada para escrever. Alec ainda não leu as minhas mensagens. As fotos agora se espalharam pelas redes sociais e estão no noticiário — são compartilhadas com a manchete do meu artigo.

Eu mal consigo me mover. Olho para o teto, para o ventilador girando e girando, e só desejo poder me distanciar do tempo. Lembro-me desse sentimento depois de Spence — a inútil excruciante agonia de querer que o tempo passe após o término. De querer pular toda a dor e angústia. E, para piorar, desta vez existe a culpa de saber que uma escolha que fiz sem permissão complicou as coisas para Alec. Ele teria a chance de explicar facilmente, e eu tirei isso dele.

E tudo o que posso fazer é sentir essa dor, respirar através dela, me lembrando do som de sua voz e do peso de suas mãos, o calor dele no banho na noite passada e seus beijos lentos e escorregadios. Só posso deixar que essa dor, essa raiva e tristeza passem por mim. Eu sei que não imaginei o que aconteceu entre nós e me preocupo que esse seja nosso fim. Também me preocupo com ele.

Me pergunto se ele será cortado da série, se o canal dará apoio a ele, se existe alguma outra maneira de limpar seu nome que não envolva Sunny. Me pergunto todas essas coisas de uma vez, esperando que ele consiga sair bem dessa embora eu saiba que, se a mídia já é cruel, a internet é uma massa de selvagens sedentos por sangue. Cada minuto que passa sem que Alec conserte isso é um ano a menos da carreira de ator.

Estou no meio de um tornado mental quando Eden entra no meu quarto.

— Pensei que você estivesse no trabalho.

— Eu estava — diz ela. — Vim pra casa. — Olheiras esculpem sombras debaixo de seus olhos; ela parece que está prestes a cair. Parece pior do que eu me sinto. — Já viu o Twitter?

— Eu vi as fotos dele, sim. Não é o que parece.

Ela balança a cabeça e me entrega o celular, e sequer me sinto satisfeita por estar certa quando disse a Alec que não éramos anônimos na praia; que o estúpido truque do boné com os óculos de sol não escondeu as nossas identidades quando saíamos para comer donuts. E, embora Alec olhasse por cima do meu ombro várias vezes no bar em Seattle, ele não viu o celular apontado diretamente para nós.

Dezenove

Alec sentado à minha frente na mesa baixa do bar. Nossas mãos estão unidas no centro, nossos olhares estão fixos um no outro.

Alec me prensando contra uma rocha, sua mão segurando minha cintura, a boca docemente pressionada na minha.

Alec de óculos escuros e boné de beisebol, rindo enquanto ofereço a ele um pedaço de donut.

Eu estendendo a mão para limpar uma mancha de chocolate do canto de sua boca.

Todas essas memórias perfeitas foram postadas pelo TMZ para o mundo inteiro ver. Essa coleção, cuidadosamente selecionada e compartilhada em um único tuíte, tem quase 5 mil retuítes e dez vezes mais curtidas em apenas duas horas.

Eu já vi um cancelamento na internet antes, mas nunca nem observei de perto. Agora, nos mesmos tuítes que contêm acusações veladas de estupro contra Alec, sou acusada de encobrir seus crimes, de usar minha posição no *LA Times* para proteger um criminoso. Com as fotos dele perto da Jupiter, estamos sendo massacrados. Eden já desinstalou todos os aplicativos de mídia social do meu celular porque eu estava começando a ficar sem ar.

Duas horas depois, meio sonolenta e cambaleante, estou indo até a cozinha tomar um copo d'água quando meu celular toca. Estava esperando essa ligação de Billy em algum momento, mas a adrenalina me deixa zonza de qualquer maneira, e me sento com cuidado na ponta do sofá. Não consigo decidir se a ligação chegou antes ou depois do que eu esperava.

Ele fica em silêncio por longos cinco segundos e então diz apenas:

— Ei, George.

Minha voz está rouca de tanto gritar no vazio do meu quarto.

— Oi. — Fecho os olhos e coloco meu cérebro em ordem. — Aposto que sei por que você está ligando. Precisamos elaborar uma nota de esclarecimento.

Uma expiração longa e robusta.

— Na verdade, jovem, preciso pedir pra você vir aqui e deixar a sua credencial.

Meu mundo inteiro para, e meu estômago afunda. Ele está... me demitindo? Transar com informantes não é algo visto com bons olhos, mas raramente resulta em demissão.

— O quê?

A voz de Billy sai mais aguda.

— Vamos fazer uma rápida reunião de dispensa. Prometo fazer tudo sem sofrimento.

Olho para a parede em estado de choque. Sem sofrimento? Ele está falando sério? Não pensei que seria possível, mas esta conversa com Billy é ainda mais dolorosa do que a última que tivemos. Ele parece tão derrotado, me dizendo que estou desempregada. Já vi meu chefe ser desbocado com entusiasmo, desbocado com raiva e desbocado com alegria. Mas nunca o ouvi soar resignado antes. Ele nem vai lutar por mim?

— Billy. — Minha voz sai oscilante por causa da raiva. Estou devastada agora e estou ficando irritada. — Você está me *demitindo* por dormir com Alec? Está falando sério? É exatamente por isso que não incluí o relato dele no artigo!

— Você sabe que isso não foi decisão minha — diz ele.

Não sei o que dizer sobre isso. É claro que vem dele — Billy está no *Times* há vinte anos; ele tem muita influência lá. Os porta-vozes da Netflix e da BBC já se manifestaram e afirmaram categoricamente que Alec não está de forma alguma envolvido nos supostos crimes que aconteceram na Jupiter. Billy e o *Times* poderiam fazer o mesmo; eles poderiam me manter se quisessem.

— Incrível — eu digo, andando de um lado para o outro. — Você sabe que eu tentei fazer a coisa certa.

— Odeio que me digam o que fazer — diz ele — mas, neste caso, concordei que a impressão não era boa.

Eu levanto a mão trêmula e abafo uma risada agitada e incrédula. Foi Eden quem, apenas uma hora atrás, em um breve momento de frivolidade histérica, sugeriu que jogássemos o nosso jogo de beber com algumas regras bem macabras:

- Beba quando vir uma manchete inédita e absurda; a última favorita é "Enquanto oferece donuts para ele, ela abre a boca do inferno para outras mulheres".

- Beba quando um novo meme for criado pelas fãs de Alec destruindo meu corpo nas fotos da praia.

- Beba sempre que um artigo de notícias disser: "A impressão não é boa".

— Billy — eu digo, com o máximo de controle que consigo —, esses tuítes me acusando de ajudar um criminoso não fazem sentido. Fui eu quem expôs os crimes da Jupiter! Me demitir é uma canalhice absoluta.

— Eu entendo, George.

— É sério. Eu estava investigando essa história antes de encontrar Alec em Seattle.

— Eu sei.

— E você sabe que ele não fez isso!

Billy suspira.

— Eu sei.

Faço uma anotação mental para acrescentar uma regra ao jogo: beba toda vez que Billy disser "eu sei" resignado e ainda assim não ficar do meu lado.

— Sinto muito por não ter dado certo, George. Não sei mais o que te dizer.

— Vou deixar a minha credencial na recepção — respondo, e então desligo.

Eden compreende que de jeito nenhum vou conseguir dormir na minha cama essa noite. Não quando sequer lavei meus lençóis desde que Alec dormiu aqui, não com a bermuda dele pendurada na porta do meu chuveiro e sua escova de dentes no copo ao lado da minha, não com ele ignorando as minhas ligações e mensagens. Assim que chego em casa após entregar as minhas chaves e credenciais do *LA Times*, desisto de tentar contatá-lo e jogo a droga do Batcelular na cama, me concentrando em fazer uma pequena mala para o fim de semana. Meu plano é ir para a casa dos meus pais, rastejar para minha antiga cama e dormir por uma semana.

Minha melhor amiga me observa em silêncio. Ambas estamos sem palavras. Nossa última troca foi um simples "que merda", repetido algumas vezes com ênfase crescente, até ficarmos quietas de novo. Mas, enquanto estou fechando a minha mala, Eden se levanta rapidamente no momento em que o Batcelular começa a vibrar na cama e o joga para mim.

Eu deixo escapar um grito e agarro o celular toda atrapalhada.

— Alec! — Eu atendo, gritando. — Cacete! Que dia! Onde você...?

— Estou voltando — ele interrompe com calma, e ouço o barulho do vento.

— Voltando? — Repito o que ele disse, parando entre a minha cama e o armário. — Está voltando para o hotel?

— Para Londres.

Apenas ouvir sua voz me dá alívio e me inunda de conforto.

— É, faz sentido. Caramba, é tão bom ouvir sua v...

— Eu queria que você soubesse — diz ele em um tom conclusivo e tranquilo.

Confusa, eu digo com cautela:

— Obrigada. É, eu... Alec...

— E quero ter certeza de que você sabe que minha permissão para publicar o meu relato foi cancelada.

— Sua...? — Eu paro, atônita. Ele não tem como saber que fui demitida, mas não vou aumentar a confusão contando. Principalmente enquanto ele fala como a porra de um robô. — É claro. Não acrescentaríamos nada sem a sua permissão.

Ele responde com um silêncio — sugestivo — e encontro o olhar de Eden. Ela está me encarando como se quisesse abrir um buraco no meu crânio e ler o que está acontecendo lá.

— Olha — digo com delicadeza —, desculpa por ter mudado o artigo e retirado a sua parte. Espero que saiba que minha intenção era protegê-lo. Você e Sunny. Você e eu.

— Nós compreendemos.

— *Nós*? — Eu percorro a minha mente em busca de algo

melhor para dizer, algumas palavras que o tirem desse tom monótono e silencioso de controle de danos e o lembrem de que estou aqui, que estou com ele, e mesmo que isso seja realmente uma merda podemos encontrar um plano juntos.

Mas Alec fala primeiro.

— Por favor, se cuida, Gigi.

Vazia por dentro, eu olho para a parede.

— Eu... espera. Alec? Então é isso?

Do outro lado da linha, o silêncio é estranhamente uniforme.

Ele desligou a porra do celular.

Eu afasto o celular do ouvido e olho para a tela inicial, uma foto que tirei dele jogando *Mario Kart*, com a língua de fora, presa entre os dentes perfeitos e sorridentes. Por dentro, estou resplandecendo — quer dizer, sem dúvidas, estou *incandescente* — de raiva.

— Ele está falando sério?

— O que aconteceu?

Tento relaxar meu maxilar para poder falar outra coisa além dos palavrões querendo sair, mas não consigo. Eu apenas balanço a cabeça outra vez.

— Cacete.

— Georgia, o que foi?

— Ele está voltando para Londres — conto.

— E daí? — Ela está tentando me acalmar. — Isso faz sentido, né? Ele deve estar querendo juntar sua equipe e a família.

— Ele disse que estava retirando a permissão para publicar seu relato e, abre aspas, "por favor, se cuida", depois desligou.

— Ele só desligou?

Eu olho para ela e confirmo.

Eden solta, em um tom baixo e violento:

— Não, ele não fez essa merda.
— Fez, sim.
Ela se levanta.
— Já volto. Preciso jogar todas as minhas camisetas de *West Midlands* no lixo.
— Não vamos fazer isso — eu digo a ela, tentando manter a compostura. — Vamos encarar tudo com elegância, embora ele não mereça. — Mas então olho para o meu Batcelular mais uma vez, desligo-o e jogo-o no lixo do banheiro.

Minha mãe está arrancando os cabelos de preocupação quando eu chego, mas prometo a ela que vou beber uma garrafa inteira de vinho e desabafar tudo se puder apenas caminhar por uma hora sozinha.

Calço os meus tênis de corrida e saio da varanda com uma música raivosa explodindo nos ouvidos. Eden fez uma playlist para mim chamada Homens Não Prestam, e admito, é exatamente o que eu precisava para canalizar essa confusão e dor em algo cinético. Não me alonguei antes — e sem dúvida vou me arrepender disso, mas não tanto quanto vou me arrepender de deixar meu subconsciente me levar quatro quilômetros a caminho da antiga casa da família Kim.

Ela foi repintada. Não é mais uma casa amarelo-clara com uma grama macia. Agora é uma casa em marfim nobre com detalhes verde-oliva, um jardim seco, com dois Teslas estacionados na frente. Por mais que a casa pareça outra, o formato da janela da frente é o mesmo, e posso me imaginar sentada no sofá de veludo macio lá dentro, ouvindo o barulho do skate de Alec descendo a rua ensolarada.

Meu cérebro atravessa túneis do tempo. Neste exato momento ontem, eu estava me preparando para a festa de gala.

Menos de vinte e quatro horas atrás, Alec estava lavando a minha pele com suas mãos grandes e sabonete líquido, e me contava sobre o lugar onde queria me levar para jantar em nossa primeira noite em Londres no próximo mês.

Eu não tinha chorado ainda, mas, antes que consiga me controlar, estou explodindo em lágrimas, desabafando na linha amarela tracejada no meio da rua Pearl.

Que merda foi acontecer?

Tentei fazer a coisa certa, tentei proteger a todos e acabei perdendo meu emprego e meu novo namorado em um só dia.

Minha vida perdeu o sentido tão repentinamente que quase parece que estou me fechando em mim mesma, desmoronando por dentro. Eu sento na calçada e observo uma fila de formigas passando pela ponta arredondada do meu sapato. Aos poucos meus olhos perdem o foco, até que as formigas se transformam em uma linha preta borrada ondulando no concreto, sem fazer nada, mas avançando um passo de cada vez.

Volto para a casa dos meus pais pelo menos duas horas depois do planejado, e encontro minha mãe na varanda com o celular na mão e Eden ao lado. Elas marcham em minha direção, com sermões prontos, sobrepondo as palavras.

Eu as deixo falarem. Não atendi o celular. Acabei de levar um fora e fui demitida. Não percebi quanto tempo se passou na calçada até que o sol se pôs e notei que meu velho iPod tocou a playlist pelo menos três vezes.

Elas me levam para dentro, me guiando até o sofá. Alguns alimentos se materializam. Eden está de um lado, mamãe do outro, e eu odeio esse conforto familiar.

Fizemos exatamente a mesma coisa apenas seis meses atrás, mas desta vez parece infinitamente pior.

Vinte

Eu passo cinco minutos dentro do meu carro no acostamento em frente ao meu apartamento no domingo de manhã. Preciso arranjar energia para subir as escadas, entrar e encarar um laptop com um currículo que precisa ser atualizado, uma mala com as coisas que estavam comigo no hotel, além da cama onde dormi pela última vez com Alec ao meu lado.

O otimismo e a euforia da manhã de sexta-feira parecem ter acontecido há uma década. Meus pais queriam que eu ficasse mais alguns dias, mas, para falar a verdade, não conseguiria lidar com o peso da preocupação deles somada ao meu próprio pânico em relação ao futuro.

Em circunstâncias normais, eu teria reconhecido imediatamente a sombra na minha porta. Se o meu cérebro não estivesse cheio de mágoa e insônia, notaria a largura daqueles ombros, a estreita cintura. Eu reconheceria o boné de beisebol, a camiseta e a calça preta. E, principalmente, eu veria a mão deixando com cuidado uma sacola azul royal no capacho do meu apartamento e lembraria que reivindiquei aquela mão como minha há pouco mais de uma semana.

Mas leva um instante para meu cérebro perceber — tempo suficiente para eu dizer um instintivo "hum, oi?" e, assim que as palavras saem, eu me dou conta, e meu coração se estilhaça em mil pedaços.

Eu voltaria correndo para o meu carro se meus pés não estivessem cimentados no chão. Achei que nunca veria Alec outra vez. Trinta e seis horas atrás ele me disse que estava voltando para casa em Londres e não deu nenhuma indicação de que nos falaríamos de novo. Passei o fim de semana correndo até ficar com bolhas nos calcanhares e receber ordens estritas de minha mãe para ficar quieta em casa. Mas, sempre que eu ficava parada, imediatamente queria levantar e dirigir para casa para pegar o Batcelular do lixo e ver se ele havia ligado, já sabendo que não tinha.

Alec para de costas para mim e então se vira devagar. Ele se atrapalha para tirar os óculos escuros e, quando seus olhos ficam visíveis, reajo à sua aparência como se fosse um soco no meu plexo solar. Ele está péssimo. Sua pele está pálida, a barba por fazer sombreia seu queixo. Seus olhos estão avermelhados e com um aspecto vítreo, os lábios perfeitos estão rachados.

Não consigo descrever o efeito disso no meu coração. A única maneira de atenuar o ímpeto de ir até ele e abraçá-lo é me impedir de olhar o seu rosto.

Alec obviamente também não esperava me ver.

— Gigi. — Seus olhos percorrem rapidamente o meu corpo. Aposto que estou muito parecida com a Gigi do saguão do hotel em Seattle, mas desta vez quero jogar a verdade na cara dele. Meu cabelo está preso em um coque oleoso e bagunçado, meus olhos estão vermelhos e sem vida. Meus braços e pernas tremem de exaustão.

Eu faço a pergunta olhando por cima de seu ombro direito.

— O que está fazendo aqui?

— Eu... — Ele aponta para a sacola. — Você deixou algumas coisas no hotel.

Eu deixo escapar uma risada aguda e abrupta. É, deixei mesmo. Minha confiança nos homens. A vontade de amar de novo. Minha carreira. Ah, talvez também algumas roupas.

— Fui instruída a fazer as malas bem rápido.

— Eu sei — ele diz na mesma hora, mas as próximas palavras demoram um pouco mais. — Eu odeio, *odeio* como tudo aconteceu. Foi um caos. Se eu pudesse fazer tudo de novo, teria ido diretamente até você.

Eu não digo nada. Ter que sair da suíte às pressas não era o que doía. Gosto de pensar que ele estava me protegendo, mesmo que tenha sido confuso e doloroso. O que doeu foi a forma como ele me cortou, não atendeu minhas ligações e o *por favor, se cuida* que me deu como um presente de despedida de merda.

Mas acho que o que mais dói é ver que ele veio até a minha porta e ia deixar a sacola sem avisar. Como seria doloroso abrir a porta e ver aquilo ali, saber que ele esteve aqui e saiu sem dizer uma palavra? Seria pior do que se tivesse simplesmente ficado com as minhas coisas.

Lágrimas quentes e tórridas ameaçam escapar no fundo da minha garganta. Fiz um bom trabalho me recompondo desde sexta-feira, mas preciso que ele vá embora. Durante todo o fim de semana, me convenci de que, se visse seu rosto de novo, me afetaria de maneira diferente. Eu o associaria à traição de não poder me explicar, de não obter o benefício da dúvida. Mas, estando tão perto dele, não é assim.

Mesmo quando estou furiosa, sua presença me preenche por dentro. Eu me sinto mal por saber que, se ele apenas me abraçasse, nós dois ficaríamos bem. O vazio em meu coração tem a forma única de Alec. A linha de seu pescoço, a curva de sua boca, o ângulo de seu queixo — todos são confortos estranhos. Assim como o olhar suave e firme que me segurou como uma âncora, quer ele estivesse me ouvindo falar sobre trabalho ou me prendendo na linha tênue entre o prazer e o desespero. Aqueles olhos escuros e perscrutadores me viram por dentro desde o primeiro momento em que nossos olhares se encontraram no aeroporto. Não houve um segundo em que Alec Kim não olhou diretamente para o meu interior, me enxergando por inteira. E ele continuou me olhando como se o que viu o iluminasse por dentro.

Ele está olhando para mim assim agora. É *loucura* pensar que ele ainda consegue fingir assim depois da maneira como me descartou no nosso primeiro momento de crise. A dor aperta meu coração, fechando o caminho para sentimentos de afeto.

— Eu quis dizer o que você está fazendo aqui, em LA — eu digo. — Você disse na sexta-feira que estava indo embora.

— Eu não consegui. — Ele engole em seco. — Eu tive que... — Ele para e esfrega o rosto com uma mão frustrada. Seus olhos ficam um pouco inquietos. — Você passou a noite fora?

A audácia dessa pergunta me deixa chocada. Ele me disse para arrumar as minhas coisas, não me atendeu, ficou em Los Angeles depois de dizer que estava indo embora e agora quer saber se dormi em outro lugar?

— Passei — eu digo, desafiando-o a perguntar onde estive.

Mas ele não pergunta. Ele vira o rosto, com os dentes cerrados, narinas dilatadas, e eu percebo que está tentando não chorar.

— Tá — diz, finalmente. — Não é da minha conta.

O que ele está pensando? Que estou chegando da casa de

outro cara? Ele sabe que não é isso. Ele me conhece. Se nossas emoções não estivessem tão à flor da pele, saberia que estava na casa dos meus pais. Isso é a insanidade das circunstâncias tomando conta de sua adrenalina e a despejando como gasolina no seu sangue.

— Eu não queria dormir na minha cama. — É tudo o que estou disposta a assumir. — Da última vez que estive lá, você estava comigo.

Alec pinça a ponta do nariz e enxuga os olhos disfarçando.
— Entendo. Eu troquei de hotel pelo mesmo motivo.

Não ceda, eu digo a mim mesma quando ele confessa isso, imaginando a loucura dele ao tentar sair do Waldorf Astoria e, pior ainda, fazer check-in em outro lugar. Ele seria cercado por todos os lados. Pra que ele faria isso?

Alec se apoia no outro pé e limpa a garganta algumas vezes. Fixo a minha atenção no chão entre nós, tentando liberar tudo o que estou sentindo, separando a raiva da tristeza, do medo e da saudade, colocando-os em diferentes espaços do meu corpo para que eu tenha espaço para respirar.

Quando ele fala, suas palavras saem roucas.
— Nunca vou conseguir me desculpar o suficiente pela forma como me comportei na sexta.

Ele provavelmente está certo e não há nada que eu possa dizer. Queria falar com ele, ajudá-lo a consertar isso — ajudar nós dois a consertar —, mas ele me excluiu. Todas as minhas palavras secaram.

O silêncio se instala entre nós.
— Para ser sincera, foi tudo um erro — eu digo, com controle cuidadoso. — Sua carreira está um caos. Eu fui demitida. — Ele mal reage ao que eu digo, e minha raiva aumenta. — Quando eu te vi no quarto de hotel em Los Angeles, deveria ter virado as costas e ido embora.

Eu não olho para ele, então não posso dizer com certeza, mas imagino Alec me olhando como se soubesse que seria mais fácil dividir átomos com os meus punhos do que me afastar dele naquela manhã.

Não que isso importasse, de qualquer maneira — ainda tiraram fotos nossas em Seattle. Eu estava ferrada desde o começo.

— Eu sei que você está brava — Alec diz —, e eu entendo. Entendo completamente. Mas eu estava em uma situação impossível. Precisava discutir um plano com Sunny. Eu não podia só... — Ele engasga. — Não podia apenas expor a história dela para me salvar, como se fosse simples assim.

Ainda estou tão brava que nem estou disposta a reconhecer em voz alta o fato de que tudo seria mais fácil se tivesse incluído o relato dele no artigo. Porque, com alguns dias de distância — mesmo me sentindo confusa e magoada —, ainda não me arrependo do meu instinto de tentar proteger as pessoas que eu amo. Não me arrependo de usar apenas as informações que consegui de forma limpa.

— Então, por que você ficou na cidade? — pergunto. — Por que não está em Londres tentando resolver as coisas com Sunny?

Ele olha para mim e depois desvia o olhar, com o maxilar contraído. Espero mais alguns segundos por uma resposta, até perceber que ela não virá.

Tanto faz, eu penso. *Diz o que tem a dizer. Acaba com isso.* Eu engulo em seco, empurrando as próximas palavras para fora.

— Sua lealdade com as pessoas na sua vida é uma das coisas que mais amo em você. — Ele volta a atenção para o meu rosto. — Mas *e eu*? — pergunto, desatando a represa.

— Você decidiu proteger a sua irmã, e eu entendo, mas me descartou tão rápido. Quando ficamos juntos, meu artigo era a coisa mais importante da minha vida. Mas depois, de repente, *você* virou mais importante. E eu acabei sem nenhum dos dois.

Alec inspira uma respiração trêmula, com as narinas dilatadas.

— Eu sei.

— Você disse que faria o possível pra me fazer te amar — digo — e doze horas depois me fez tirar minhas coisas do seu quarto e avisou que estava saindo da cidade com um "por favor, se cuida". Eu sei que a gente só estava junto havia catorze dias, e Sunny é seu sangue, mas ainda doeu ser descartada daquele jeito. Você poderia pelo menos ter *falado* comigo.

Ele abre a boca, mas fecha outra vez. Espero que dê um argumento, mas ele diz apenas:

— Você tem razão. Eu poderia ter falado com você.

— Ainda bem que deixei o Batcelular aqui — digo, e ele ouve isso como se tivesse levado um murro. — Eu ia ficar checando toda hora. Morreria vendo você hoje, sabendo que estava na cidade esse tempo todo.

— Gigi...

Eu o interrompo, apontando para a sacola na minha porta.

— Você pensou que eu estava lá dentro, não é? Você nem ia falar comigo. Você só passou por aqui a caminho do aeroporto pra deixar minhas coisas na porta?

Alec desvia o olhar e encara o chão.

— Acho que você está fazendo muitas suposições agora.

— Quer saber? Eu não dou mais a mínima para o que você pensa.

Alec morde o lábio, balançando a cabeça como se eu tivesse acertado meu alvo. Uma buzina toca no acostamento, chamando sua atenção para a escada vazada, e ele diz:

— Eu gostaria que a gente pudesse voltar para aquele dia em Seattle e decidir ficar lá por duas semanas, deixar tudo para trás. Foram as duas melhores semanas e os piores três dias da minha vida.

Essa verdade me atinge com surpreendente precisão. Eu odeio como o relacionamento mais fácil e apaixonado da minha vida foi destruído pelas circunstâncias. Odeio o jeito como Alec está sendo afetado. E odeio que a característica que admiro profundamente nele — seu senso de dever com a família e o público — significa que está fazendo exatamente o que todos que o conhecem sabem que faria. Alec nunca consegue pertencer a si mesmo. Exceto comigo, eu me dou conta. Esse sentimento que me machucou tanto depois de nossa primeira noite agora é a verdade mais profunda entre nós: ele foi verdadeiro comigo desde o primeiro momento em Seattle. Ele sabe que posso me cuidar. Ele não precisa ser meu protetor.

De repente, minha raiva se dissipa. Se esta for a última vez que o vejo, não posso deixar que termine assim. Parece que ele não dormiu nem comeu. Lembro-me de odiar Spence o suficiente para nem querer ver seu rosto, mas esse não é o caso. Posso odiar Alec, a mim mesma e esta situação para sempre, mas não quero que esse silêncio irritado seja minha última lembrança dele.

— Você dormiu? Comeu alguma coisa? — Eu examino seu rosto, sua postura, suas roupas amarrotadas. Ele não se parece com nenhuma versão de Alec Kim que eu já tenha imaginado. — Você está acabado.

Ele procura o meu olhar, e eu me lembro do que me perguntou no hotel naquele primeiro dia em LA — posso ver a pergunta em seus olhos agora: *Como você pode estar brava se está me olhando assim?*

Também percebo que não estou olhando para ele com raiva, mas observando-o com uma adoração cuidadosamente protegida. Eu pisco e me surpreendo quando as lágrimas escorrem pelo meu rosto. Nem me dei conta de que tinha começado a chorar. Alec chega mais perto, mas eu logo dou um passo para trás.

— Não.

— Gigi...

— Não vou te convidar para entrar. — Eu enxugo o rosto. — Não posso.

Alec assente.

— Acho que é uma boa ideia. Eu nunca iria querer ir embora se entrasse com você.

Fico confusa e mordo o lábio, lutando contra um soluço que quer escapar de mim. Agora, ele parece que me ama.

— Tá — eu digo. — Boa viagem.

— Leia o que escrevi — diz ele, apontando para a sacola. Alec dá um passo à frente e se inclina, dando um beijo na minha bochecha. Quando se afasta, ergue os olhos por cima do meu ombro e parece lançar uma âncora ali ao longe, precisando de algo para impulsioná-lo a seguir em frente. Eu olho para a sacola, ouvindo seus passos enquanto ele desce as escadas. Pressiono os dedos dos pés nas solas dos sapatos para me impedir de ir atrás dele. Um minuto depois, um motor liga, um carro sai do acostamento e, desta vez, Alec Kim está realmente saindo de Los Angeles.

Vinte e um

Minha grande preocupação em voltar para a cama é infundada: não há nenhum vestígio de Alec aqui. Eu largo a sacola no chão, pego um travesseiro e o pressiono contra o rosto. Os lençóis estão intactos e têm cheiro de amaciante. Eden. Ela também se livrou das coisas dele — a escova de dentes, a bermuda. Se ele deixou mais alguma coisa aqui, eu nunca saberei.

Eu fico debaixo do chuveiro até me sentir relaxada e sonolenta, depois me seco nesse mesmo ritmo, visto um moletom e uma regata. Depois desabo de costas na cama, olhando para o teto. Ignoro de propósito a sacola azul. Não estou pronta para ver as minhas coisas e me lembrar delas na suíte de hotel.

Atrás da porta fechada do meu quarto, posso ouvir Eden se movendo com cuidado pelo apartamento. Ela faz café. Tira a louça da máquina. Tira o lixo e separa os recicláveis. A presença dela é docemente reconfortante. Com um gemido, me enrolo nas cobertas, apertando os olhos.

Mas, de repente, estou acordada. Há uma bomba-relógio aqui comigo. Abro os olhos e observo a sacola do outro lado do quarto.

Leia o que escrevi.

O que quer que esteja lá dentro, há também um bilhete.

Eu não deveria ler com os olhos cansados e o cérebro exausto. Não deveria ler me sentindo tão emotiva quanto estou agora.

Sei disso, mas mesmo assim chuto os cobertores, levanto da cama e atravesso o quarto.

Dentro da sacola está o meu boné horroroso do Post Malone e o console de video game que Alec comprou para nós há apenas uma semana. Mas não tem só coisas que esqueci na suíte. Há uma pequena caixa de donuts frescos. Uma garrafa de um vinho Zinfandel caro.

A camisa social de Alec que usei quando amarrei sua gravata-borboleta.

Mordo os lábios e contenho um suspiro enquanto a enrolo em meu peito e sinto seu cheiro.

O último item, no fundo da sacola, é um cartão-postal com uma linda foto de Laguna Beach. Na parte de trás, Alec escreveu algumas poucas palavras.

> Gigi,
> Eu sei que você está chateada.
> Mas, por favor, atenda às minhas ligações.
> — A

As ligações dele?

Meu coração para e uma frenética e pesada injeção de adrenalina atinge minha corrente sanguínea. Ele não tem o meu outro número.

Eu quis dizer o que você está fazendo aqui, em LA.
Eu não consegui. Eu tive que...
Meu Deus. Não.
Você poderia pelo menos ter falado *comigo*, eu disse.
A expressão dele, tão controlada. *Você tem razão. Eu poderia.*

A maneira como ele reagiu como se tivesse levado um murro quando eu disse que deixei o Batcelular aqui, como me disse baixinho que eu estava fazendo suposições sobre o motivo de tê-lo encontrado na minha porta.

Vou tropeçando até o banheiro e caio de joelhos, vasculhando o lixo.

Eden limpou tudo. Não há nada além de um saco de lixo novo lá.

Um soluço escapa de mim, mas, quando me levanto, vejo o post-it na cuba da pia:

Eu desliguei, mas está na sua mesa de cabeceira. Se você jogar fora de novo, prometo deixar lá. — E.

Com as mãos trêmulas, volto para o quarto e tiro o Batcelular da gaveta. No tempo que leva para ligar, me forço a respirar fundo, intencionalmente, para não entrar em pânico. A tela acende.

Nada.

Nada.

Não tem nada.

Eu me sento no chão, encostada na cama, lutando contra a dor na garganta causada pelas lágrimas de decepção.

E então meu celular vibra na palma da minha mão. Com os olhos embaçados, vejo a tela iluminada com dezenas de notificações. Chamadas perdidas. Mensagens de voz.

Verifico o histórico. Quase duas horas depois que ele ligou e me disse "por favor, se cuida", Alec me ligou mais uma vez.

E depois de novo.

E de novo.

E de novo.

Suas ligações abrangem a tarde de sexta-feira e noite adentro. E recomeçam antes do nascer do sol no sábado.

Catorze chamadas perdidas no total, enquanto eu estava na casa dos meus pais, achando que ele estava em um avião, que ele tinha priorizado tudo antes de mim. Sua primeira mensagem de voz dura sete segundos.

"Gigi. Por favor, me liga de volta. Mudei meus planos e só volto para casa no domingo."

Mais doze chamadas não atendidas e, em seguida, sua segunda e última mensagem de voz, no final da tarde de sábado. Tem pouco mais de um minuto de duração.

"Gigi", ele faz uma pausa, expirando lentamente. "Certo. Não sei por que continuo ligando se você não atendeu nenhuma das outras vezes, mas eu soube hoje cedo que você foi demitida e estou arrasado. Eu estou aqui, no meio deste estúpido furacão da internet e ainda assim estou paralisado. Já que você não vai atender, vou dizer o que eu queria te contar. Eu planejava viajar para casa e encontrar Sunny para discutir como lidar com isso. Tentei ir embora, mas não consegui entrar no avião sem você. Eu ficava ouvindo sua voz ao telefone, me dizendo várias vezes que você não entendia. Está tudo um borrão na minha cabeça, mas acho que eu fui frio com você." Suas palavras falham, sua voz falha. "Depois de tudo... Ser acusado... Eu estava em choque." Ele faz mais uma pausa, bufando outra vez. "De qualquer forma, aqui estou eu, vagando por Los Angeles sem fazer absolutamente nada, deixando esse problema piorar. Estou refazendo os nossos passos das últimas duas semanas e me perguntando como é que fui me apaixonar em apenas alguns dias. Mas foi o que aconteceu. Na verdade, acho que me apaixonei em alguns minutos, pela mulher sentada à minha frente no bar de um hotel. Ela estava exausta, mas fascinante, usando um vestido vermelho e nada mais." Ele fica em silêncio por um instante. "Gigi, não posso deixar que as atuais circunstâncias nos roubem a chance de descobrir onde isso vai dar." Eu o ouço engolir em seco e, em seguida, uma respiração instável. "Acho que vou ligar de novo quando chegar a Londres. Espero que você atenda."

Cubro a boca e capturo o soluço que escapa. Eu poderia ter passado este fim de semana com ele. Poderíamos estar enfrentando essa tempestade juntos. O arrependimento envia uma onda impressionante de náusea pelo meu estômago, e tenho que fechar os olhos, inclinar o rosto para o teto e sugar o ar.

... me perguntando como é que fui me apaixonar em apenas alguns dias.

Na verdade, acho que me apaixonei em alguns minutos, pela mulher sentada à minha frente no bar de um hotel.

Fecho os olhos para me recordar. Reescrevendo o horror das fotos que vi na internet. Eu ressignifico aquela noite.

Ela estava exausta, mas fascinante, usando um vestido vermelho e nada mais.

A curiosidade invade o meu pensamento, me induzindo a me levantar. Eu vasculho a mala que fiz às pressas no Waldorf Astoria, reviro a sacola que ele deixou na minha porta. Mas não consigo encontrar meu vestido vermelho em lugar nenhum.

Eu pego a camisa de Alec na bolsa e visto, subo na cama e ouço a mensagem de voz dele de novo e de novo e de novo até pegar no sono.

Quando acordo, o apartamento está completamente silencioso. Faltam alguns minutos para as duas, o que significa que um milagre aconteceu, dormi quase o dia todo.

Fora do meu quarto as luzes estão apagadas, e o brilho do sol do final da tarde entra pela janela da frente, transformando o sofá amarelo em um dourado suave, transformando a grande cadeira azul em um turquesa vibrante. O apartamento está impecável. Há flores novas na pequena mesa da sala de jantar e um bilhete que diz simplesmente: *Eu te amo.* — E.

Pela primeira vez em dias, sinto que posso respirar fundo.

Eden colocou uma tigela de sobras no balcão da cozinha com instruções óbvias.

1. *Coloque a tigela no micro-ondas.*
2. *Aqueça por dois minutos.*
3. *Remova com cuidado a tigela do micro-ondas.*
4. *Pegue um garfo.*
5. *Use o garfo para colocar a comida na boca.*
6. *Repita a etapa 5 até que a tigela esteja vazia.*

Acabei de terminar a etapa 1 quando a campainha toca. Eu sei que não é o vizinho de baixo me dizendo que estamos fazendo barulho demais. Espero que não seja o vizinho de cima me avisando que há um vazamento. Talvez Eden tenha esquecido as chaves. Talvez mamãe queira me ver. Pode ser... Solto uma risada seca quando deixo essa linha de pensamento morrer abruptamente.

Mas, lembro a mim mesma, Alec vai me ligar quando chegar a Londres. Já é um começo.

Só quando abro a porta percebo que não me preocupei em pentear o cabelo depois do banho. Na verdade, não me olho no espelho há vários dias. Me vejo diante de duas mulheres lindas enquanto tenho um ninho de passarinho na cabeça e estou usando a camisa social de Alec, uma regata esticada e sem sutiã.

Reconheço imediatamente uma delas, mas é a penúltima pessoa que esperava ver ali.

— Georgia — diz Yael com repulsa —, você está um caco.

A mulher ao lado de Yael dá um tapinha nela, e, quando me dou conta, sinto como se levasse um tapa.

— Não seja cruel. Ela teve um fim de semana péssimo.

— Sunny Kim me dá um sorriso familiar com covinhas, e meu corpo mergulha em nostalgia.

Eu olho para trás, por cima do ombro. Sim, estou na minha porta. Sim, parece que estou acordada. Yael e Sunny me encaram, esperando que eu diga alguma coisa. Só o que eu consigo:

— O que é isso?

Sunny dá um passo à frente, enlaçando os meus ombros.

— Oi.

Por instinto, também levanto os braços, e, com certa hesitação, envolvo a cintura dela. Sinto uma familiaridade nesse abraço. Seu corpo adulto ainda carrega o eco de seu corpo mais jovem.

— Oi.

— Sei que isso é uma surpresa. — Ela se afasta, colocando as mãos nos meus ombros e me segurando pelo braço. — Mas você está *mesmo* com um aspecto péssimo, G.

— Você deve ter razão. — Meu cérebro está finalmente alcançando os meus olhos. Olho para Yael, atipicamente vestida de um jeito casual, usando camiseta, jeans e tênis. Olho para trás mais uma vez. Ainda estou na minha porta. Ainda estou acordada. Estreito meus olhos para Yael.

— Pensei que você estivesse em um avião para Londres.

— Não estou — ela diz simplesmente.

— Mas *Alec* foi — explico bem devagar.

Sunny se vira para Yael.

— Imagina se nossos aviões se cruzassem no ar? Ele nunca ia me deixar esquecer.

Não sei se é o momento errado para ressaltar que as duas não parecem atentas ao fato de que deixaram Alec Kim, perturbado como está, voar para casa em Londres, onde não encontrará a irmã esperando por ele. Na verdade, sinceramente, não sei se uma pessoa comum entenderia o que está acontecendo agora e a minha mente está mesmo um caos, ou se elas estão me confundindo de propósito.

— Eu não tenho ideia do que diabos está acontecendo.
Yael revira os olhos.

— Porra, Georgia, então deixa a gente entrar.

Pelo menos essas duas apreciam uma boa xícara de café preto feito à mão. Elas bebem cantarolando, elogiando silenciosamente o sabor. Isso desembrulha as memórias da minha manhã aqui com Alec, sua explícita preferência por doces, a sessão de autógrafos mais tarde naquele dia, o pedido de que eu ficasse com ele no hotel, os avisos de Yael...

Tenho que admitir que não sinto que Yael Miller esteja do lado de Alec agora. Não entendo as motivações dela. Por que não está com *ele*? Talvez Alec tenha razão e Yael esteja apaixonada por Sunny, mas ela é a assistente pessoal dele. Ela cuida de tudo para ele, mas o deixa voltar para Londres sozinho no meio de uma crise? O calor sobe pelo meu pescoço.

— Como você está? — Sunny me pergunta.

— Parece mais importante perguntar como *você* está — eu digo, voltando minha atenção mais gentil para ela.

Ela finge uma risada.

— Esses meses foram terríveis, mas acho que o lado positivo é que, em vez de ficarmos constantemente preocupados esperando algo ruim acontecer, essa coisa já aconteceu.

— Sim, acho que, mesmo se Alec não tivesse sido fotografado fora da boate, sua associação com Anders acabaria sendo revelada de qualquer maneira.

— Exato. — Nos olhamos por vários segundos e, finalmente, nossos sorrisos irrompem em uníssono. — Nossa, é tão bom te ver — diz ela. — Você se tornou a versão mais perfeita do que sonhava. E está bem na minha frente.

— Eu estava pensando o mesmo. — Sinto um aperto pesado do meu coração no meu esterno.

Com um pequeno sorriso, Sunny põe a xícara na mesa e dobra as pernas debaixo dela. Nós temos a mesma idade — fazemos aniversário com apenas uma semana de intervalo —, mas, engolfada como está pelas almofadas do grande sofá amarelo, ela parece muito mais jovem. Sua postura, sua energia — tudo parece muito jovem. Como alguém poderia machucar essa pessoa? Sinto uma onda de calor e me identifico muito intensamente com o lado protetor de Alec.

— Você fez um trabalho incrível com o artigo — diz Sunny. — Muito obrigada.

Eu a observo, sem saber o que dizer além de "obrigada". Quero dizer que lamento que tenha explodido daquela forma, mas, se os responsáveis pelos crimes acabarem sendo responsabilizados, acho que todos admitiremos que valeu a pena.

— Todos precisamos resolver um pouco desse caos — diz ela —, mas não queria que você se perguntasse se valeu a pena divulgar tudo. Valeu.

Assim como seu irmão, Sunny leu habilmente meus pensamentos.

— Sei que é por isso que Alec queria ir para casa em Londres — eu digo. — Para conversar com você sobre como lidar com as consequências.

— Ele teve dificuldade para deixar Los Angeles por causa dos sentimentos por você — diz ela —, então senti a necessidade de assumir o controle. Tenho certeza de que você percebeu que a tendência de Alexander é querer me proteger da dor dessa situação, e eu agradeço. De verdade. Mas não quero mais ser mimada. Eu não quero ser protegida. E, como você disse, falta pouco para que minha própria associação com Josef seja revelada. — Ela pega sua xícara outra vez. — Então, não que te ver não seja incrível por si só, mas eu tenho uma proposta.

Um trovão ressoa sob minhas costelas.

— Tá, pode falar.

— Ouvi dizer que você está desempregada. — Ela abre um sorrisinho. — Você gostaria de voltar à ativa e me ajudar a causar um estrago?

Vinte e dois

Sentada à mesa de frente para Kim Min-sun, é difícil não notar a intensidade de sua beleza. O mais novo rosto da Dior é uma mistura de ângulos bons e simetria. Ela fala com ponderada cautela e toca os lábios carnudos com as unhas peroladas quando está avaliando a melhor forma de expor seus pensamentos em palavras. É fácil entender como recebeu ofertas de oito marcas de luxo apenas nos últimos dois meses. Não há outro rosto como o dela por aí, em lugar nenhum.

Mas então um sorriso surge em seu rosto, e as covinhas dramaticamente divertidas da família Kim aparecem. É surpreendente, nesses momentos, o quanto ela se parece com o irmão.

"Alexander é seis anos mais velho", diz. "Ele sempre foi protetor. Ele prefere morrer a dar a impressão de que não consegue lidar com alguma coisa."

Ela diz isso como se essas características explicassem tudo. E talvez expliquem mesmo. Elas demonstram por que ele se sente responsável pela maneira como ela foi criada, por que às vezes ele pode ser superprotetor e por que, no Dia dos Namorados deste ano, ele invadiu uma boate, tirou sua irmã dopada e inconsciente de uma sala vip e se sentou com ela em seus braços no chão de um banheiro, até que fosse capaz de ficar de pé e sair com ele.

Isso explica também por que se escondeu no fim de semana passado e se deixou ser devorado pela imprensa após um tabloide britânico publicar fotos suas escoltando uma mulher encapuzada para fora da notória boate Jupiter. Com Jupiter sob escrutínio por ser o local onde uma série de supostos crimes sexuais aconteceram, as fotos rapidamente se tornaram virais.

"Ele prefere deixar o mundo pensar que cometeu um crime a contar ao mundo o que aconteceu comigo", afirma. "Eu não estava pronta para falar a respeito, mas de jeito nenhum vou deixar que isso destrua a melhor pessoa que eu conheço."

Eu observo Sunny ler o rascunho do artigo, e então ela se concentra no início e começa a ler outra vez, mais devagar agora. Uma conversa de três horas foi resumida a isso: oito mil palavras detalhando o que aconteceu naquela noite na Jupiter, o que ela lembra, o que Alec contou a ela, o que ele fez por ela e até mesmo minha conexão com a família deles que remonta a vinte anos. O texto será enviado por e-mail hoje à noite para quem der o lance mais alto. Sunny insiste que eu seja paga pelo meu trabalho. Insisti que o dinheiro fosse doado para uma instituição de auxílio a sobreviventes de agressão sexual. Yael me lembrou que estou desempregada, e então decidimos doar metade. Yael está no meu quarto negociando ao telefone com os concorrentes finais: *New Yorker*, *Vanity Fair*, *The Atlantic*, *GQ*.

Sunny termina de ler e põe meu laptop na mesa, com os olhos brilhando.

— Você fez um trabalho tão incrível, Gigi. Não acredito que escreveu isso tão rápido.

Eu também não.

— Acho que eu estava motivada. Preciso que o mundo inteiro peça perdão de joelhos a Alec.

— Bem — diz ela —, e para você também.

— Isso não tem tanta importância para mim.

Sunny sorri para mim e coloca uma mecha de cabelo atrás da orelha.

— Eu nunca o ouvi falar tão apaixonado assim.

— Ele me ligou o fim de semana inteiro — digo a ela. — Deixei o celular que ele me deu aqui porque achei que tinha ido embora. Eu também estava um caos. Está tudo um caos.

— Eu espero mesmo que vocês dois se resolvam. — Ela examina o meu rosto. — Ele precisa disso na vida dele. Ele tem bons amigos, mas quero que ele tenha uma pessoa. E que essa pessoa seja *você*.

Eu balanço a cabeça concordando e engulo a onda nauseante de preocupação, saudade e arrependimento.

— Espero que ele ligue assim que aterrissar. Ele não vai ficar preocupado quando souber que você está aqui?

Yael entra antes que Sunny possa responder, e é tão inusitado vê-la sorrindo que não consigo desviar o olhar. Ela percebe a minha atenção e faz a conexão.

— Sim, Georgia, eu tenho dentes.

— Achei que eram afiados e retráteis.

Isso a faz rir, e o som é inesperadamente divertido.

— Aqui. Este é o seu contato na *Vanity Fair*. — Ela me entrega um pedaço de papel com várias linhas de sua caligrafia previsivelmente caprichada. — Eles estão esperando o artigo. Será publicado na internet às 9h, no horário da costa leste, e um texto maior pode ser incluído na edição de junho se você entregar até o meio-dia de amanhã. Eles vão revisar o texto, mas ligarão para você se houver algo mais substancial.

Não tenho ideia de como foram as negociações, mas não me atrevo a perguntar. Eu olho para o meu celular. É pouco depois das oito da noite. Mesmo que Alec tenha viajado ao meio-dia, ainda levaria várias horas para aterrissar em Londres. Não adianta esperar por ele.

Eu abro o meu e-mail, digito o nome que Yael me entregou, com uma mensagem breve, e clico em enviar.

Yael se equilibra sobre os calcanhares e dá um tapinha em sua barriga chapada.

— Estou morrendo de fome.

Sunny fica de pé e se alonga. E então ela caminha até Yael, põe os braços em volta dela e se estica para beijar seu queixo, respondendo assim a uma das mil perguntas que tive hoje.

— Então vamos jantar — diz ela. — Gigi, você quer vir?

Parece loucura recusar a oportunidade de jantar com a minha melhor amiga de infância e a assistente guarda-costas, antes mal-humorada, de quem tentei me esconder por duas semanas e agora está alegrinha. Mas não importa o quanto elas tentem me convencer, temo que, tendo enviado o artigo, sinta minha adrenalina se esgotar num instante e literalmente desmaie no meio do jantar. Londres tem muitos bons lugares para comer, mas a culinária mexicana não é tão bem representada, então dou a elas instruções para chegar ao meu restaurante favorito de tacos e me despeço.

Quando a porta se fecha eu desabo apoiada nela, olhando para o curto corredor que dá acesso aos quartos, pensando se devo me alimentar ou apenas voltar para a cama. Meu estômago ronca, tomando a decisão por mim. Quando finalmente requento as sobras guardadas na geladeira, devoro tudo na mesma hora. Estou faminta.

Com os dentes escovados, usando a camisa social de Alec e minha calcinha favorita como pijama, estou sentada na frente da televisão tentando processar a insanidade deste fim de semana, e assim que consigo acalmar minha mente pela primeira vez em dias, eu me dou conta... Não sei como vou conseguir ficar longe de Alec. O pensamento serpenteia a minha mente a cada poucos minutos: *você desperdiçou dois dias inteiros*. E agora não tenho ideia de quando o verei novamente.

Sei que é inútil porque ele está em um avião sobrevoando o Atlântico, mas mesmo assim mando uma mensagem.

Eu estou com saudade.

Coloco o Batcelular de lado, mas imediatamente ele vibra no sofá. Eu o pego de volta, chocada. Alec respondeu.

Nossa, eu sinto saudade sua também.

Deixo escapar uma risada encantada. Certo. Eu não tinha pensado em enviar uma mensagem de texto para ele antes. Nunca achei que as pessoas realmente usassem Wi-Fi nos aviões.

Eu não sabia que você tinha me ligado no fim de semana.

Sim, hoje de manhã na sua porta eu percebi que você não fazia ideia de que estava ligando sem parar.

Você está chegando em casa?

Na verdade, não. Ainda estou longe.

Como está o voo?

Mais importante, como você está?

Estou melhor. Eu ouvi a sua mensagem de voz.

E?, ele pergunta.

Meu coração parece não caber no meu corpo. Um coração desse tamanho poderia bombear um oceano de sangue.

E eu queria ter levado o Batcelular para a casa dos meus pais.

Bem, acho que você sabe que concordo com isso.

Aquela última conversa me deixou muito mal.

Eu sei. Não posso me desculpar o bastante.

Fecho os olhos, lutando contra as lágrimas insistentes. Finalmente, consigo me controlar.

Eu queria que você não tivesse ido embora hoje de manhã.

O que você gostaria que eu tivesse feito?, ele responde.

Eu mordo meu sorriso enquanto digito.

Devia ter te convidado para entrar.

Eu disse que, se eu entrasse, não iria querer sair.

Se você entrasse agora, EU não deixaria você sair.

Quase pulo de susto quando a campainha toca apenas dois segundos depois de eu ter enviado a mensagem. Por um instante, considero vestir uma calça, mas... essa sensação me deixa confusa, e eu me levanto e caminho inquieta até a porta.

Com a mão trêmula, abro a porta e encontro Alec, barbeado, com o cabelo penteado para trás, em uma camisa de botão cinza e calça social, segurando um buquê de flores murchas.

— Estou carregando isso há horas — explica ele. — Sunny não me deixou vir mais cedo, e você não quis sair para jantar.

Deixo escapar um som abafado de choque por trás da mão que usei para cobrir a boca. Ele esteve aqui o tempo todo. É claro. Alec não partiria para Londres com Sunny vindo para LA. Sunny não viria para LA se Alec estivesse indo para Londres.

E Yael nunca deixaria nenhum deles na mão.

Imagina se nossos aviões se cruzassem no ar? Ele nunca ia me deixar esquecer.

— Você não pegou o avião!

—Eu... Uau — ele diz, imediatamente distraído pela minha roupa. — O que você...

Eu me jogo em seus braços, derrubando as flores no chão e fazendo-o dar alguns passos firmes para trás para me segurar. Ele está aqui. Eu o aperto com tanta força, de olhos fechados, sacrificando cada desejo que possa ter daqui em diante em gratidão por tê-lo na minha porta.

Ele me abraça e segura com força, gemendo baixinho no meu pescoço. É tão bom senti-lo perto de mim que não consigo respirar. Todos os meus sentimentos parecem se reunir no centro do meu peito e explodir para fora em uma pulsação de alívio e saudade, e sinto meu coração com dez batidas nos dedos das mãos, dez batidas nos dedos dos pés. Ele é sólido e quente. Cheira a sabonete e ao aroma cítrico suave de seu creme de barbear. Sua risada vibra contra meu rosto pressionado em seu pescoço.

Eu nunca teria conseguido esquecê-lo.

— Gigi — diz ele, com uma vibração profunda na voz. — Olha pra mim.

Eu não consigo. Eu beijo seu pescoço, seu queixo e, em seguida, em um rompante, beijo o rosto todo.

Alec ri e me carrega para dentro como se eu fosse uma boneca de pano pendurada em seus ombros, depois fecha a porta atrás de nós. Ele se abaixa, ajusta os braços na minha cintura, me levanta e me carrega para o quarto.

Lá, ele me deixa deslizar por seu corpo até que meus pés toquem o chão, e então ele se inclina e segura meu rosto colocando seus lábios nos meus, me beijando com uma paixão que oblitera minha capacidade de pensar em qualquer coisa além da sensação dele. Seguro sua camisa e o puxo para mim.

Mas Alec segura as minhas mãos, abrindo meus dedos.

— Quero olhar pra você — diz ele no meio de um beijo e, então, dá um passo para trás.

Ele estende a mão para ajustar a gola da própria camisa em mim, e observa todo o meu corpo, que se aquece com o movimento dos seus olhos. Sinto o calor como minúsculas e agradáveis alfinetadas na minha pele.

Seu pescoço enrubesce.

— Você fica vermelho assim quando goza? — eu pergunto e o provoco com suas próprias palavras.

Sua risada é uma expiração forçada e distraída. Eu começo a desabotoar a camisa, observando suas pupilas negras se expandirem no marrom profundo de suas íris. A camisa cai no chão, e ele levanta a mão para esfregar o lábio inferior com o dedo.

— Gostei da sua calcinha.

— Valeu. — Passo o polegar por dentro do elástico na cintura e solto, fazendo um estalo. — Yael comprou para mim.

Ele tosse uma risada, olhos fixos no meu rosto.

— Vai dar crédito a ela?

— Foi ela quem escolheu.

— Mas a ideia foi *minha*.

Isso me lembra uma coisa, e levanto um dedo indicador.

— Tenho uma pergunta importante pra você.

Seus olhos se desviaram para os meus seios.

— A resposta é sim.

— Você está com meu vestido vermelho, não é?

Ele confirma, distraído.

— Peguei pra mim. Nunca tive a intenção de devolver.

Eu solto uma risada e pego sua mão, coloco no meu quadril e passo pelo meu corpo, no meu peito. Meu sorriso desaparece enquanto o desejo se espalha como vapor em minhas veias. Ele ajusta os dedos à curva do meu seio, fecha os olhos. Seu polegar acaricia meu mamilo. Eu preciso que ele aperte, passe a língua, os dentes. Arqueio as costas e pressiono o peito em sua mão.

Ele engole em seco antes de falar.

— Eu realmente pensei, neste fim de semana, nesta manhã, que talvez nunca mais tocasse em você.

Quando Alec abre os olhos eu o estou observando, e a forma como sua expressão se ilumina com nosso contato visual é tão pura, sua expressão, tão ardente, que me sinto cada vez mais apaixonada, como se sentisse seu toque. Não é apenas um sentimento de paixão, ternura e admiração; é como se a Gigi apaixonada por Alec existisse em uma dimensão completamente nova.

Alec passa a mão no meu pescoço e se aproxima.

Meu coração afunda no peito quando sua boca toca a minha outra vez. Um único beijo e depois outro, e a paciência que ele leva para me seduzir com seus lábios me diz que ele sabe que temos todo o tempo do mundo.

Mas, como sempre, isso é irrelevante para o meu corpo.

Agarro seu cabelo com as mãos, me lançando sobre ele. O tecido da sua camisa na minha pele provoca uma fricção enlouquecedora. Um botão gelado toca o meu peito. Mais uma vez, estou quase nua enquanto ele está totalmente vestido.

Ele beija como se estivesse transando, com pequenos toques e gostos, arrastando os dentes nos meus lábios, sugando. Eu o provocaria assim se pudesse, mas só sei persegui-lo. Sempre serei o desejo frenético, e ele, a paciência focada.

— Você vai ficar me provocando assim por horas? — eu pergunto, e o induzo direto para a cama.

— Com certeza, vou tentar.

Nós dois ficamos parados, olhos nos olhos, enquanto o eco dessas dolorosas palavras ressoa entre nós. Com as mãos nos meus quadris, ele guia os meus últimos passos para a cama, me põe sobre ela e deita em cima de mim. Contra as minhas coxas, o tecido de sua calça é macio, mas ele mantém os quadris afastados, pairando cuidadosamente em cima de mim.

— Não me orgulho da maneira como agi na sexta-feira — ele diz.

— Eu não sabia o que fazer — digo a ele. — Queria me desculpar, consertar tudo, estar ao seu lado, mas você não me deu nenhuma chance.

Ele concorda.

— Você sempre reage assim num momento difícil?

Alec balança a cabeça negativamente.

— Lembra quando você disse que eu precisaria estar com alguém que é muito tranquilo com as coisas? Acho que não me permiti acreditar que na verdade você era essa pessoa. Eu me senti como uma bomba viva. Estava em pânico. Não queria piorar o seu problema.

Então faço que não com a cabeça.

— As minhas escolhas afetaram você. Eu assumo. Queria te ajudar. No mínimo, queria enfrentar tudo com você.

— Eu entendo. — Ele sorri. — Se nós vamos ficar juntos, vamos ficar juntos mesmo. Isso quer dizer que você estará disposta a me dar o benefício da dúvida se ouvir rumores e eu não vou excluí-la de novo.

Eu estendo a mão e passo os dedos pelo seu cabelo.

— Combinado. — Esse olhar escaneia meu rosto por completo.

— Eu te amo.

Está escuro no quarto — céu noturno, cortinas fechadas — mas, com essas palavras, me sinto iluminada por dentro.

— É?

— É. — Ele sorri e eu cutuco a covinha dele com a ponta do dedo. — É muito cedo?

— É. Mas eu quero dizer isso também — respondo.

— Você não precisa d...

Coloco meus dedos em seus lábios.

— Vou guardar. Surpreender você um dia desses.

Alec ri.

— Vai falar do nada?

Finjo fumar um charuto.

— É, tá vendo? Sou muito misteriosa.

Ele enfim se aproxima de mim, sutilmente flexionando seus quadris nos meus. Alec diz as próximas palavras colado na pele macia abaixo do meu queixo:

— Aposto que consigo convencer você a falar.

Os arrepios se espalham por toda a minha pele, e minhas mãos tateiam entre nós. Desabotoo sua camisa e a tiro.

— Eu aposto que consegue, sim.

Ele se afasta e olha para mim com um brilho perverso nos olhos, tirando as roupas. Passo as mãos famintas sobre a pele macia de seu torso e me dou conta de que talvez não queira desafiar o homem que, mesmo em circunstâncias normais, sem incentivo, gosta de me fazer implorar.

Primeiro com os dedos, depois com o beijo e depois com o corpo se movendo com foco disciplinado no meu, ele consegue arrancar as três palavrinhas de mim. Ele me faz falar, jurar, me faz implorar para que acredite nelas. Quando me põe em cima dele, eu as digo novamente com um sorriso, observando a adoração explícita em seu rosto. Eu grito no travesseiro quando ele mete forte por trás. Juro que realmente o amo quando ele me vira de costas outra vez e me penetra lentamente, seus braços protetores em volta da minha cabeça.

Suados e emaranhados nos lençóis, nós caímos da cama no chão, onde ele se apoia em mim e estende a mão entre nós para voltar a me penetrar, desacelerando para os menores movimentos, os lábios beijando os meus, compartilhando a minha respiração. Minhas mãos estão entrelaçadas em seus cabelos, úmidos de suor, e ele me beija profundamente, gemendo baixinho com o toque. A palma da mão de Alec desliza para o meu lado, as pontas dos seus dedos percorrem o meu quadril, seguram minha coxa e colocam minha perna em torno de sua cintura.

— Você me ama quando eu meto fundo assim? — pergunta ele.

Eu sussurro em sua boca que sim, mais do que tudo. Na urgência, tão perto de gozar, com a promessa de um peso inacreditável rolando pela minha espinha, pronto para ser liberado.

— Acho que estou começando a acreditar em você. — O suor escorre de seu lábio superior quando ele olha para baixo entre nossos corpos. Estou desesperada pelo sal de sua pele, pelo seu beijo molhado e escorregadio quando ele está prestes a desabar.

No apartamento, ouvimos a porta da frente abrir e fechar, e o som de Eden deixando a bolsa e as chaves na mesa do corredor. Isso significa que já passa das duas da manhã; estamos nos beijando, brincando, fazendo amor há horas. Alec olha para mim tampando a minha boca, e só agora que não consigo emitir nenhum som é que ele me dá o que eu quero: os rápidos movimentos de seus quadris até que o prazer queima através de mim uma última vez, e as minhas unhas afundam em suas costas. Ele se afasta, o rosto inclinado para cima, e morde o lábio inferior até deixar uma marca branca, gozando com um gemido baixinho.

Ficamos assim, recuperando o fôlego enquanto Alec olha para mim.

— Você está bem? — ele pergunta, se mexendo para poder estender a mão e tirar um pouco do cabelo molhado de suor dos meus olhos.

Eu confirmo, segurando seu pescoço.

— Vamos levantar. — Ele chuta os lençóis enrolados em suas pernas, e eu solto um gemido, já dolorida. Alec me ajuda a subir no colchão, sem fazer barulho, onde eu desabo, e ele segue, me vira de lado e me abriga nele com um abraço por trás. Com sua mão no meu peito e sua respiração na minha nuca, nós caímos no sono juntos.

A manhã se esgueira pelas pequenas frestas das cortinas. Estou pressionada contra o conforto sólido do peito de Alec e me afasto, olhando seu rosto adormecido. Apertando os olhos, rolo para o lado e pego o celular na mesa de cabeceira. Passa um pouco das seis.

Meu artigo foi publicado.

Quando me levanto, Alec se mexe, passando a mão preguiçosa nas minhas costas.

— O que foi?

— O artigo foi publicado às nove horas no horário da costa leste. Sete minutos atrás.

Ele se apoia no cotovelo, deitando o rosto sonolento no meu braço. Observamos o navegador carregar o artigo, e meu coração escala minha traqueia. Já existem centenas de comentários. Em silêncio, lemos o artigo juntos. E então lemos mais uma vez.

Quando terminamos, Alec sussurra baixinho:

— Quer dizer... está perfeito.

Ele pega o meu celular e se deita para ler pela terceira vez.

Tenho medo de olhar para fora do quarto para ver a reação do resto do mundo. Quando se trata do meu relacionamento com Alec, não importa para mim o que os outros dizem. Temos um vínculo que explodiu do nada e se aprofunda cada vez que ele me toca. Eu o amo nas garras frenéticas do prazer e na luz suave e preguiçosa da manhã.

Mas, quando Alec devolve meu celular e pega o dele, nos encaramos por um momento silencioso e surreal. Nos nossos corações, o que as pessoas pensam pode não ter importância, mas fora deles, tem.

— Você acha seguro abrir o Twitter agora? — pergunto.

Ele sorri, mostrando generosamente duas covinhas irresistíveis.

— Quando é?

É verdade que ele e eu existimos muito além do alcance da internet, mas minha carreira depende da boa recepção deste artigo e a dele depende de as pessoas acreditarem no que Sunny tem a dizer. Eu o beijo uma vez, olhos abertos e atentos, antes de olhar. Depois de apenas alguns minutos descendo o feed, não posso evitar o riso de felicidade que escapa. Alec está nos assuntos mais comentados de novo, mas desta vez recebendo inúmeras demonstrações de amor.

Eu deslizo para cima, observo a rolagem rápida de centenas e centenas de tuítes.

— Isso é incrível. Você vê toda essa adoração? — Faço uma pausa para ler alguns comentários e franzo a testa. — Você tem muitas propostas de casamento. — Olho para ele e aponto para a minha tela. — Uma pessoa aqui se ofereceu para gerar seu bebê, se você quiser.

Ele ignora essa parte.

— Já tenho alguns pedidos de entrevistas.

Isso me faz rir.

— É, aposto que sim.

Uma mensagem de Eden aparece no meu celular.

Estou ouvindo suas risadas. Imagino que as flores esmagadas que encontrei na entrada ontem à noite significam que tem um homem na sua cama.

Eu dou risada e respondo:

Um cara aleatório apareceu. Na hora certa. Eu precisava de um substituto.

Então Alexander Kim está solteiro? É a minha chance.

Eu rio, e então uma notificação aparece na minha tela. É uma solicitação de @LabioInferiorDaGigi para me seguir.

— O que você está fazendo? — pergunto, sorrindo para ele.

— Uma conta de fã.

Jogo meu celular para o lado e subo nele. Então o deixo puxar o lábio inferior entre os dele. Ele morde o meu pescoço e sopra meu ombro fazendo barulho.

— Não sei se vou conseguir andar hoje — eu digo.

— Eu vou ficar mancando — ele concorda.

— Sabe o que pode ajudar? — pergunto, sorrindo colada em sua bochecha.

— O quê?

— Um bom banho de chuveiro. — Ergo o polegar por cima do ombro, e ele rola para cima de mim, já rindo do que ele sabe que está por vir: — Você sabe que pode usar o meu.

Epílogo

Sunny, Yael e Alec ficam em LA por mais três dias para lidar com o alvoroço da imprensa que acontece após a publicação do artigo na *Vanity Fair*. Quando não está dando entrevistas, Alec está comigo em nossa antiga suíte no Waldorf Astoria; ele insistiu em ressignificar aquele espaço para mim, dar um sentido diferente daqueles momentos finais horríveis. Acho que fiz o possível para obliterar a sensação da luz do sol entrando no quarto, o brilho das paredes, o frescor dos lençóis na minha pele e a maneira como eles esquentam quando Alec deita na cama comigo todas as noites, porque estar de volta a essa opulência simples é, ao mesmo tempo, um choque desconcertante e profundamente nostálgico.

Talvez não seja uma surpresa, mas Alec e Sunny são convidados aos mesmos programas de entrevistas que ele visitou apenas algumas semanas antes para a divulgação de *West Midlands*. Desta vez, porém, ele se senta no sofá ao lado da irmã falando sobre o escândalo da Jupiter, sobre abuso sexual, sua intenção de sacrificar a carreira para proteger a privacidade dela e a coragem de Sunny em falar sobre um evento do qual ela praticamente não se lembra.

Tudo é emocionalmente desgastante para os dois, e por isso — além do fato de que Alec e eu não conseguimos ir a qualquer lugar sem sermos assediados por fotógrafos — passamos a maior parte do nosso tempo livre na suíte, colados.

Quando me despeço dele fora do aeroporto, sem querer exagerar, parece que meu estômago é trucidado. Não sabemos quando nos veremos novamente — tudo tem sido caótico demais —, mas prometemos fazer um plano assim que ele chegar em casa e olhar seu calendário.

Em teoria, eu deveria estar bem com a partida dele. Sei que Alec e eu estamos bem. Meu artigo deu origem a uma grande investigação sobre a Jupiter e todos os principais envolvidos. Os especialistas jurídicos quase não têm o que discutir nos canais de notícias — todos concordam que Josef Anders vai ficar preso por muito tempo. Estou recebendo ofertas de trabalho de vários lugares (incluindo uma do *LA Times*, que eu educadamente recuso). Tudo na minha vida é de fato incrível. Mas, no caos das últimas semanas, parei de sentir que minha carreira tem que ser tudo. Talvez eu esteja errada sobre Alec e eu, talvez esteja sendo idealista, mas não é o que eu penso.

Então, quando ele pousa em Heathrow e me liga assim que sai do avião, eu atendo no primeiro toque. Ele deixa escapar que não consegue acreditar que partiu sem mim, e respondo:

— Talvez eu deva me mudar para aí.

Ele compra uma passagem para mim, e, alguns dias mais tarde, após menos de uma semana de nossas férias nas Terras Altas da Escócia, planejando o nosso futuro, seu agente liga com uma oferta para o papel principal em um próximo filme de Christopher Nolan. A produção está programada para começar em algumas semanas, em Cingapura.

— Nossa nova casa pode esperar — digo a ele.
— É uma oportunidade única — ele concorda.
— São apenas quatro meses.

* * *

Mas os quatro meses se transformam em seis, e esse filme catapulta a fama de Alec para as alturas. Nós nos vemos com a maior frequência possível, mas é difícil encontrar intervalos em que ele esteja completamente livre. Ele ganha um Bafta por *The West Midlands*, e surge um grande burburinho de prêmios por causa dessa conquista; Alec passa a escolher novos projetos e colaborações. Mas, quando eu o visito, consigo vê-lo apenas nas pequenas brechas de seu tempo livre, e, quando ele vem para LA, sua agenda está lotada. Não é a mesma coisa estar ao seu lado no tapete vermelho e estar debaixo dele na cama ou de conchinha no sofá. Estou sozinha, e ele está com saudades de mim. Ele teme estar perdendo o foco, e eu não consigo me aprofundar em nenhum projeto porque priorizo viajar para vê-lo sempre que ele tem um tempo livre. Mesmo quando temos tempo juntos, parece apressado e muito curto.

O problema é que não sei qual é a alternativa. Mesmo se morarmos juntos, nos veremos com mais frequência? Ele está no auge de sua carreira e pode descansar daqui a alguns anos, quando tiver realizado todos os seus desejos profissionais. E eu também quero trabalhar. Não porque preciso me sustentar, mas porque adoro pesquisar e escrever, e, por mais que Alec seja indiscutivelmente o amor da minha vida, não quero apenas segui-lo de uma locação para a outra. Quero ter um motivo para sair pelo mundo e escrever sobre o que vejo.

A solução aparece uma noite quando estamos em Fiji, em uma curta escapada comemorando nosso aniversário de um ano, e Alec casualmente me conta algumas anedotas malucas sobre um homem que conheceu em sua filmagem atual e como ele conheceu a esposa. Yanbin, de Pequim, é fanático por filmes de terror, sua esposa, Berit, é uma bióloga de Estocolmo e — a melhor parte — eles se conheceram em um trem para Busan, assim como no filme. A pesquisa dela a leva ao redor do mundo, e ele a acompanha entre projetos cinematográficos com o estúdio que contratou Alec. As histórias que contaram sobre as maneiras não convencionais de fazer o casamento funcionar são melhores do que qualquer romance que já li.

Então, escrevo um artigo para o *Guardian* sobre eles. Uma história simples, de interesse humano. Mas depois disso comecei a receber cartas de outros casais. No início, talvez uma dúzia por semana. Algumas são tão irreais que me fazem suspirar, chorar ou rir histericamente. Escrevo outro artigo sobre um casal transgênero da Malásia que entrou em contato e encontrei para uma entrevista. Depois que a história é publicada, centenas de cartas começam a chegar toda semana.

Fico obcecada por esses improváveis e cativantes romances da vida real, apaixonada pelas pessoas em cada carta. Às vezes, até encontro os pontos de conexão mais inesperados entre casais em todo o mundo. Todas as histórias de amor são tocadas pela mesma magia: lugar certo, hora certa. Decido escrever um livro, compilando minhas entrevistas e as cartas em uma série de conexões perdidas entrelaçadas e almas gêmeas encontradas. Como posso trabalhar de qualquer lugar, viajo com Alec para onde quer que seu trabalho o leve. Escrevo intensamente o dia todo, e todas as noites, onde quer que estejamos, durmo enrolada nele. Por meses, somos nômades felizes, morando em Charlotte, Estocolmo, Toronto.

Embora seja emocionante, também é cansativo, então, quando Alec recebe a oferta para uma produção de grande orçamento da BBC, ele aceita.

Hoje à noite, depois de um jantar comemorativo com sua família, Sunny e Yael, nos aninhamos na cama em um hotel de Londres e concordamos que talvez seja hora de comprar uma casa aqui.

— E já que estamos falando disso — diz ele, passando a palma da mão quente na minha barriga, depois pelos meus seios e descendo novamente — talvez devêssemos nos casar.

Quase morro no meu primeiro dia de volta à Inglaterra. É a versão mais prosaica da quase morte — uma americana no trânsito de Londres —, mas não posso culpar os motoristas do lado oposto da rua porque eu nem estava olhando para os carros.

Eu estava olhando para o número 14 na porta azul de um apartamento em Holland Park. Fiquei distraída acenando em agradecimento para o meu motorista de táxi, que se afastava do acostamento, e também estava sem fôlego pensando em como o voo parecia longo — como parecia mais longo do que aquela primeira viagem interminável de volta de Londres há quase dois anos — e se eu era tola por vir um dia antes para surpreender Alec enquanto ele provavelmente está trabalhando muito para deixar o nosso novo cantinho pronto.

Meus braços e pernas parecem elétricos e desorientados; meu coração bate tão forte que está empurrando insistentemente contra minha traqueia. Acho que há eventos na vida em que percebemos, mesmo durante o momento, que algo transformador está acontecendo. Se eu pensar sobre isso, muitos dos meus momentos com Alec se enquadram nessa categoria. Como nossa primeira vez no elevador, ou mais tarde naquela noite, quando ele me disse *o que você quiser*, com aquela voz profunda e ressonante enquanto seus polegares massageavam a palma da minha mão. A noite em que ficamos juntos na frente de um número infinito de Alecs e Gigis refletidos para nós e compartilhamos mil vislumbres de nosso futuro juntos. Seus lábios sorridentes nos meus na frente do mundo inteiro logo depois que soube que ganhou um Oscar. No momento em que enviei o rascunho completo do meu manuscrito e Alec tocou tambores na mesa com as mãos, ou três semanas atrás com a aparição surpresa dele na minha porta em LA com uma garrafa de champanhe e uma cópia impressa da lista dos livros mais vendidos. E agora, o dia em que finalmente vamos morar juntos, duas semanas antes do nosso casamento. Depois de todo esse tempo, nós temos um lar.

O pensamento me vem enquanto atravesso a rua: a vida vai lançar obstáculos, e as coisas nem sempre serão tão fáceis ou diretas, mas esse amor — nosso amor — é a rara maravilha que acontece uma vez na vida.

Ele está no cômodo da frente — nossa nova sala de estar — orientando dois homens sobre onde colocar um sofá, o rosto voltado para a janela enquanto gesticula. Ele me vê, sorri aliviado e então se dá conta.

Alec vira um borrão de movimento atrás do vidro espesso, e então corre para fora da porta e salta os três degraus para a rua, onde me encontra no meio do caminho. Buzinas soam e carros desviam, mas ele me levanta, seus braços fortes abraçando a minha cintura. O tráfego diminui e para quando as pessoas percebem quem e o que estão vendo, mas, para o bem ou para o mal, Alec nunca pensou muito em quem poderia estar nos observando.

— Finalmente — ele diz, colando os lábios nos meus —, vamos começar.

Agradecimentos

Em agosto de 2020, eu estava de férias do meu trabalho de escritora e decidi... escrever. (Existem problemas óbvios com a variedade extracurricular quando seu hobby também é seu trabalho.) Tenho muita sorte de poder escrever em tempo integral para ganhar a vida, e adoro cada segundo do meu emprego, mas fazia anos que eu não escrevia algo impulsivo, sem expectativas e apenas para mim. Há um tipo único de liberdade ao escrever um projeto seu — algo que é compreensivelmente mais difícil de encontrar quando você está escrevendo para um público estabelecido. Aqui, eu estava possuída por Gigi e Alec; a história deles saiu de mim. É o tipo de fluxo mais satisfatório para um escritor, e espero que tenha sido um livro em que você, caro leitor, tenha se perdido.

Sou muito grata por este projeto, e a Kate Clayborn por ser a razão pela qual eu penso no verão e outono de 2020 e sinto uma doce nostalgia, em vez do vazio e do pânico existencial que sei que muitos de nós experimentaram. Alec não estaria aqui se não fosse por você. Tanta dor surgiu naquele ano, mas você foi — e continua sendo — um pontinho brilhante de alegria em todos os meus dias.

É muito valioso para um escritor ter uma comunidade que o apoie e dê energia. Sou grata à minha maravilhosa amiga

Susan Lee pelo feedback, mas também pelo entusiasmo. Seu sorriso de fã anima todos ao seu redor; você é muito especial. Agradeço à minha querida Erin McCarthy por suas longas mensagens enquanto lia, e pela empolgação contínua que você tem desde a primeira leitura, quase dois anos atrás.

Eu não tinha nenhuma expectativa de que o documento do Word que eu estava chamando de "Projeto Pessoal" até cinco minutos atrás se transformaria em um livro de verdade. Enviei um e-mail para minha agente, Holly Root, dizendo "é bem quente, mas talvez dê em alguma coisa?", e ela nem reclamou que mandei o manuscrito completo do nada em sua caixa de entrada durante o período mais caótico da pandemia. Ela fez o que Holly Root faz, que é dizer "legal" e vender o livro. Obrigada à equipe da Gallery Books: Hannah Braaten por amar este livro do jeito que eu esperava, Jen Bergstrom por intensificar e apoiar o projeto sem hesitar, e Mackenzie Hickey por sempre ser a estrela mais brilhante e entusiasmada. Min Choi desenhou a capa e, para simplificar: fiquei obcecada. Eu pedi algo muito específico, e recebi isso, e estava pronto. De verdade, não tenho certeza se algum processo de aprovação de uma capa já foi tão tranquilo ou alegre. Enorme gratidão a Andrew Nguyễn, Aimée Bell, Lauren Carr, Eliza Hanson, Jen Long, Christine Masters (minha rainha, você não deixa nada passar), Emily Arzeno, Caroline Pallotta, Abby Zidle, Sally Marvin e toda a equipe da Gallery. Quando eu chamo vocês de equipe dos sonhos, não é exagero. Jen Prokop, obrigada por suas sempre incríveis notas editoriais. Eu te amo e sinto muito por ter feito você ler o tempo presente na primeira pessoa.

Kristin Dwyer, da Leo PR, é a principal estrategista, amiga, campeã e, é claro, representante de relações públicas. Ela é indispensável e única. Quero que todos tenham uma

Kristin (mas ela também desperta o Gollum em mim, e eu nem tenho vergonha).

À minha comunidade de autores que leu as primeiras versões, divulgou ou me encantou com suas próprias palavras, sou muito grata por seu entusiasmo e amor: Ali Hazelwood, Helen Hoang, Sarah MacLean, Rosie Danan, Rachel Lynn Solomon, Tessa Bailey, Sonali Dev, Kate Spencer, Sara Whitney, Katherine Center, Erin Service, Katie Lee, Cassie Sanders, Catherine Lu, Molly Mitchell, Monica Sánchez e Gretchen Schreiber. Obrigada aos leitores que solicitaram cópias de revisão antecipadas e bombardearam seus sentimentos em minhas DMS. Obrigada aos criadores de conteúdo do Bookstagram, Goodreads, BookTube e TikTok que dedicaram seu tempo para fazer vídeos, postagens e resenhas para este livro. Significa mesmo muito para mim!

Para minha família, vocês são o núcleo da minha alegria. Espero que as onze mil quesadillas que fiz durante a pandemia expressem adequadamente meu carinho por vocês, seus adoráveis goobers.

E para você-sabe-quem, nós sempre nos deixamos um ao outro para o final. Você sabe o que dizem sobre o melhor, e é verdade. Você é.

TIPOGRAFIA Adriane por Marconi Lima
DIAGRAMAÇÃO Vanessa Lima
PAPEL Pólen Natural, Suzano S.A.
IMPRESSÃO Gráfica Bartira, junho de 2023

A marca FSC® é a garantia de que a madeira utilizada na fabricação do papel deste livro provém de florestas que foram gerenciadas de maneira ambientalmente correta, socialmente justa e economicamente viável, além de outras fontes de origem controlada.